De Trip

Nathalie Pagie bij Boekerij:

De toneelclub
De campus
Paradijsvogels
Casa Familia
Rio Grande
IJsengel
De Trip

www.boekerij.nl

Nathalie Pagie

De Trip

Een explosief avontuur met Tara & Diego op Hawaï

BOEKERIJ

ISBN 978-90-225-8498-9
ISBN 978-94-023-1250-8 (e-book)
NUR 305

Omslagontwerp: bij Barbara
Omslagbeeld: © Shutterstock
Auteursfoto: © Artstudio23.com
Zetwerk: Mat-Zet bv, Soest

Dit is de grote vrijheid
Je mag zeggen wat je denkt
Niet dat het iets uitmaakt
Met hoeveel je ook bent
Ze doen toch wat ze willen
Al moet de hele boel vergaan
Lief, trek iets moois aan
Dan gaan we
Dansen, dansen, dansen,
Dansen op de vulkaan

De Dijk – 'Dansen op de vulkaan'

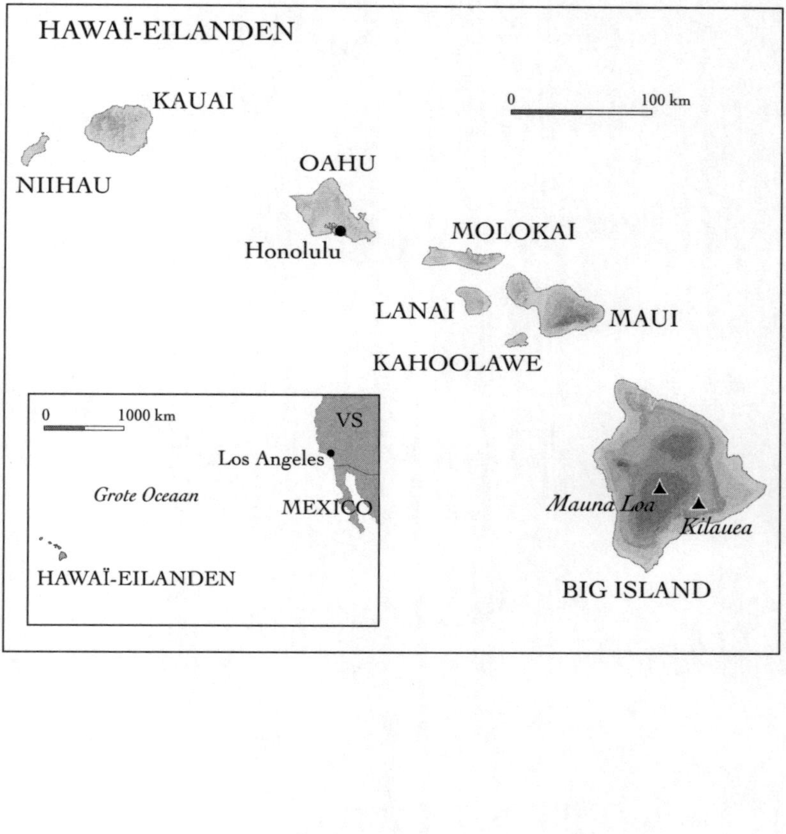
HAWAÏ-EILANDEN
KAUAI
0
100 km
NIIHAU
OAHU
Honolulu
MOLOKAI
LANAI
MAUI
KAHOOLAWE
0
1000 km
VS
Los Angeles
Grote Oceaan
MEXICO
HAWAÏ-EILANDEN
Mauna Loa
Kilauea
BIG ISLAND

1

De vrachtwagen denderde in volle vaart op hen af. Tara zag het, maar begreep niet direct wat er gebeurde. Haar ouders hadden zich net allebei naar haar omgedraaid in hun stoel, papa lachend en haar moeder met licht opgetrokken wenkbrauwen, precies de sceptische blik die ze ook had op de laatste foto die van hen drieën was gemaakt. Ze leken te wachten tot Tara iets zei en dat was ze ook van plan, maar het beeld van de aanstormende vrachtwagen was zo overweldigend dat praten niet meer ging. Als verlamd zag ze de truck steeds groter worden. De chauffeur achter de voorruit lette niet op de weg; hij keek schuin naar beneden en had niet eens door dat hij op de verkeerde weghelft reed.

De paniek begon in haar buik en verspreidde zich binnen een tel door haar hele lichaam. Het voelde alsof ze in brand stond, haar huid gloeide en haar keel werd gortdroog. Ze wilde gillen, wijzen, haar ouders waarschuwen, wegduiken, maar in plaats daarvan bleef ze stokstijf zitten en staarde ze naar het helgroene monster dat nog maar een paar meter van hen verwijderd was.

Net voor de klap die haar leven voorgoed zou veranderen, draaide papa zich nog terug om een harde ruk aan het stuur te geven, waardoor de auto deels van de grond kwam en op twee wielen opzijschoot. Heel even voelde het alsof ze in de achtbaan op de kermis zat, maar een moment later was dat voorbij.

Hoe lang ze in het zwarte niets had rondgedobberd, wist ze niet. Zodra ze voorzichtig haar ogen opende, won het licht het van het donker. Behalve de mist die door de auto dreef en die ook buiten hing, bewoog er niets. De vrachtwagen leek te zijn verdwenen, hun auto stond stil en er was geen geluid. Dat was misschien wel het grootste verschil; het gelach van haar ouders, de muziek op de radio en de draaiende motor klonken opeens niet meer, alsof de botsing alle geluiden had opgeslokt en zij verder moest in doodse stilte.

Onbewust had ze zich aan de achterkant van haar moeders stoel vastgeklampt, haar linkerwang plakte tegen het zwarte leer van de hoofdsteun. Langzaam trok ze zich los en draaide ze haar hoofd naar de plek waar haar vader had gezeten. Hij was weg. Papa's stoel werd ingenomen door een gigantische brok verwrongen metaal, deels groen, deels zwart. De brok had scherpe uitsteeksels en een ervan stak recht in de schouder van haar moeder, die nog wel in haar stoel zat.

Tara draaide haar hoofd terug om de schouderwond niet te hoeven zien en tastte met haar rechterhand om de stoel heen. De zomerjurk van haar moeder was drijfnat, alsof ze net in de regen had gelopen, maar dat kon niet, want het was een stralende dag. Haar hand gleed langs mama's arm naar beneden en ineens voelde ze hoe haar hand werd vastgegrepen. Tara kneep terug en plots drongen er weer geluiden tot haar door. De auto hikte en piepte zoals ze nog nooit eerder had gehoord. Het leek of hij boos was en niet begreep wat er gebeurde. Dat deed ze zelf wel; de vrachtwagen had hen geraakt, dat kon niet anders. Papa was natuurlijk al uitgestapt en nu moesten zij en mama ook naar buiten.

'Mam?'

'Tara...' Haar moeders adem klonk hijgend en raspend, het was duidelijk dat het haar veel moeite kostte om te praten. Tara verstevigde de greep van haar hand en sloot haar ogen om zich beter te kunnen concentreren op de woorden die verbrokkeld uit mama's mond gleden.

‘Ik haal je terug.’ De stevige stem klonk als een donderslag. Van schrik opende Tara haar ogen, om ze meteen weer te sluiten. Ze wilde niet terug, ze moest nu in de auto blijven, bij haar moeder, en horen wat die te zeggen had.

‘Ik tel zo terug van drie naar een en dan ben je weer in het nu, in deze kamer. Drie...’

Tara sloeg haar handen tegen haar oren en schudde hevig haar hoofd. Niet terughalen, niet nu ze eindelijk zo ver was gekomen. Ze dook ineen in de fauteuil en probeerde uit alle macht in het moment te blijven, het moment dat haar al sinds haar tiende achtervolgde en dat haar ontelbare nachtmerries had bezorgd. Ze wist dat haar moeder in de laatste minuten voordat zij aan haar verwondingen bezweek tegen haar had gesproken. Ze wist ook dat ze aandachtig had geluisterd en dat ze gehoord moest hebben wat haar moeder zei. Maar daarmee hield het op.

Artsen hadden uitgelegd dat het auto-ongeluk waarbij ze haar beide ouders verloor zo traumatisch moest zijn geweest, dat haar geheugen een deel van de ervaring had geblokkeerd. Hoe ze haar hersens ook pijnigde, de nachtmerries stopten steevast te vroeg, haar moeders woorden kwamen niet meer terug. En nu, vijfentwintig jaar later en duizenden kilometers weg van huis had ze haar stem weer gehoord. Haar moeder had Tara bij haar naam genoemd en stond op het punt verder te praten. Eindelijk zou ze horen wat haar geheugen verborgen had willen houden. Niets of niemand mocht dit moment verstoren; deze woorden waren voor haar bestemd, ze moest ze horen en niet alleen om haar nieuwsgierigheid te stillen, ook omdat het om iets wezenlijks ging, iets wat dingen zou verklaren en haar leven lichter zou maken.

Een rits psychologen had haar gewaarschuwd voor deze gedachte. Dat ze het wilde weten was begrijpelijk, maar het groeiende belang dat Tara in de loop der jaren aan de woorden was gaan hechten, zou ook een opmaat tot teleurstelling zijn. Beter kon ze het verleden laten rusten en zich richten op het heden en de toekomst. De kans dat de vergeten woorden zich dan weer lieten horen, was groter dan wanneer ze er geforceerd naar op zoek ging. Dat klonk niet onredelijk; Tara had het advies jarenlang ter harte genomen, in de hoop dat ze op een dag wakker werd zonder gat in haar geheugen. Maar dat gebeurde niet, de herinnering bleef uit.

Tot nu. Haar moeder had haar naam genoemd en dat vulde haar hart met zo veel liefde dat het zweet haar uitbrak en de tranen haar in de ogen sprongen.

'Twee… één.'

'Nee!' Tara schoot omhoog en wierp zich woest op de vrouw die tegenover haar op een bank zat. Ze klauwde haar handen om haar kaken in een poging de vrouw het zwijgen op te leggen. Haar ogen spoten vuur. 'Niet nu!' krijste ze. 'Ik was er bijna, ze begon al te praten, ik hoorde haar stem! Haar stem…'

Met een ruw gebaar duwde de vrouw Tara van zich af. Ze stoof naar de hoek van de kamer, greep de didgeridoo die daar als kapstok dienstdeed en hield hem als een wapen voor haar borst.

'Stop,' zei ze op dwingende toon, 'je bent al terug, het is voorbij.' Ze hield Tara in een ijzige blik gevangen en zag hoe het vuur in haar ogen langzaam doofde.

Hijgend van inspanning liet Tara zich op de bank zakken, waar ze haar handen tegen haar gezicht drukte en met schokkende schouders bleef zitten.

Met het 'wapen' in haar handen liep de vrouw om de bank heen naar de deur. 'Je bent nog niet zover. Alles heeft zijn eigen tijd. Bedenk dat je een lange reis hebt afgelegd en dat je dichter bij je herinnering bent dan ooit tevoren. We doen dit op mijn manier, stap voor stap. Heb vertrouwen en kom over twee dagen terug. Eerder heeft geen zin, je geheugen laat zich niet forceren. Het is belangrijk dat je eerst goed tot rust komt.' Ze opende de deur.

Zonder op te kijken hees Tara zich omhoog. Een moment moest ze zich vasthouden aan de leuning om haar trillende lichaam overeind te houden. Kromgebogen en met haar armen om zichzelf heen geslagen verliet ze de ruimte. Achter haar sloeg de deur met een klap dicht.

Cassandra plaatste de didgeridoo terug in de hoek en hing de regenjas, die op de grond gevallen was, eroverheen. Daarna griste ze een voorgerolde joint uit een doosje op haar bureau en stak hem aan. Ze inhaleerde diep, liep de veranda op en blies de rook tussen de palmbladeren door omhoog. Kilometers verderop was meer rook te zien. In de afgelopen weken waren de rookwolken boven de Mauna Loa met de dag donkerder gaan kleuren en al een paar keer was uit het hart van de berg een dreigend gerommel opgestegen. Uit angst voor een naderende uitbarsting hadden enkele eilandbewoners hun heil elders gezocht, maar de meeste stelden hun vertrek zo lang mogelijk uit. Ze waren eraan gewend dat de grootste vulkaan ter wereld zich deed gelden en lieten zich doorgaans niet zo snel afschrikken als de toeristen, die al bij een eerste rookwolk in het vliegtuig stapten.

Om haar lippen verscheen een nerveuze glimlach. Ze durfde het haast niet te geloven, maar het zag ernaar uit dat haar lange wachten eindelijk beloond werd. Kon het waar zijn?

Ze draaide zich half om en keek naar de stoel waar Tara even eerder had gezeten. Ineens leek alles in een stroomversnelling te komen. Ze had beter moeten weten dan niet op haar intuïtie te vertrouwen, die had haar nog nooit in de steek gelaten. Bovendien ging het exact zoals voorspeld was: een vreemdeling had haar pad gekruist, een vrouw uit Nederland nog wel en dat was de eerste stap.

Zou met de komst van Tara Linders de weg naar verlossing zijn ingezet? Ze legde een bevende hand op haar borst en sloot haar ogen. Misschien was het nog niet te laat.

2

Diego Martinez draaide de douchekraan dicht, droogde zich snel af en knoopte een handdoek om zijn middel. Met de beker koffie die hij al had klaargezet op het aanrechtblad liep hij naar buiten. Net als gisterochtend benam het uitzicht over de Stille Oceaan hem de adem. Diego had in zijn leven al heel wat van de wereld gezien, maar nergens was het zo uitzonderlijk mooi geweest als op de achttien eilanden van de Hawaïaanse archipel. Volgens diverse sites en travelblogs spande Kauai de kroon en daar was hij het volledig mee eens: hagelwitte stranden en wuivende palmbomen had hij vaker gezien, maar juist het groene binnenland van Kauai maakte indruk; nergens zag je zo veel bomen, planten en exotische bloemen. Het hele eiland leek een grote botanische tuin en de bijnaam Garden Island was dan ook volkomen terecht. Dit was diverse filmmakers niet ontgaan; delen van de kaskrakers *Pirates of the Caribbean* en *Jurassic Parc* waren hier gefilmd.

Niet voor niets had De Koning Producties deze locatie uitgekozen voor de televisieopnames van *De Trip*. De survivalopdrachten die de kandidaten moesten uitvoeren kwamen in dit paradijselijke decor nog beter uit op beeld. Elk shot was een ansichtkaart en zou straks miljoenen kijkers aan de buis kluisteren. Tenminste, als de opzet zou slagen en de Nederlandse variant van de internationale kijkcijferhit aansloeg.

De verwachtingen waren hooggespannen en er was veel geld mee gemoeid. De Koning Producties had zijn nek uitgekozen met de keuze voor dit programma. In dertien landen was het succesvol en betaalden de advertentieopbrengsten de investering in notime terug. Een succes op de Nederlandse televisie leek aanvankelijk gegarandeerd, totdat er in IJsland iets flink misging. Tijdens de opnames op de Skaftafellsjökull-gletsjer in het nationale park Skaftafell, vielen twee deelnemers door een scheur in het ijs. Toen het reddingsteam hen gevonden had, waren ze al overleden. Het incident veroorzaakte een enorme ophef in de media. Hoe ver kon je gaan in een televisieprogramma? Waar lag de grens tussen vermaak en levensgevaar? En moesten sommige roekeloze deelnemers niet tegen zichzelf in bescherming worden genomen?

Adverteerders trokken zich terug en reeds geplande opnames in andere landen werden geannuleerd. Op dat moment rook De Koning, een middelgrote productiemaatschappij die zich vooral richtte op entertainment, zijn kansen en kocht de rechten van *De Trip*. In een persbericht beloofde De Koning een variant op *De Trip* te ontwikkelen die veiliger was, zonder te veel afbreuk te doen aan het avontuurlijke en uitdagende karakter van het programma. Daarnaast werd afgestapt van het concept dat de deelnemers afkomstig moesten zijn uit het land waar de opnames plaatsvonden. *De Trip* ging internationaal en nodigde sportievelingen over de hele wereld uit filmpjes in te sturen waarin hun kracht, snelheid en souplesse tot uiting kwamen. Eenlingen waren niet welkom, alleen duo's bestaande uit een man en een vrouw kwamen in aanmerking. Uit honderden inzendingen vol spierbundels en afgetrainde lichamen werden vijfentwintig koppels uitgenodigd voor de selectiedagen in april.

Diego herinnerde het zich goed, er waren sindsdien twee maanden verstreken. Hij voelde zich toen nog stukken minder fit, maar was als een kind zo blij dat hij erbij mocht zijn. Als freelance tekstschrijver had hij meegewerkt aan de aanpassing van het format van *De Trip*. Een oud-collega van dagblad *De Dageraad* kende een van de productieleiders bij De Koning die naarstig op zoek was naar ervaren krachten. Na een kennismakingsgesprek kon Diego meteen aan de slag. Zijn jaren als researchjournalist en de gewonnen prijzen voor zijn spraakmakende reportages legden voldoende gewicht in de schaal. Maar ook de marathons op zijn trackrecord en het feit dat hij als backpacker de halve wereld had rondgereisd, telden in zijn voordeel. Eenmaal begonnen bij het programma werd zijn takenpakket al snel uitgebreid. Zo schreef hij niet alleen de teksten voor de presentator en de voice-over, maar dacht hij ook mee over de challenges voor de kandidaten en speurde hij op internet naar de fraaiste filmlocaties. Mede dankzij Diego's research waren de crew en kandidaten van *De Trip* recent afgereisd naar Kauai.

Diego dronk zijn mok leeg en rekte zich uit. Waterdruppels in zijn kortgeknipte zwarte haar weerkaatsten het vroege zonlicht. De krassen op zijn armen en benen waren inmiddels verdwenen en graatmager was hij ook niet meer; binnenkort zou niets hem nog herinneren aan de drugsverslaving waarmee hij in Mexico te kampen had gehad. Na een moeizame strijd begon hij zich weer een beetje zichzelf te voelen en dat stemde hoopvol. De ochtendduik in de oceaan had de jetlag verdreven die hem een dag eerder nog parten speelde. Precies op tijd, want vandaag was de eerste opnamedag en moest hij aan de bak. In Waimea Canyon, ook wel de Grand Canyon van de Pacific genoemd, wachtte de acht uitverkoren kandidatenkoppels hun eerste extreme uitdaging. Hij kon een grijns niet onderdrukken.

3

Zo'n vijfhonderd kilometer verderop, op Big Island, rookte Tara haar zoveelste sigaret. Het balkon van de hotelkamer was net groot genoeg voor een tafeltje met asbak en twee rotan stoeltjes. Ze had beide geprobeerd in een poging tot rust te komen, maar dat bleek tevergeefs. Nu leunde ze al ruim een uur over de balustrade en vulde een berg uitgedrukte peuken de asbak achter haar. De ochtendzon wierp haar stralen over Kailua, de droge westkant van Big Island. Het regende hier stukken minder dan aan de oostzijde en daardoor was het zeer in trek bij toeristen. Als ze naar rechts keek had ze uitzicht op Waikola Beach, waar de golven zacht het strand op rolden en een jonge vrouw in de branding danste. Tara zag het wel, maar kon er niet van genieten. Het bezoek aan Cassandra de vorige avond had haar niet meer losgelaten. Eerst woedend en vol frustratie, maar daarna vooral verdrietig, had ze de straten van het centrum doorkruist tot ze diep in de nacht te moe was om te lopen en haar hotel had opgezocht. Zonder zich uit te kleden was ze op bed gaan liggen, waar de herinnering aan het auto-ongeluk de slaap op afstand hield. Keer op keer hoorde ze haar moeder haar naam noemen en voelde ze de dwingende greep om haar hand. Het was heerlijk en verschrikkelijk tegelijk. De emoties raasden door haar lijf en dat putte haar uit, maar toch bleef ze klaarwakker. Ten einde raad was ze het balkon op gegaan, waar de gesloten deuren en luiken van het hotel tegenover haar de eenzaamheid nog verder leken te versterken.

Had ze Cassandra maar nooit ontmoet, dan had ze deze ellende niet hoeven meemaken, bedacht ze. Als ze twee dagen geleden op Lihue Airport op Kauai niet naar het toilet was gegaan, zat ze nu met Diego te brainstormen over interessante invalshoeken voor de artikelen en vlogs die ze over *De Trip* zou maken voor *De Dageraad Online*. Maar Diego was hier niet; die had zijn intrek genomen in een hotel op Kauai, net als de rest van de crew. Zelf was ze, nog geen dag na aankomst, doorgereisd naar Big Island. Het was een impulsieve actie geweest, maar ze kon niet anders. De ontmoeting met de vreemde vrouw had iets in haar losgemaakt wat zich niet meer liet bedwingen. Ze had aan niets anders kunnen denken en moest haar weer spreken, en wel meteen. Op het visitekaartje dat de vrouw had achtergelaten stond een adres op Big Island. Het ticket was snel geboekt. Vergeleken bij de lange vlucht uit Nederland met een tussenstop in Los Angeles, stelde dit stukje niets voor. Een van de kleine toestellen die vooral toeristen tussen de eilanden vervoerden – voor de meeste eilandbewoners waren de tickets te duur – bracht haar de volgende ochtend in anderhalf uur naar Big Island, een eiland dat zijn naam eer aandeed: het was meer dan twee keer zo groot als alle andere eilanden van Hawaï bij elkaar.

Tara inhaleerde en zag in gedachten weer de onbekende vrouw die opeens achter haar stond toen ze haar handen waste in de toiletruimte van Lihue Airport. In de spiegel bekeek ze net haar gemillimeterde rode lokken, een nieuwe look die ze zichzelf met de tondeuse had aangemeten en die haar, in tegenstelling tot hoe ze zich voelde, een hard en zelfverzekerd voorkomen gaf. Opeens had ze twee ogen in haar rug voelen prikken en zag ze hoe een lange vrouw met vlassig grijs haar en een vormloze jurk haar in de spiegel aanstaarde. Ze draaide zich abrupt om.

'Is er iets?' had ze op scherpe toon gevraagd.

De vrouw hief haar kin en keek op Tara neer. 'Je hoeft je niet zo alleen te voelen,' zei ze toen, bijna beschuldigend, 'je familie staat naast je.'

Het was alsof Tara een klap in haar gezicht kreeg. De uitspraak van deze volslagen onbekende benam haar de adem en ze voelde het bloed uit haar wangen wegtrekken. Nooit sprak ze over familie, met niemand, zelfs niet met Diego, een van de weinige personen in haar leven die ze vertrouwde. Het was te intiem, te pijnlijk.

Het duurde een paar tellen voor ze van de schrik bekomen was en woorden vond voor haar verontwaardiging. 'Wat bedoel je precies? Ik heb geen familie.' Ze keek kort om zich heen en vulde aan: 'En ik zie hier verder niemand.'

De vrouw ritste haar schoudertas open en haalde er een kaartje uit, dat ze Tara in haar handen duwde. 'Soms is de dood geen reden om iemand te verlaten.' Ze boog zich voorover en pakte Tara's onderarm vast. 'Ik voelde je eenzaamheid bijzonder sterk en wilde je laten weten dat je niet alleen bent. Er staan drie mensen om je heen die zielsveel van je houden. Ik kan je helpen met hen in contact te komen, als je ervoor openstaat.' Abrupt liet ze Tara's arm los en na een laatste intense blik liep ze de toiletruimte uit, Tara in opperste verwarring achterlatend.

Ze had Diego niets over de ontmoeting verteld en was die avond vroeg naar bed gegaan. Diego kende haar goed genoeg om te begrijpen dat ze geen zin had in de borrel in de lobby van het hotel waar crew en deelnemers waren neergestreken. De regisseur had zijn medewerkers en kandidaten uitgenodigd om hun gezamenlijke avontuur feestelijk in te luiden en daar ging Diego graag op in, maar hij wist beter dan te verwachten dat Tara erbij zou zijn. Ze ging liever haar eigen gang en vermeed dit soort bijeenkomsten zo veel mogelijk. Het berichtje dat ze hem de volgende ochtend stuurde, moest hem echter wel degelijk verrast hebben.

Ze had gemeld dat ze voor haar vlog naar Big Island was gevlogen en niet bij de eerste opnames zou zijn. Dat speet haar, want ze wist hoe hard hij aan de voorbereidingen van dit programma had gewerkt en hoezeer hij zich verheugde op de start ervan. Ze was er voor hem graag bij geweest, maar had haar keuze gemaakt.

Voor de honderdste keer keek ze naar het verfomfaaide visitekaartje in haar hand. *Cassandra Newland, natuurgenezeres en regressietherapeute* stond er in het Engels boven een afbeelding van de Mauna Loa-vulkaan. Er staan drie mensen om je heen, had ze gezegd, met een accent dat Tara zo snel niet thuis kon brengen. Doelde deze Cassandra op haar ouders? Maar wie was dan de derde persoon? En waarom zag ze hen zelf niet? Omdat ze niet in deze zweverige bullshit geloofde uiteraard! Gefrustreerd smeet ze het kaartje tegen de muur, om het vervolgens weer op te rapen en in haar zak te steken. Nonsens of niet, de vrouw had het gepresteerd een herinnering terug te halen, al was het maar een flard. Dat was een handvol artsen en psychologen haar leven lang niet gelukt.

Het stond als een paal boven water dat ze Cassandra weer wilde ontmoeten. Die moest haar mysterieuze kunstje nog een keer flikken. Hoe ze het deed begreep Tara niet en dat kon haar ook niets schelen; Cassandra moest haar opnieuw terugbrengen naar het auto-ongeluk, zodat haar moeders stem zou klinken en ze eindelijk zou horen wat ze te zeggen had. Twee dagen wachten was het laatste wat ze wilde, maar er zat niets anders op, donderdag kon ze terugkomen. Tara keek op haar horloge. Het eerste vliegtuig naar Kauai was net vertrokken, als ze snel was haalde ze de volgende vlucht. Ze griste haar telefoon en rugzak van het bed en vertrok.

4

In de grootste trailer op de parkeerplaats bij het bezoekerscentrum van Waimea Canyon op Kauai sprayde Thierry de Beauregard wat extra glanslak op zijn zwarte kuif. Tevreden aanschouwde hij het resultaat van zijn inspanningen in de staande passpiegel midden in de ruimte: de cowboylaarzen, de roze korte broek, het hawaïhemd en de rits armbanden om zijn rechterpols sierden zijn gebruinde lichaam op een vernieuwende manier, zonder zijn vertrouwde imago te verloochenen. Verrassen was goed, maar de overgang naar iets nieuws vereiste ook de juiste subtiliteit; zijn volgers moesten immers nog steeds kunnen zien dat hij het was. Hij trok een grimas en inspecteerde zijn tanden. Voor de presentatie op camera die hij zo zou doen, moest zijn gezicht clean zijn. Een foutje in de tekst lulde hij wel recht, maar aan iets ondefinieerbaars tussen zijn tanden of een haartje uit zijn neus was niets meer te herstellen. Juist dat gegeven had hem over de streep getrokken. Dat de kandidaten uit acht verschillende landen kwamen was al prachtig, dat gaf hem een internationaal bereik, en de belofte van extreem gevaarlijke opdrachten had al lekker veel ophef veroorzaakt, maar dat van elke aflevering een paar momenten live online gevolgd konden worden, maakte het pas echt een uitdaging.

Over drie weken werd het programma op televisie uitgezonden, kundig geknipt en gesneden, maar vandaag al was de kick-off van de show live te volgen. Puur en rauw, zonder tussenkomst van editors of andere bemoeials. Ging er iets mis, dan zag iedereen dat en viel er niets meer te verhullen. Het was werken op het scherp van de snede en daarom had hij ja gezegd toen ze hem vroegen als presentator. Live kwam hij het beste tot zijn recht, dat bewezen zijn veelbekeken vlogs wel, en dit zou zijn grote doorbraak worden op televisie. Zijn antwoord had hij niet rechtstreeks gegeven, maar via zijn vlog op YouTube. Daar had hij zo veel views mee gescoord dat drie primetime talkshows hem als gast uitnodigden om zijn keuze toe te lichten. Stiekem was hij daar heel blij mee, al haalde hij er in beeld quasinonchalant zijn schouders bij op.

Een roffel op de deur rukte zijn blik los van de spiegel. Voor hij iets kon zeggen, werd de deur opengetrokken en stapte er een jonge vrouw binnen. Haar blonde lange haren waren strak samengebonden in een hoge staart. Onnatuurlijk dikke lippen glansden van het vet en het latex trainingspakje was zo klein dat het weinig aan de verbeelding overliet. Ze ging voor hem staan, plantte haar handen in haar zij en keek hem uitdagend aan.

Thierry keek ongegeneerd terug. Renate was een bloedmooie vrouw, net niet te ordinair om sexy te blijven, alleen haar schaamteloze gedrag stond hem soms tegen. Gisteravond tijdens de borrel was haar geflirt vermakelijk geweest en hadden ze wat gedold, maar nu had hij er geen zin in. Hij wilde zich concentreren op de start van het programma.

'Schoonheid,' zei hij, 'wat kom je doen? Ik heb geen tijd voor je, we beginnen zo.'

Renate trok haar schouders naar achteren, zodat haar borsten beter uitkwamen en zette een stap dichterbij. 'Een klein vraagje maar, Tjer,' fleemde ze, 'Romana heeft hetzelfde aan als ik en dat kan natuurlijk niet.' Ze draaide zich van links naar rechts om het lapje stof om haar lichaam beter te laten zien. Met een vierkant geknipte gelnagel prikte ze in haar zij. 'Kijk, oranje, daar heb ik het op uitgezocht. Waarom zou een Argentijnse in het oranje moeten lopen? Dat slaat nergens op; ze is Máxima niet. Ik heb het al gezegd, maar ze verdomt het om het uit te trekken. Jij bent de baas, Tjer, kun jij dit fiksen, voor mij?' Bij die laatste woorden glimlachte ze veelbetekenend.

Hoewel de glimlach hem koud liet, voelde hij zijn reactie op de nabijheid van haar lichaam. Hij wist dat ze geen nee zou zeggen als hij iets probeerde en hij had maar een paar minuten nodig.

'Nee,' zei hij, meer tegen zichzelf dan tegen haar, al kon Renate dat niet weten. 'Ik ben de baas niet en al was dat wel zo, ik heb al genoeg aan mijn hoofd. Als ik me ook nog met jullie outfits moet gaan bemoeien, komt er niets van de presentatie terecht.' Hij duwde haar opzij, liep naar buiten en wachtte tot zij achter hem aan kwam.

'Waar is Willem?' vroeg hij, haar pruillip negerend. Willem was Renates partner in *De Trip*, een sympathieke boom van een vent. Samen vormden ze het Nederlandse team. Zijn kracht en tactisch inzicht matchte wonderwel met Renates snelheid en souplesse en op de selectiedagen hadden ze samen grote indruk gemaakt.

'Op zijn matje,' wees ze. In de schaduw van een rij *poinciana*-bomen, met de typerende rode en gele bloemen in volle bloei, zaten zeven kandidaten met gesloten ogen op yogamatjes. Hun armen en benen waren ineengestrengeld en gezamenlijk stootten ze een lage toon uit. Renate rolde opzichtig met haar ogen en met een laatste verongelijkte blik op Thierry liep ze naar de trailer van de kleding en visagie.

Thierry keek haar na en bespeurde toch iets van spijt. Hij grinnikte erom. Er kwamen nog kansen genoeg, wist hij. Al sinds zijn puberteit hoefde hij maar met zijn vingers te knippen. Geluk, noemden zijn vrienden het, maar hij wist dat het meer was dan dat. Het zat in de genen. Zijn vader zag er al even goed uit en had ook nog veel succes, al bevond hij zich inmiddels in de nadagen van zijn televisiecarrière. De dames wisten hen allebei goed te vinden, maar waar senior nog steeds met volle teugen van de vrouwelijke aandacht genoot, was het Thierry gaan vervelen. Hij ging experimenteren met mannen en dat beviel hem boven verwachting goed. Zijn eerste voorkeur bleef uitgaan naar vrouwen, maar de afwisseling was zeker welkom. Bovendien moest hij moeite doen om een mooie man te versieren en dat maakte het interessant. Als alles je komt aanwaaien is de jacht soms wel zo prettig. Binnen zijn vriendenkring was het inmiddels bekend, maar zijn vader had hij het niet verteld. Hij maakte zijn eigen keuzes en had geen toestemming nodig, hield Thierry zichzelf voor, maar die stoere houding was niet helemaal fair. Ergens durfde hij het de oude ladykiller niet te zeggen, hij wist haast zeker dat die het niet zou begrijpen. Bij de gedachte alleen al dat hij zijn vader zou teleurstellen, werd hij misselijk. Dus hield hij de schijn op en verscheen hij op familiefeesten en diners, en die waren talrijk bij de familie De Beauregard, altijd met een schone dame aan zijn zij. Dat het steeds een ander was, deerde niet. Hij was jong, zag er goed uit, had een vlotte babbel en maakte carrière, wat had zijn vader meer te wensen?

Thierry was zo in gedachten verzonken dat hij Willem pas zag aankomen toen die al bijna naast hem stond. Hij kon zich nog net schrap zetten om de joviale klap op te vangen, die zijn schouder als een mokerslag trof.

Willem grijnsde zijn tanden bloot. 'Ben je er klaar voor, jochie?' Hij trok Thierry amicaal naar zich toe en wees naar de ranke poinciana-bomen. 'Als ze die bij ons gehad hadden, was dat boompie werpen stukken makkelijker geweest.' Hij lachte hardop en Thierry deed met hem mee. Op YouTube had hij de verrichtingen van de voormalig Nederlands kampioen Highland-games met verbazing bekeken. Daarin wierp Willem, gekleed in Schotse kilt, de dikste boomstammen de lucht in alsof het lucifers waren.

'Hier laten we de bomen gewoon staan,' zei Thierry. Samen liepen ze naar het dichtstbijzijnde uitkijkpunt over Waimea Canyon. Het uitzicht was spectaculair. De zestien kilometer lange kloof had een diepte van meer dan duizend meter en was roodbruin van kleur. Hij was gevormd door erosie van de Waimea-rivier, die vele jaren geleden al was opgedroogd. Op een aantal plekken stortten watervallen de helling af en wie goed keek kon tussen de bomen door een meanderend wandelpad ontdekken, dat zelfs voor de meest geoefende wandelaars een uitdaging zou vormen. Hekken of vangrails ontbraken en een informatiebord op de parkeerplaats meldde dat hiking op eigen risico geschiedde en dat solowandeltochten ten zeerste werden afgeraden.

Op de rand van de canyon stond een gigantische hoogwerker opgesteld, onderdeel van de eerste challenge. Thierry floot zacht tussen zijn tanden en keek op naar Willem. 'Durf je het aan?'

De grote man knikte, maar van zijn bravoure van daarnet was niet veel over.

5

Toen Diego de set op liep stonden de kandidatenkoppels in twee rijen achter elkaar opgesteld op een houten platform dat met een kabel aan een hoogwerker was bevestigd en boven de kloof bungelde. Met gespannen gezichten staarden ze naar de stellage onder hen. Diego ging naast Thierry staan, die even verstoord opkeek van het tekstkaartje in zijn hand. 'Je bent laat,' zei hij afwezig, maar voordat Diego kon antwoorden, gaf Thierry hem een knipoog, ten teken dat hij geen verklaring hoefde te geven.

Diego hield opgelucht zijn mond. Net toen hij wilde vertrekken had zijn ex-vrouw, Yvonne, hem gebeld. Ze waren nu bijna een half jaar gescheiden en sinds kort hadden ze weer een redelijk contact. Iets wat in de laatste fase van hun huwelijk door de vele ruzies onmogelijk had geleken. Na de komst van de tweeling, vijf jaar geleden, had Diego zich meer en meer een gevangene van zijn eigen leven gevoeld. Hoewel hij van zijn vrouw en kinderen hield, liet de avonturier in hem zich moeilijk temmen en maakte het dagelijkse ritme hem doodsbenauwd. Hij vocht voor wat hij waard was, maar toen de strijd hem te veel werd, was hij naar Mexico gevlucht, het thuisland van zijn vader. Hij moest zichzelf hervinden en erachter komen wat hij wilde: een gesetteld leven met zijn gezin, of de vrijheid zonder hen. Dat liep bijna fataal af. Via verkeerde vrienden belandde hij bij een beruchte motorclub in de Chihuahuawoestijn, waar hij maandenlang gevangen werd gehouden en verslaafd werd gemaakt aan heroïne. Als hij niet net op tijd had weten te ontsnappen, was hij een onzekere toekomst als smokkelaar tegemoet gegaan. Hij kwam er goed van af, al liet de drugsverslaving haar sporen na. De kracht die hij vóór het Mexicaanse avontuur had gehad, was nog niet terug. Kleine stukjes hardlopen en zwemmen lukte wel, maar aan zijn geliefde marathons hoefde hij voorlopig niet te denken. En ook zijn brein leek nog niet zo scherp als vroeger. Dat was de reden waarom hij het aanbod van zijn voormalige chef Benno, om als researchjournalist terug te keren naar *De Dageraad*, nog steeds niet wilde accepteren. Zolang hij zijn vertrouwde kwaliteit niet kon leveren, hield hij het liever bij minder veeleisende klussen, zoals het schrijven van de presentatie- en voice-overteksten voor *De Trip*.

Hij glimlachte toen hij terugdacht aan de glunderende gezichtjes van Nona en Max die ochtend. In Nederland was het twaalf uur later dan op Hawaï en van Yvonne hadden de twee tot acht uur mogen opblijven om met hem te kunnen skypen. Ze wisten dat hij meewerkte aan het 'coolste programma van de wereld' en waren maar wat trots op hem. 'Mogen we ook in het vliegtuig? Dan komen we naar jou toe en kunnen we kijken bij *De Trip*,' vroegen ze, niet voor het eerst. Zijn hart smolt toen hij hen zag en hij wilde niets liever dan hen stevig knuffelen, maar hij wist dat ze het goed hadden bij Yvonne. Bovendien zou hij over een kleine drie weken terugvliegen en dan bleven ze een heel weekend bij hem. Met hulp van zijn ex was het gelukt van zijn flat een warm thuis te maken, waar de tweeling twee weekenden per maand terechtkon. Ideaal was het niet en de pijn van de scheiding voelde af en toe nog rauw, maar hij had vrede met de nieuwe situatie en sinds kort zag hij de toekomst weer met vertrouwen tegemoet.

'Oké, iedereen klaar? Start opnames over één minuut!' De stem van de regisseur schalde door een megafoon over de set. Thierry wierp een laatste blik in een handspiegeltje, ademde stevig in en installeerde zich voor de camera, die hem en de kandidaten achter hem in beeld had. Diego zag hoe hun gezichten verder verstrakten. De Engelsen stonden vooraan; Ben en Denise zouden het spits afbijten en zich als eerste de afgrond in storten. Daarna volgden Daniël en Lorelei uit Duitsland, Mitch en Katy uit de Verenigde Staten en Hiu en Cho uit China. Na een korte pauze, waarin de touwen moesten worden opgetakeld voor de tweede ronde, zouden de Argentijnse Félipe en Romana van start gaan, waarna het de beurt was aan DJ en Mel uit Australië en de Franse Xavier en Germaine. Willem en Renate sloten de rij.

Thierry's intro verliep gesmeerd. Diego merkte dat hun gezamenlijke voorbereiding niet voor niets was geweest. De tekst rolde uit Thierry's mond alsof hij ter plekke improviseerde. In gedachten nam Diego zijn pet af voor de jonge presentator, wiens enthousiasme en zelfverzekerdheid hem bekend voorkwamen; het was of hij zichzelf zag, maar dan twintig jaar jonger.

Anderhalf uur later hadden de eerste vier duo's de opdracht volbracht. Uitgelaten wisselden ze hun ervaringen met elkaar uit, bekers koffie en sportdrank in de hand, toen Diego Willem met een van pijn vertrokken gezicht bij de regisseur zag staan. Die schudde zijn hoofd, gebaarde hevig met zijn armen en liep geïrriteerd weg. Diego ving Willems blik en keek hem vragend aan, waarop de blonde spierbundel naar hem toe kwam. Op de welkomstborrel twee dagen geleden hadden de twee kennisgemaakt en samen een biertje gedronken.

'Spier verrekt bij het opwarmen net,' verklaarde Willem, terwijl hij op zijn rechterkuit wees. 'Zwakke plek van me, speelt wel vaker op, maar nu komt het wel heel slecht uit. Toch te fanatiek geweest in het krachthonk gisteren.'

Diego zakte door zijn knieën en inspecteerde de kuit. Als duursporter was hij bekend met blessures. 'Niet gescheurd?' vroeg hij.

Willem schudde zijn hoofd. 'Dan zou het meer pijn doen. Ik heb nog even, want we zijn als laatsten aan de beurt. Ik hoop dat me dat voldoende rust geeft. Harald wil niet langer wachten; ik vroeg net of we de pauze konden oprekken, zodat ik naar een masseur kan, maar dat schijnt niet te gaan.'

'En de arts, Victorine, kan die niet helpen?' vroeg Diego. Aanvankelijk was het de bedoeling geweest dat een compleet medisch team *De Trip* zou begeleiden, maar dat idee werd wegbezuinigd. In plaats daarvan stond nu een ambulance van het West Kauai Medical Center paraat om eventuele gewonden direct naar het ziekenhuis te kunnen vervoeren. De enige medisch onderlegde persoon ter plekke was Victorine, een jonge Franse huisarts met een hang naar avontuur, die zich in ruil voor kost en inwoning bij de crew had aangesloten.

'Dat is een schatje, maar van sportmassage heeft ze weinig kaas gegeten.' Willem haalde gelaten zijn schouders op. 'Het zou toch zonde zijn als ik er voor de eerste opdracht al uit lig.'

'Néé, man.' Diego sprong overeind. 'Weet je hoeveel mensen er een moord voor zouden doen om hieraan te mogen deelnemen? Ik weet zeker dat je er spijt van krijgt als je nu opgeeft. Als je straks bezig bent en de adrenaline begint te stromen, voel je die spier niet eens meer. En na de opdracht kun je alsnog naar een masseur toe.'

Willem trok een grimas. 'Ik geef het niet op, ik zou niet durven. Dacht je soms dat Renate me liet gaan?' Hij klapte Diego op zijn rug en met een bulderende lach liep hij weg.

6

Op de veranda van haar huis in Hilo, aan de winderige oostkust van Big Island, kon Cassandra geen rust vinden. Het effect van het plantenextract dat ze zelf aanprees en verkocht om zijn rustgevende werking en waarvan ze een flinke dosis door haar thee had geroerd, bleef uit. Het leek of haar hart een sneller ritme sloeg en niet toestond dat ze ging zitten. Als opgejaagd wild had ze wat rondes door haar tropische tuin gelopen en nu probeerde ze tegen heug en meug een kop linzensoep naar binnen te werken. Honger had ze niet, maar ze wilde eten; juist nu was het belangrijker dan ooit dat ze gezond bleef. Na jaren dromen, hopen en wachten, leek het Masterplan, zoals ze het spottend waren gaan noemen, geen utopisch idee meer te zijn, maar durfde ze eindelijk te geloven dat het echt uitgevoerd kon worden. Ze had er wakker van gelegen en ook na haar ochtendmeditatie liet het haar niet los. Ze keek uit naar de les die ze over een half uur zou geven in de tempeltuin. Haar hoofd stond er helemaal niet naar, maar het zou tenminste haar aandacht even afleiden.

Net toen ze opstond om het laatste restje soep terug in de pan te gieten, zwaaide de hordeur open en stormde er een vrouw het huis binnen. Haar lange zwarte haren plakten tegen haar verhitte gezicht en ook haar shirt was nat van het zweet. Half struikelend over de stapels kranten en tijdschriften op de vloer rende ze op Cassandra af. Die was zich wild geschrokken, tot ze de vrouw herkende.

‘Maya!’ riep ze, terwijl ze de onverwachte bezoeker bij haar polsen greep en vooroverboog om in haar ogen te kunnen kijken.

‘Help me, sorry dat ik zomaar binnenval, maar je moet me helpen,’ stamelde de vrouw. Haar pupillen waren sterk vergroot en ze keek steeds achterom alsof ze bang was dat ze gevolgd werd.

Cassandra trok de vrouw naar een stoel en dwong haar te gaan zitten. Zelf knielde ze voor haar neer. Maya was een van haar oudste volgelingen, doorgaans de rust zelve, en de enige die af en toe een les overnam als Cassandra werd weggeroepen. Zonder iets te zeggen, boorde Cassandra haar blik in die van Maya. Ze ademde langzaam in en uit en als vanzelfsprekend kopieerde Maya haar gedrag. Pas toen de ergste paniek voorbij was, knikte Cassandra, ten teken dat de vrouw mocht praten.

‘Het is Alani… ze ligt in de auto en ze bloedt… ik wist niet wat ik moest doen, alleen jij kunt haar helpen!’ Snikkend stond ze op om naar de deur te rennen, maar Cassandra hield haar tegen. Een pijnscheut in haar buik en schaamstreek vertelde haar wat ze moest weten.

‘Is Alani zwanger?’ vroeg ze op strenge toon. ‘Hoe lang al? En waarom heb je dat niet verteld?’

‘Ik wist het niet!’ riep de vrouw wanhopig uit. Dat Cassandra het probleem direct doorzag verbaasde haar allerminst. ‘Ze durfde het niet te zeggen, maar ze is al vier maanden onderweg. Als ik het wist, had ik het natuurlijk verteld. Alsjeblieft!’ Met twee handen probeerde ze Cassandra met zich mee naar buiten te trekken. ‘We kunnen niet naar het ziekenhuis, niemand mag dit weten. Je moet iets doen!’

Cassandra stond op, duwde Maya opzij en baande zich een weg naar buiten, waar Maya’s roestige Toyota dwars op de oprit stond. Op de achterbank lag Alani, de zestienjarige dochter van Maya, op haar zij. Ze drukte haar handen tussen haar benen en kermde van de pijn.

Resoluut trok Cassandra het portier open. 'Alani, luister naar me,' sprak ze met een stem waaruit zowel medeleven als autoriteit sprak. 'Het komt allemaal goed als je doet wat ik zeg. Begrijp je dat?'

Het meisje knikte hevig en duwde zichzelf overeind. Ondersteund door de twee vrouwen lukte het haar naar de zijkamer van het huis te strompelen, waar Cassandra snel een bedbank met wat oude dekens bekleedde. Ze beval Maya water te koken en contact op te nemen met haar leerlingen om de les te annuleren. Zelf verzamelde ze een bundel verse kruiden uit haar tuin. Hoewel ze exact wist wat er nodig was voor een deskundige begeleiding van deze miskraam, viel het haar zwaar. Alani's pijn en paniek brachten herinneringen boven die ze liever voorgoed zou vergeten. Ze schudde haar hoofd en nam een hap frisse lucht voor ze de kamer opnieuw binnenliep.

Twee uur later was het achter de rug en lag Alani met halfopen ogen te slapen op de bedbank. De inspanning en Cassandra's kruidendrank hadden haar knock-out geslagen. Maya zat naast haar dochter op de grond en hield haar hand vast. Met een wit weggetrokken gezicht keek ze naar Cassandra, die haar handen schoonwreef met gedroogde eucalyptusbladeren.

'Bedankt,' zei Maya zacht. 'Als je het goedvindt, wacht ik hier tot Alani wakker wordt. Zolang we voor het einde van de middag thuis zijn, merkt Steve er niets van.' Bij het noemen van de naam van haar echtgenoot huiverde ze zichtbaar. 'Hij ontploft als hij erachter komt… ik weet niet wat hij zou doen, maar hij mag dit absoluut nooit weten.'

Cassandra wierp de bladeren in een vuurkorf en fronste haar wenkbrauwen. 'Van mij zal hij niets horen, dat weet je.' Ze legde haar hand op het voorhoofd van het meisje. 'Jullie mogen hier blijven tot Alani wakker wordt. Over een uur of twee komt ze bij. De betaling kan vanavond, of uiterlijk morgen, ik reken tweehonderd dollar.'

Bij die laatste opmerking moest Maya even slikken, maar ze protesteerde niet. Na een korte pauze wees ze naar de afgesloten aardewerken pot op het tafeltje naast het bed. 'En… wat gebeurt daarmee? Misschien kunnen Alani en ik de vrucht in het bos begraven?'

'Nee,' zei Cassandra met een lichte trilling in haar stem. 'Als je dit voor Steve verborgen wilt houden, is het beter dat er geen sporen achterblijven.' Ze tilde de pot op en drukte hem tegen haar borst. Uit haar gesloten ogen vloeide een traan. 'Kennelijk kwam het leven voor dit kind te vroeg en dat moeten we accepteren. De natuur is hard maar rechtvaardig, al zijn we vaak niet in staat dat te begrijpen.' Maya zag hoe haar knieën knikten en even leek het of Cassandra naast Alani op het bed wilde zakken, maar dat stond ze zichzelf niet toe. Ze rechtte haar rug en liep weg, de pot stevig in haar handen geklemd.

7

Toen Tara in de loop van de middag op de set arriveerde stonden Willem en Renate op het punt aan hun eerste challenge te beginnen. De andere koppels waren al klaar en keken toe van achter het hek aan de rand van de kloof. Tot nu toe hadden de Engelse Ben en Denise de snelste tijd neergezet en bungelden Félipe en Romana onderaan in het klassement. Als de Nederlanders sneller waren, gingen de Argentijnen vandaag nog naar huis.

Diego had net met Thierry de laatste presentatietekst van de dag doorgenomen toen hij Tara zag aankomen. Hij zwaaide en liep naar haar toe. 'Waar was je nou?' riep hij al van meters afstand.

Tara trok haar wenkbrauwen op. Het was fijn hem weer te zien, vooral na de emotionele achtbaan waar Cassandra haar doorheen had gehaald, maar tegelijkertijd deed het pijn dicht bij Diego te zijn. Haar gevoelens voor hem verwarden haar. Toen hij nog geen jaar geleden vermist werd in Mexico en zij hem ging zoeken, was alles helder geweest. Ze wilde toen maar één ding en dat was bij hem zijn. Even had het geleken alsof hij er hetzelfde over dacht, maar nu hij niet meer in levensgevaar verkeerde en zijn nieuwe leven min of meer op de rit had, was er een afstand tussen hen ontstaan. Hij gedroeg zich vriendschappelijk als altijd en daar bleef het bij. Zij had zich op haar werk gestort, maar waar dat voorheen voldoende was, voelde ze nu een gemis in haar bestaan dat zelfs haar trouwe huisgenoot Huub, een uit de kluiten gewassen rottweiler, niet op kon vullen. Ze was niet meer gewoon alleen, wat ze lange tijd prima had gevonden, ze was eenzaam.

'Alsof je dat niet weet,' antwoordde ze, 'ik heb je toch geappt?'

Diego grinnikte en gaf een kneepje in haar schouder. 'Big Island, ja. Wat was daar zo dringend dat je de start van de show moest missen?'

'Dat vertel ik nog wel,' zei ze kortaf, terwijl ze naar het zwevende platform boven de kloof wees. 'Eerst kijken, ze springen zo.'

Op een drafje schaarden ze zich bij de kandidaten, die ingespannen naar een gigantische digitale klok keken. Zodra de seconden naar nul waren teruggelopen klonk er een luide zoemer en stortten Willem en Renate zich hand in hand de afgrond in. Renates gegil echode tegen de muren van de kloof omhoog en stopte pas toen de touwen om hun middel straktrokken, ten teken dat ze de dikke matten op de bodem hadden bereikt. Het afmeten van de touwen was een secuur werkje geweest. De kandidaten waren die ochtend nogmaals gewogen om er zeker van te zijn dat hun touw exact de juiste lengte had om een veilige landing te garanderen. Eenmaal op de matten moesten ze hun tuigjes losgespen om in de kloof een parcours af te leggen, dat zowel kracht en snelheid als ruimtelijk inzicht vergde. Hun verrichtingen werden op de voet gevolgd door een camerateam dat de beelden rechtstreeks doorzond naar de regiewagen op de parkeerplaats. Ook buiten stond een groot scherm opgesteld, waarop de koppels die al aan de beurt waren geweest, hun concurrenten konden gadeslaan.

Tara zag hoe Romana haar onderlip haast stukbeet terwijl haar ogen tussen het scherm en de klok heen en weer flitsten. Het was duidelijk dat de Argentijnse niet naar huis wilde en hoopte dat de Nederlanders langzamer waren dan zij en Félipe.

De camera had Willem vol in beeld toen het misging. Met Renate over zijn schouder sprong hij over een rij rotsblokken naar een touwladder die aan de wand aan de overzijde van de kloof was vastgemaakt. Hij zette zich vanaf de laatste rots af in de richting van de ladder, greep mis, knalde met zijn bovenlichaam tegen de wand en viel. Om te voorkomen dat hij boven op Renate zou landen, lukte het hem nog net zich met een been tegen de wand af te zetten. De toeschouwers sloegen in afgrijzen hun handen voor hun gezicht en Diego vloekte luid. Het was Willem weliswaar gelukt niet op Renate te vallen, zij veerde na de landing direct overeind om zich alsnog naar de touwladder te haasten, maar zelf bleef hij roerloos liggen. Uit de plek op zijn onderrug waar hij de rotspunt had geraakt stroomde bloed naar buiten. De schreeuw van Renate, toen die zich op de ladder omdraaide en zag wat er gebeurd was, ging door merg en been.

Op slag werd het een chaos op de set, zowel boven op de parkeerplaats als onder in de canyon. Mensen gilden, renden door elkaar heen en riepen om een dokter. De ambulancebroeders, die in de kloof stand-by hadden gestaan, brulden commando's door hun portofoons en de productieleider schreeuwde dat er met spoed een helikopter moest komen. Tussen al het geweld liep Thierry lijkbleek rond en leek zich geen raad te weten.

Diego greep hem bij zijn schouders en gaf een tik tegen zijn wang. 'Hé,' riep hij, om het lawaai te overstemmen, 'gaat het?'

Thierry staarde Diego met grote ogen aan. 'Nu is het voorbij,' murmelde hij, nauwelijks verstaanbaar. 'Dit zou mijn grote doorbraak worden en nu moeten we stoppen, net als *De Trip* in IJsland, daar ging het ook mis.'

'Natuurlijk niet!' Diego blikte kort opzij naar Tara, die het tumult tot zijn ontzetting met haar telefoon aan het filmen was. Hij negeerde de neiging haar erop aan te spreken en concentreerde zich op de presentator. 'Als Willem uitvalt, gaan we zonder Nederlanders door. Dat is jammer, maar geen reden om te stoppen.'

Thierry schudde zijn hoofd. 'Dat is niet waar,' riep hij terug. Hij stapte wat dichterbij en sprak op gedempte toon verder. 'Zonder oranje team in de eerste drie afleveringen hebben we geen programma. Dat was een eis van de Nederlandse investeerders en dat zijn geen kleine jongens; De Koning heeft er zelfs voor moeten tekenen dat het Nederlandse team er op zijn vroegst pas in de vierde aflevering uit vliegt. Als dat toch eerder gebeurt, trekken de investeerders zich alsnog terug en moet De Koning een gigantisch bedrag ophoesten. Willem, Renate en de anderen weten er uiteraard niets van en dit mag ook vooral niet naar buiten.' Hij keek schichtig om zich heen. 'Je wil niet weten hoeveel geld er gestoken is in advertenties en tv-reclames, bedrijven hebben hun naam verbonden aan het NL-team in *De Trip*. De imagoschade zou enorm zijn als er opeens geen Nederlanders meedoen.' Hij haalde zijn schouders op. 'De Koning dacht dat het zo'n vaart niet zou lopen. Ik ook niet. Wie kan nou bedenken dat zo'n reus als Willem in de eerste seconden al uitvalt?' Hij bolde zijn wangen en deed zijn uiterste best niet in tranen uit te barsten.

'Dan val ik toch in?' Diego hoorde het zichzelf zeggen en was minstens zo verbaasd als Thierry en Tara, die haar telefoon op slag liet zakken.

'Meen je dat?' Thierry staarde Diego ongelovig aan en omhelsde hem toen stevig. 'Kan je dat dan? Je weet toch wel hoe zwaar het is?' Hij liet los, lachend en huilend tegelijk. Zonder op antwoord te wachten kuste hij Diego op zijn wang, waarna hij wegrende in de richting van de regisseur.

'Ben je wel lekker?' vroeg Tara, die Diego woedend aankeek.

'Ik kan hetzelfde aan jou vragen,' antwoordde hij verontwaardigd. 'Hoe haal je het in je hoofd om te gaan filmen als hier de pleuris uitbreekt? Is dat je nieuwe stijl? Had het maar gezegd, dan had ik het je zeker afgeraden. Of denk je dat ze hier blij van worden bij *De Dageraad Online?*'

Zijn woorden troffen haar hard, maar het lag niet in haar aard dat te laten blijken. 'Ik ben jou geen verantwoording schuldig,' begon ze, ijzig kalm. 'Ik heb mijn opdracht en jij de jouwe, zullen we die gescheiden houden? En misschien moet ik je eraan herinneren dat je hier voor de teksten bent, niet om de held uit te hangen. Daar ben je nog lang niet toe in staat en dat weet je zelf ook.'

Dat laatste had ze beter niet kunnen zeggen, maar het was al te laat. Diego's donkere ogen kleurden bijna zwart. 'Heel goed! Laten we de zaken vooral gescheiden houden, prima! Maar hou jij dan je goedbedoelde adviezen voor je? Je bent mijn moeder niet en er is er verdomme maar één die bepaalt waar ik aan toe ben, dat ben ik zelf.' Woest beende hij weg.

Tara bleef achter. Inmiddels stroomden eilandbewoners van verschillende kanten toe; ze kwamen op de commotie af en wilden weten wat er aan de hand was. Nog steeds renden er kandidaten en crewleden van hot naar her, een politieauto reed met gillende sirene het terrein op en een traumahelikopter vloog laag over. Midden in de chaos stond Tara met haar telefoon in haar hand. Ze filmde niet.

8

Dat vloggen niet haar ding zou zijn, wist ze al toen ze de klus aannam. Schrijven kon Tara als de beste, praten lag haar stukken minder. Bovendien opereerde ze tien keer liever achter de schermen dan ervoor. Nu was het geen vereiste dat ze in elk filmpje in beeld kwam, maar haar chef Benno achtte het voor de herkenbaarheid van de reeks van belang dat Tara de kijkers regelmatig zelf toesprak. Het verloop van *De Trip* met alles wat daarbij kwam kijken moest de hoofdmoot vormen van haar updates en daarnaast was het de bedoeling het paradijselijke Kauai te laten zien. De kijkers zouden smullen van de beelden, had Benno voorspeld, die met de vlogs en het online platform een nieuwe manier had gevonden om adverteerders aan zijn dagblad te binden. Hij liet de filmpjes waar nodig in het Engels ondertitelen en zei dat het niet lang kon duren voor ook buitenlandse bedrijven zich bij hem zouden melden. De eerste vlogs waren al in veel landen bekeken.

Tara vond het allemaal best. Als haar baas dit wilde, deed ze het toch? Een gratis reisje was nooit weg en Hawaï kende ze nog niet. Ze had de klus zonder protest geaccepteerd, iets wat Benno merkbaar verraste; Tara was nooit happig geweest op opdrachten met een commerciële insteek, maar dat leek haar nu niet te deren.

De laatste maanden scheen ze überhaupt nergens warm of koud van te worden. Ze deed haar werk, maakte een ronde met Huub en bezocht af en toe de boksschool, al had ze zelfs daar steeds minder trek in. Het was alsof er een wolk van onverschilligheid om haar heen hing, waardoor ze als een zombie door het leven sjokte en dat was haar aan te zien. Op een glimlach kon niemand haar nog betrappen en hoe ze erbij liep leek haar al helemaal niets te kunnen schelen. Niet dat ze voorheen veel aandacht aan haar uiterlijk besteedde – je kon haar uittekenen in een zwarte capuchontrui, skinny jeans en kisten – maar nu ze haar lange lokken bijna volledig had afgeschoren, kreeg haar knappe gezicht een harde, haast mannelijke uitstraling. Een bijkomend voordeel hiervan was de vanzelfsprekendheid waarmee mensen haar serieus namen. Zo hoefde ze niet eens haar perskaart te laten zien toen ze bij de balie van het Kauai General Hospital naar de kamer van Willem Stoots informeerde.

Willem lag alleen op een kamer in een aparte vleugel. Met vereende krachten was het de ambulancebroeders en cameramannen in de kloof gelukt om Willem te stabiliseren en vast te snoeren op een brancard, die vervolgens door de traumahelikopter naar het ziekenhuis werd gevlogen. Tara zag in gedachten nog de afschuwelijke beelden van zijn val, het reusachtige lichaam in het zand en de hevig bloedende rug. De regie had de livestream al na een paar tellen verbroken, maar het was iedereen duidelijk dat Willem zeer ernstig gewond was. Tara verwachtte dan ook niet dat ze hem zelf kon spreken; ze hoopte een arts of verpleger zover te krijgen op camera te vertellen hoe het de Nederlander verging.

Omdat er niemand in de gang liep, ging ze op zoek naar een verpleegsterspost. Bij een koffieautomaat trof ze twee jonge vrouwen in witte uniformen, die op gedempte toon met elkaar in gesprek waren. Iets aan hun houding weerhield Tara ervan hen direct te benaderen. In plaats daarvan wierp ze een muntje in de automaat voor een beker zwarte koffie. Met haar rug naar de vrouwen toe volgde ze hun gesprek.

'Nooit,' fluisterde de een, met angst in haar stem. 'Ik moet er niet aan denken. Vrienden van me hebben het ook gedaan toen hun hond ongeneeslijk ziek was, maar ik zal Bodi tot het einde bij me houden.'

'Natuurlijk,' zei de ander, meer verontwaardigd dan bang. 'Wat ben je voor onmens als je zoiets doet?' Iets zachter vervolgde ze: 'Volgens mij heeft Suzy haar kat destijds ook meegegeven.'

'Nee, serieus?'

'Ze zei dat ze hem bij de dierenarts had achtergelaten, maar ik kon zien dat ze loog. Een paar dagen eerder zat ik nog bij haar thuis en toen was er niks mis met dat beest. Bizar, maar het gebeurt vast vaker dan je denkt.'

'Het is ongelofelijk. Nooit begrepen waarom de politie er niets aan doet, dierenbeulen zijn het, niets meer en niets minder. En zij loopt voorop, dat enge mens. Die Cassandra.'

Tara verslikte zich haast in haar koffie toen die naam klonk. Ze sloeg een hand voor haar mond en spitste haar oren om meer te kunnen opvangen, maar het geluid van naderende voetstappen maakte een abrupt einde aan het gesprek. Tara zag hoe de vrouwen wegsnelden en ineens stond ze oog in oog met Diego, Renate en Harald, de regisseur.

Die laatste stak direct van wal toen hij haar zag. 'Ah, Tara, je bent ons voor. Weet jij hoe het met Willem is? Waar ligt hij? Heb je al een arts gesproken?'

Tara knikte met haar hoofd in de richting van de gang. 'Hij ligt daar, kamer zes,' zei ze, 'maar ik heb nog geen arts gezien.' Uit haar ooghoeken zag ze dat Diego een arm om de snikkende Renate had geslagen. Haar uitgelopen mascara trok strepen over haar gezicht en over haar minuscule trainingsoutfit droeg ze een felgeel jackje.

'Het m-m-moet goed komen,' stotterde ze, 'ik… ver… vergeef het mezelf nooit…'

Diego trok haar dichter tegen zich aan en sprak wat troostende woorden. Tara kon het niet aanzien. Bij gebrek aan een beter idee beende ze doelbewust naar kamer zes, op de voet gevolgd door Harald. Met een waas voor haar ogen stoof ze naar binnen om pas te stoppen toen ze Willem zag. Hij lag met gesloten ogen onder een laken dat tot zijn middel reikte. Zijn torso was in verband gewikkeld en drie doorzichtige slangen verbonden hem met de apparatuur naast zijn bed. Tara hapte van schrik naar adem. Het beeld leek niet te kloppen, dit machtige lichaam hoorde niet thuis in een ziekenhuisbed. Harald zag haar reactie en wilde haar hand pakken, maar daar moest ze niets van hebben.

'We heten niet allemaal Renate,' snauwde ze, waarna ze de kamer uit stormde en in de gang uitgerekend tegen Renate op botste, die moed stond te verzamelen om naar binnen te gaan. Met een gezicht op onweer duwde Tara haar opzij. Diego riep iets wat ze niet verstond, maar ze keek niet om. Weg wilde ze en wel zo snel mogelijk.

Rennend zocht ze de uitgang en eenmaal buiten lieten de tranen zich niet meer tegenhouden. Na een paar minuten raapte ze zichzelf bij elkaar en startte ze de crossmotor die ze die ochtend had gehuurd.

Toen Diego buitenkwam zag hij enkel nog een rood achterlicht in het donker verdwijnen.

9

De volgende dag wond Victorine er geen doekjes om: ze was het pertinent oneens met Diego's voorstel om Willem te vervangen in *De Trip*. Op verzoek van Harald had Diego de Française om een medische check gevraagd. Als zij haar fiat gaf, ging de regisseur maar al te graag akkoord. De show kon niet verder zonder Nederlander in het oranje team. Diego laten inspringen was sneller en goedkoper dan het invliegen van een van de kandidaten op de reservelijst. Met zijn pezige lichaam en getinte huid leek Diego in de verste verte niet op Willem, maar hij had een goeie kop en zou het op beeld naast Renate ook zeker niet slecht doen. Met die kwalificaties op zak klopte Diego bij de teamarts aan. Die had hem hartelijk verwelkomd, maar toen ze hoorde wat de bedoeling was, betrok haar gezicht. En na een serie tests en een vraaggesprek, waarin Diego zijn voormalige drugsverslaving ruiterlijk toegaf, sloeg ze bijna achterover.

'Uitgesloten,' zei ze met een zwaar accent. 'Je kunt wel denken dat je dit aankunt, maar je lichaam is nog lang niet klaar voor zware inspanningen. Een drugsverslaving vreet je op, letterlijk en figuurlijk, en het duurt minimaal een jaar voordat je er fysiek van hersteld bent.'

'Ik was niet lang verslaafd,' sputterde Diego tegen, 'en ik leef al weer maanden heel gezond.'

De Française keek hem meewarig aan. 'Als dit een zangcompetitie was, zou ik zeggen: leef je uit. Maar we hebben het hier over extreme survival, de opdrachten zijn zelfs voor de best getrainde atleten een uitdaging. Wat jij wilt, kan niet.' Om haar woorden kracht bij te zetten, vouwde ze haar armen over elkaar.

'Het is mijn verantwoordelijkheid,' zei Diego, feller nu, 'die verslaving was niet mijn eigen schuld, ik ben verslaafd gemáákt, dat is heel wat anders. Mijn tijd in Mexico zie ik als een zwart hoofdstuk dat is afgesloten. Ik vertik het om het de rest van mijn leven te laten bepalen. Sporten zit in mijn bloed, ik heb het altijd al gedaan. Goed, marathons zijn nu nog te veel gevraagd, maar ik ren weer en ik ben gaan zwemmen.' Hij zuchtte en legde zijn handen op het bureau tussen hen in. 'Luister, ik weet heel goed wat ik doe. *De Trip* vraagt om kracht en snelheid, maar ook om tactiek, strategisch inzicht en samenwerking. Ik ga echt geen risico lopen. Als het te gek wordt, stop ik, beloofd. Dan moet er alsnog een Nederlander van de reservelijst worden ingevlogen.'

Zijn betoog maakte indruk op Victorine. Ze stond op en zette haar handen in haar zij. 'Ik weet hoe graag je dit wilt,' benadrukte ze, 'maar ik moet je als arts beoordelen...'

Diego liet haar niet uitpraten. Ook hij stond op en ging voor haar staan. 'Gun me dit gewoon. Dit is mijn kans om te bewijzen dat ik terug ben, aan mezelf en aan mijn collega's, maar vooral aan mijn kinderen in Nederland. Een tijdlang kon ik mijn draai niet vinden in het leven, ik voelde me gevangen en in Mexico raakte ik de weg nog verder kwijt. Dat is voorbij; ik weet weer wie ik ben en wat ik wil. Ik wil dit.'

Victorine staarde hem lang aan en sloeg uiteindelijk haar ogen neer. Ze ging achter haar bureau zitten, zette haar handtekening op een formulier en gaf het aan Diego.

Die boog zijn hoofd en toen hij opkeek glansden zijn ogen.

‘Mag het?’ Thierry sprong op hem af zodra Diego de trailer uit kwam.

Het lukte Diego even een pokerface te houden, maar lang hield hij dat niet vol. Lachend zwaaide hij met het formulier. ‘Ik doe mee!’

‘Yes!’ Thierry vloog hem om de hals. ‘Dan gaan we door!’

‘De show gaat sowieso door,’ legde Diego uit, ‘zo nodig met een kandidaat van de reservelijst. Dat levert een paar dagen vertraging op, maar stoppen is geen optie, daarvoor is er al te veel geïnvesteerd.’

Thierry maakte een wegwerpgebaar en grijnsde veelbetekenend. ‘Hou op, dit is toch veel beter: de twee knapste mensen van de club samen in een team.’ Hij sloeg zijn arm om Diego’s schouders en samen liepen ze naar de regiewagen. ‘Dit vraagt om een feestje, vanavond in de hotelbar gaat het dak eraf, dus neem vooral je partner mee.’

Diego keek vertwijfeld om zich heen. ‘Weet jij dan waar ze is? Ik heb Tara vandaag nog niet gezien.’

‘Tara?’ herhaalde Thierry. ‘Ik bedoel Renate, miss sexy, je nieuwe partner!’ Met een knipoog stompte hij Diego tegen zijn schouder. ‘Het duurt vast niet lang voor je aan dat idee gewend bent.’

10

Vanuit de lucht leken de eilanden van Hawaï niet meer dan speldenknopjes in de oceaan. Het was onvoorstelbaar door hoeveel water de stukjes land werden omgeven. Tara dacht terug aan Diego's relaas; op de heenreis had hij er niet over uit gekund dat de zes uur durende vlucht van Los Angeles naar Kauai alleen maar over water voerde. Hij wist te vertellen dat de eilanden al een aantal keren door tsunami's getroffen waren. De vulkanische ondergrond leidde van tijd tot tijd tot aardbevingen die op hun beurt tsunami's veroorzaakten. Ook aardbevingen elders in de Grote Oceaan konden immense golven teweegbrengen die de eilanden bereikten. In het verleden waren grote delen van Molokai en Oahu in zee afgezakt, waardoor megatsunami's ontstonden. Diego grapte dat het fenomenaal voor *De Trip* zou zijn om een tsunami mee te maken en op beeld te vangen, maar hij wist ook dat de risico's te groot waren. Het natuurverschijnsel had door de jaren heen alleen al op Hawaï honderden slachtoffers geëist en mocht het zover komen tijdens hun verblijf op de eilanden, dan was hun veiligheid belangrijker dan een spectaculair televisieprogramma.

Ze was al een uur onderweg naar Big Island en kon niet wachten tot het vliegtuig de landing inzette. Haar maag deed pijn van de honger; sinds gistermiddag had ze niet meer gegeten en ze nam zich voor dat op het vliegveld te doen. Snel, want hoe eerder ze bij Cassandra in de stoel zat, hoe beter. Ze wist dat ze een dag te vroeg was, maar ze kon niet langer wachten. Het was lang geleden dat ze zich zo radeloos had gevoeld en Cassandra was de enige die haar nu kon helpen. En zo niet, dan wist ze het ook niet meer. Het leven had haar nooit echt toegelachen en daar had ze mee leren omgaan. Tot haar tiende was ze gelukkig geweest, maar het auto-ongeluk van haar ouders luidde een fase vol teleurstellingen in, die haar gevormd had. Sommige pleeggezinnen waren oké, maar in de meeste voelde ze zich niet thuis. Bovendien bleef ze nergens lang genoeg om echt te wennen, steeds moest ze verkassen, waarom wist ze vaak niet eens. Haar opstandige karakter had er vast iets mee te maken, veel 'ouders' konden haar kennelijk niet aan. Ze herinnerde zich hoe blij ze was toen ze eindelijk op kamers mocht en kon gaan studeren. Vier jaar lang bood de studie journalistiek haar voldoende houvast, maar daarna ging het opnieuw mis. Ze belandde in een kraakpand waar bier en wijn rijkelijk vloeiden en na verloop van tijd werd er ook stevig gedeald. Van de drugs wist ze af te blijven, maar de alcohol had gaten in haar geheugen geslagen, die zich later niet meer lieten invullen. Ze was ervan overtuigd dat als Benno haar toen niet had aangenomen bij *De Dageraad*, ze zichzelf finaal de vernieling in had geholpen.

Starend uit het vliegtuigraam zag ze weer voor zich hoe hij voor de deur van het kraakpand stond, inmiddels acht jaar geleden. Zijn krullen kleurden nog niet zo grijs en zijn buik was een stuk minder bol. Hij had de bel net zo lang ingedrukt tot ze er horendol van werd en haar bed was uit gerold. Met dikke ogen, een kurkdroge mond en een stampend fanfareorkest in haar hoofd deed ze open. Ze herkende hem aanvankelijk niet, al had ze tijdens haar stage vier maanden met hem samengewerkt.

'Dag Tara, mag ik binnenkomen?' had hij gevraagd, alsof hij de penetrante dampen van verdovende middelen die uit het huis naar buiten golfden niet rook.

Ze was naar buiten gestapt en had hem vragend aangekeken, nog niet in staat woorden te formuleren.

'Ik heb werk voor je,' had hij gezegd, 'bijna op alle redacties komen we handen tekort, binnenland, stad en streek, de uitpagina's. We hebben een vliegende kiep nodig, iemand die flexibel is en overal inzetbaar. Het betaalt niet geweldig, maar genoeg voor een eigen flatje.' Hij keek achter haar langs de gang in, waar vuilniszakken vol lege flessen tegen de muur lagen opgetast. Even leek het of hij nog wat wilde zeggen, maar hij hield zijn mond en keek haar aan.

'Waarom ik?' had Tara gevraagd, zich langzaam maar zeker bewust van de beroerde indruk die ze moest maken. Ze stonk een uur in de wind, de alcohol stroomde haast zichtbaar uit haar porien en op haar capuchontrui na droeg ze enkel een onderbroek.

'Jij bent de beste stagiaire die we ooit gehad hebben,' zei hij onomwonden. 'We hebben mensen nodig, harde werkers met een scherpe geest en ik dacht aan jou.' Hij haalde zijn schouders op en leek even te aarzelen. 'In principe per direct, maar dat lijkt me nu geen goed idee.'

Voor het eerst voelde Tara een zweem van schaamte, al liet ze dat niet merken. Schijnbaar onbewogen staarde ze Benno aan. Pas toen hij zich omdraaide en het tuinpad af liep, kwam ze in beweging. Ze ging hem achterna en greep hem bij zijn arm.

'Ik doe het.'

'Mooi.' Hij knikte, al zag ze in zijn ogen ook twijfel. 'Morgenvroeg? En zorg ervoor dat je nuchter bent.'

Ze glimlachte weemoedig bij de herinnering. De volgende dag had ze zich gemeld, nuchter en nerveus. Ze begreep maar al te goed dat dit een kans was die ze met beide handen moest aangrijpen; Benno had haar een reddingsboei toegeworpen, een escape uit de doodlopende weg die ze was ingeslagen. Het bleek een schot in de roos. Net als tijdens haar stage voelde ze zich op de redactie als een vis in het water. Ze beet zich vast in elk verhaal en ontwikkelde zich tot een allround journalist op wie Benno kon bouwen. Haar werk, en later ook de samenwerking met Diego, gaf haar het gevoel ergens bij te horen en dat deed haar meer goed dan ze doorhad. Nu dat gevoel haar door de vingers glipte en steeds verder van haar wegdreef, besefte ze pas hoe belangrijk het voor haar was. Ze deed zichzelf nog steeds voor als een einzelgänger, dat had ze immers altijd gedaan, maar dat masker paste haar niet meer. De eenzaamheid putte haar uit, ze kon het niet langer alleen, ze had mensen nodig.

Op aanwijzing van de stewardess klikte ze haar riem vast, de daling werd ingezet. De spanning die zich tijdens de vlucht onder in haar buik had opgebouwd, kroop langzaam omhoog. Het zou nu niet lang meer duren voor ze bij Cassandra op de stoep stond. Die moest haar nogmaals terugbrengen naar de laatste minuten van haar moeders leven, de laatste minuten waarin ze nog familie had.

11

Cassandra wiste het zweet van haar voorhoofd. Doorgaans voerde ze haar offerceremonies 's nachts uit en deden haar volgelingen het zware werk. Nu stond de zon hoog aan de hemel en was ze alleen in haar tuin. Uit het vuur in de korf voor haar steeg een dikke sliert rook op. De aardewerken pot stond in het gras, het deksel lag ernaast. Misschien had ze moeten wachten tot het donker werd, maar dat durfde ze niet aan. Ze wilde het risico niet lopen te laat te zijn. Alani's ongeboren kind, een foetus van nog geen zestien weken oud, moest aan het vuur geofferd worden voordat het leven eruit vervloog. Die ingeving openbaarde zich toen ze Alani gisteren hielp en had haar niet meer losgelaten. Dat was de reden waarom ze Maya en Alani de vrucht niet meegaf, ze wilde dit beginnende leven teruggeven aan de natuur; een offer als blijk van berouw, maar ook als test om te zien of het effect zou hebben. Het was een gok en misschien zou al het werk voor niets zijn, waren het bloed op haar handen, het zweet op haar rug en de roetvegen op haar gezicht vergeefse moeite, maar toch vond ze het een poging waard. Ondanks de scepsis die ze ook voelde, wilde een deel van haar geloven dat het mogelijk was, dat het Masterplan zou slagen en als dat gebeurde, was ze de rest van haar leven de koning te rijk.

Terwijl ze met een pook in het vuur porde en de houtblokken in de korf tot gruis verpulverden, begon ze zacht te neuriën. Ze sloot haar ogen en liet haar gedachten wegdrijven op de melodie van een kinderliedje dat haar moeder in een grijs verleden en in een land ver hiervandaan voor haar gezongen had. Haar moeder, een lange vrouw net als zij, ging haar leven lang gebukt onder een hardnekkige huidziekte, die ontstekingen veroorzaakte op haar armen, handen, hals en voorhoofd. Zij was de enige die Cassandra als kind begreep. Beiden hadden ze dezelfde bijzondere gaven: ze zagen aura's om mensen heen, ze voelden de pijn van anderen in hun eigen lichaam en hadden een ijzersterke intuïtie, vooral als het om personen met verkeerde bedoelingen ging. Moeder had verteld dat ook háár moeder en grootmoeder dit talent hadden gehad en dat ze er dankbaar voor moesten zijn, maar dat was niet eenvoudig. Bijna haar hele kindertijd ging Cassandra gebukt onder zware hoofdpijn, die door haar overgevoeligheid veroorzaakt werd. Ze miste veel van school en omdat ze anders was, lieten klasgenoten haar links liggen. Gepest werd ze nooit, maar het doen alsof ze niet bestond kwetste haar tere kinderziel en zorgde ervoor dat ze zich meer en meer afzonderde. Ze ging zich verzetten tegen de gaven die haar anders maakten dan de rest, zette een zonnebril op om de aura's niet te zien en draaide de volumeknop van de radio in haar kamer vol open, in een poging de inzichten die zich aan haar opdrongen te blokkeren. Tevergeefs. Het duurde tot in haar puberteit voor ze met haar gaven leerde omgaan. Op de middelbare school kreeg ze twee vriendinnen en ging het even beter, tot haar moeder stierf aan een verwaarloosde longontsteking en ze bij een oudtante in huis kwam, aan de andere kant van de stad. Op haar nieuwe school vond ze opnieuw geen aansluiting. De leegte die ze in die jaren voelde had haar nooit meer verlaten.

'Je bel doet het niet.'

Als door de bliksem getroffen draaide Cassandra zich om. Met grote ogen staarde ze naar de vrouw die ongemerkt haar tuin in was gelopen. Het duurde een paar tellen voor ze Tara herkende.

‘Wat doe jij hier? Je mag hier niet komen.’ Met de gloeiende pook in haar handen beende ze op Tara af. Die stapte achteruit en hief haar handen in verdediging.

‘Sorry, ik heb aangebeld,’ zei ze, met haar ogen op de pook gericht.

Cassandra liet de pook zakken, maar duwde Tara met haar hand achteruit en daarin was ze niet zachtzinnig. ‘Wij hebben morgenavond een afspraak,’ sprak ze verontwaardigd, ‘eerder komen heeft geen zin, heb ik gezegd. Ik dacht dat ik duidelijk was?’

De recht-voor-zijn-raap-aanpak overrompelde Tara. Ze had gedacht Cassandra te kunnen overreden de afspraak te vervroegen, ze was zelfs bereid geweest er extra voor te betalen, maar ze kreeg niet eens de kans dat aan te bieden. Verbouwereerd liet ze zich de tuin uit drijven, tot ze van de eerste schrik bekomen was en Cassandra’s hand wegsloeg.

‘Stop daarmee,’ zei ze, opeens fel. ‘Ik ga al weg, je hoeft me niet te duwen. En als je er geen zin in hebt wildvreemde mensen te helpen, moet je ze ook niet aanspreken. Als jij op het vliegveld niets gezegd had, stond ik hier nu niet!’ Haar donkere ogen kleurden zwart. De wanhoop die ze in het vliegtuig had gevoeld, zette zich om in woede en ergens voelde dat nog lekker ook. Voordat ze verder kon gaan, viel Cassandra haar in de rede.

‘Ik wil je morgen helpen, niet vandaag,’ sprak ze resoluut. ‘Je moet weg, ik ben met iets anders bezig.’ Ze keek vluchtig over haar schouder.

Tara volgde haar blik van de vuurkorf naar de stenen urn ernaast en werd getroffen door de angst die een fractie van een seconde door Cassandra’s ogen trok.

‘Wat ben je aan het doen?’ vroeg ze, tegen beter weten in.

In plaats van te antwoorden, wees Cassandra met gestrekte arm naar de veranda, waarover Tara in de tuin was gekomen.

Eveneens zonder woorden draaide Tara zich om. Ze volgde de veranda naar de voorzijde van het huis en sloeg het pad in naar de hoofdweg. Voor een hypnosesessie zou ze dus toch tot morgenavond moeten wachten en dat was een grote domper, maar de onverwacht agressieve houding van de therapeute had ook haar nieuwsgierigheid gewekt. Kennelijk was Cassandra Newland met iets bezig waarbij ze geen toeschouwers kon gebruiken. Wat had deze 'natuurgenezeres en regressietherapeute' te verbergen? En zou dat iets te maken hebben met het gesprek dat ze in het ziekenhuis had opgevangen en waarin Cassandra's naam viel? Ongemerkt fronste Tara haar wenkbrauwen; hier moest ze meer van weten. Haar plan om zo snel mogelijk terug te vliegen naar Kauai om vlogs te schieten voor *De Dageraad Online* liet ze varen; als ze tot na haar afspraak van morgenavond op dit eiland bleef om op onderzoek uit te gaan, had ze Diego daarna vast heel wat te vertellen.

12

De wind suisde in zijn oren en hij leek een eeuwigheid geen adem te kunnen halen. Pas toen Diego op zijn knieën op de mat onder in de kloof plofte en zich kon loskoppelen van de leren riemen, kwam hij weer bij zinnen. De gigantische sprong van het platform, die Willem een dag eerder had gemaakt, moest worden overgedaan en dit keer was het Diego die Renates hand vasthield. Hoewel hij het op het bungelende platform bijna in zijn broek had gedaan van angst, was hij vastberaden deze eerste opdracht tot een goed einde te brengen. Hij wist het hindernisparcours foutloos af te leggen en sprong als een hert over de rotsblokken naar de touwladder aan de wand, vanwaar hij Renate aanspoorde op te schieten. Zijn hart racete en het zweet gutste van zijn lijf, maar toen hij bovenkwam en ze gezamenlijk over de finish renden, in de vierde tijd op de ranglijst, voelde hij zich euforisch. Hij stootte een oerkreet uit en omhelsde Renate, die maar niet ophield met springen. Ze hadden het geflikt en de wereld mocht het weten. Beter nog: zijn kinderen zouden het zien. Dit gaf hem zo'n kick dat hij op het punt stond te roepen dat hij nog een keer wilde, maar hij kon zich inhouden. In plaats daarvan grijnsde hij voluit naar de regisseur die van achter zijn scherm een duim naar hem opstak.

Vanwege Diego's vuurdoop was besloten dat er na de eerste challenge niemand naar huis werd gestuurd. De kandidaten waren zo blij met dit nieuws dat geen van hen er vraagtekens bij plaatste, maar Thierry en Diego wisten beter. Met deze geforceerde ingreep verzekerde de programmaleiding zich van een volgende aflevering met het oranje team erin en bleven de investeerders in Nederland tevreden. De Argentijnen, Félipe en Romana, zouden morgen de kans krijgen zich te revancheren en hogerop te klimmen. Ook de tweede opdracht vond plaats in Waimea Canyon, aan de voet van de tweehonderdvijftig meter hoge Waipoowaterval en werd die avond opgebouwd, zodat de opnamen de volgende ochtend direct konden worden hervat. Voor het kandidatenkoppel dat na de tweede opdracht onder aan het klassement eindigde, was het avontuur definitief voorbij.

'Dat zijn Flip en Romana of de Chinezen, let maar op.' Thierry schonk drie glazen goedkope champagne in, die hij 'geleend' had van de catering en reikte zijn gasten er een aan. Renate en Diego proostten en namen een slok.

'Hoezo de Chinezen?' vroeg Diego lachend. Sinds de geslaagde opdracht verkeerde hij in een opperbeste stemming en hij had Thierry's uitnodiging voor een drankje in diens trailer met plezier geaccepteerd.

Thierry haalde zijn schouders op. 'Hoe die door de selectie zijn gekomen? Hij is veel te langzaam en zij te slap. Er zit totaal geen pit in dat stel.' Hij nam nog een slok en wees op Diego. 'Jullie hebben dat duidelijk wel en dat is fijn om naar te kijken, dat willen de kijkers zien. Je mag best zenuwachtig zijn, die opdrachten zijn nu eenmaal gevaarlijk, maar je moet er wel vol voor gaan, anders kun je beter thuisblijven.'

'Helemaal mee eens,' zei Renate. Ze ging op de bank tegen Diego aan zitten en sloeg haar lange benen opzichtig over elkaar. 'Peper in je reet, daar hou ik van.'

'Volgens mij hou jij van veel meer,' grijnsde Thierry. Hij graaide in zijn broekzak en hield een gesloten vuist voor Renates gezicht.

Zij gaf hem een slinkse blik, opende zijn vuist en zette grote ogen op. Enthousiast pakte ze een van de pillen uit zijn handen.

'Speed?' vroeg ze. Hij knikte en zonder aarzelen stak ze de pil in haar mond. 'Toch niet meegenomen in het vliegtuig? Hier gekocht dus? Dat heb je snel voor elkaar.'

Thierry glimlachte zelfgenoegzaam en bood Diego ook een pil aan.

Die schudde zijn hoofd. 'Niets voor mij,' zei hij, en met een bezorgde blik op zijn teamgenoot: 'Voor jou dus wel? Ben je voorzichtig?'

Renate leunde nog dichter naar hem toe en streek hem door zijn haren. 'Lief dat je je zorgen maakt, maar ik ben een grote meid met heel veel mensenkennis en ik vertrouw erop dat Thierry geen troep uitdeelt.'

'Klopt,' bevestigde de presentator op serieuze toon. 'Ik kon in de hotellobby een klein voorraadje scoren en heb het eerst getest. Het is goed spul, het enige nadeel is dat het van een ander eiland moet komen. Dat vergt de komende weken wat organisatie, maar dat hoeft geen probleem te zijn.' Hij knipoogde naar Diego. 'Laten we het erop houden dat ik in deze branche al de nodige ervaring heb opgedaan. Hier kennen ze me nog niet, maar met een goedgevulde bankrekening kun je overal zaken doen.' Hij hield zijn geopende hand nogmaals voor Diego. 'Weet je het zeker? Niemand komt erachter en het geeft je echt een boost. Of denk je dat je zo'n prestatie als vandaag ook zonder hulpmiddelen kunt neerzetten?'

Diego lachte wat ongemakkelijk, maar weigerde pertinent. 'Bedankt, ik weet het zeker.'

'Jouw keuze, respect.' Thierry stopte twee pillen tegelijk in zijn mond en spoelde ze weg met champagne. Meteen daarop schonk hij de glazen bij. 'Op Willem!'

Renate herhaalde de toost en gaf Diego een knipoog. 'Ik hoop natuurlijk echt dat hij snel beter wordt, maar ik ben stiekem ook heel blij met jou.'

Thierry lachte hardop. 'Zo stiekem is dat niet, lekker ding, je bent een open boek.' Hij boog zich naar haar toe, streelde haar wang en kuste haar op haar mond. 'Drink op, mensen, er wacht ons een feestje in het hotel.'

13

Het schemerde al toen Tara de taxi uit stapte voor het Big Island Pet Care Center. Een snelle eerste zoektocht via Google had vooralsnog niets opgeleverd; in de digitale wereld leek Cassandra Newland niet te bestaan en dat bevreemdde Tara des te meer. Ze besloot haar licht op te steken bij de dierenartsen op het eiland, misschien konden zij meer vertellen over de vrouw, die ook met dieren scheen te werken, al waren de twee verpleegsters in het ziekenhuis daar niet onverdeeld gelukkig mee. Bij de Maikai-dierenkliniek, waar ze haar zoektocht begon, zeiden ze nog nooit van Cassandra gehoord te hebben en verwezen ze naar het Pet Care Center, dat langer op het eiland gevestigd was en een grotere klantenkring bediende. Tara betaalde de chauffeur en liep de gekoelde wachtkamer binnen, waar een dikke man met een zwartbruine rottweiler aan zijn voeten haar groette. Ze zakte door haar knieën en aaide de reusachtige hond achter zijn oren, wat hij zich maar al te graag liet welgevallen.

'De meesten lopen met een boog om hem heen.' De man leek verbaasd.

'Ik heb er zelf ook een,' antwoordde Tara, zonder haar ogen van het dier te halen. Ze voelde meteen dat hij meer pit in zich had dan haar eigen Huub en ze begreep de opmerking van zijn eigenaar. Deze hond wilde weten wie de baas was en als hij merkte dat je twijfelde, walste hij over je heen. Dat zou ze niet laten gebeuren; hoe ze met dieren moest omgaan, wist ze precies; het waren mensen die het haar moeilijk maakten. Met spijt in haar hart dacht ze aan Huub, die ze vlak voor vertrek bij Benno had achtergelaten. Als die zichzelf niet als oppas had aangeboden, zou ze nooit aan hem gedacht hebben; op de een of andere manier leek haar chef meer het type voor een teckel of een andere kleine keffer. Maar Benno hield vol en toen ze hem langsbracht leek Huub er zelf ook vrede mee te hebben, dus had ze het zo gelaten.

In een opwelling greep ze haar telefoon uit haar zak en tikte ze een berichtje naar Benno: *Hoe gaat het met Huub?*

Nog voordat ze het toestel opgeborgen had, gaf een pieptoon aan dat er een bericht binnenkwam. Benno was kennelijk al wakker, of ze had hem wakker gemaakt, want het was van hem. *Met Huub alles goed. Waarom heb je gisteren geen vlog gestuurd?*

Schuldbewust ging Tara in de stoel tegenover de dikke man zitten. De rottweiler liep met haar mee en legde zijn grote kop op haar schoenen. Ze was zo vol geweest van de ontmoeting met Cassandra dat ze haar aandacht maar moeilijk bij haar werk had kunnen houden. De val van Willem leek in eerste instantie een dankbaar onderwerp voor een vlog, maar toen Diego haar berispte en ze erover nadacht, moest ze hem gelijk geven: sensatiejournalistiek was niet haar stijl. Natuurlijk kon ze het ongeluk wel behandelen, maar niet door het in beeld brengen van de paniek tijdens de eerste momenten na de val. Verder dan die gedachtegang was ze niet gekomen voordat ze Cassandra voor de tweede maal ontmoette. De vrouw was in korte tijd enorm belangrijk voor haar geworden en beheerste haar gedachten. Dat ze een vlog moest maken voor *De Dageraad Online* was ze niet vergeten, maar ze had nu andere dingen aan haar hoofd.

Ik ben op Big Island iets op het spoor. Mogelijk groot, ik houd je op de hoogte.

Het antwoord liet niet lang op zich wachten: *Op Big Island?*

Waarom niet op Kauai? Daar zijn de opnames, toch? Geen fratsen, Tara, ga terug en houd je aan onze afspraken!

Hoewel hij gelijk had, kon ze zijn toon niet waarderen. Sinds hij haar uit het kraakpand had geplukt stelde hij zich vaker als vaderfiguur op dan als baas. Dat was een enkele keer prettig, maar het zat haar ook in de weg. Ze liet zich niet graag de les lezen en dat wist Benno, en toch kon hij het niet laten.

Morgen ga ik terug, vlog volgt zo snel mogelijk, appte ze, waarna ze haar telefoon uitschakelde en in haar zak stak.

Ze keek op toen de dierenarts de deur van zijn kamer opende en de man met de hond uitnodigde binnen te komen. Nieuwsgierig keek de arts haar aan. De zon had diepe rimpels in zijn gebruinde gelaat getrokken, maar zijn kale hoofd was verrassend glad.

'Ik dacht dat dit de laatste patiënt was? Of heeft u ook een afspraak?'

Tara stond op. 'Nee, ik wilde alleen iets vragen.'

De arts liet de dikke man en de hond zijn kamer binnen, sloot de deur achter hen en rees afwachtend zijn wenkbrauwen.

Ze kuchte. 'Ik wilde weten of de naam Cassandra Newland u iets zegt. Zij schijnt ook een dierenpraktijk te hebben op de eilanden?'

Hoewel de arts bleef glimlachen, verstarde de blik in zijn ogen. Hij rechtte zijn rug en greep de deurklink van zijn kamer beet. 'Over haar heb ik niets te melden. Als u een dierenarts zoekt, kunt u bij mij terecht, maar maak dan eerst een afspraak.'

'De Maikai-kliniek verwees me naar u,' drong Tara aan. 'Begrijp ik goed dat ze geen officiële praktijk runt, maar dat er wel zieke dieren naar haar toe worden gebracht?'

Zichtbaar geïrriteerd stak de arts zijn wijsvinger op. 'Zoals ik al zei, weet ik niets van mevrouw Newland en dat zou ik graag zo houden. Als u verstandig bent, volgt u mijn voorbeeld.' Hij draaide zich om en sloot resoluut de deur van zijn spreekkamer.

Tara wachtte even en verruilde toen de koelte van de kliniek voor de warme buitenlucht. Ze wist dat ze beet had. Van de woorden van de arts werd ze misschien niet veel wijzer, het ging meer om wat hij níét zei. Zijn lichaamstaal en de irritatie in zijn stem spraken boekdelen: met Cassandra Newland was iets grondig mis.

14

Tijdens de veertig minuten durende wandeling van de dierenkliniek naar haar hotel viel de avond in. Ze had weer een taxi kunnen aanhouden, of haar duim kunnen opsteken naar elke willekeurige auto die voorbijreed, liften was hier gebruikelijk, maar het lopen deed haar goed. Terwijl haar telefoon de kortste route wees, zette ze haar gedachten op een rij. De afleiding was fijn; zolang ze haar tanden in een verdachte zaak kon zetten, hoefde ze niet na te denken over de puinhoop die haar leven was geworden. Morgen om deze tijd zou haar wereld er misschien heel anders uitzien; als Cassandra haar de woorden van haar moeder had laten horen en ze eindelijk wist wat ze al die tijd had willen weten. Het verlangen was zo hevig dat ze de gevoelens van ongemak die Cassandra ook in haar opriep, opzijzette. Om onduidelijke redenen werd de vrouw door een wolk van geheimzinnigheid omhuld, mensen verstarden bij het horen van haar naam en gingen vragen uit de weg. Het was helder dat er iets aan haar kleefde en dat had de journalist in Tara wakker geschud. Nu ze beethad zou ze niet loslaten voor ze wist wat Cassandra verborg, maar ze moest voorzichtig te werk gaan. Als Cassandra erachter kwam dat Tara haar gangen naging, zou dat de hypnosesessies kunnen verstoren en dat was wel het laatste wat ze wilde.

Ondanks het zwoele avondbriesje trok er een kille huivering door haar lichaam. Morgen zou ze het weten. Maar wat als het tegenviel? Of wat als ze het, achteraf bezien, liever niet had willen horen? Misschien liet haar geheugen haar met een reden in de steek? Ze schudde haar hoofd. Nee, ze moest het weten, zelfs al viel het tegen. Haar moeder had haar laatste krachten ervoor benut, alleen dat was al reden genoeg om door te zetten. In gedachten verzonken stak ze de weg over, waar ze op een haar na geschept werd door een glimmende SUV, die met piepende banden voor haar tot stilstand kwam. Als bevroren bleef ze staan, verblind door het felle licht uit de koplampen.

'Are you allright, honey?'

Ze hoorde iemand uitstappen en uit het licht verscheen een engel. De man had lang haar en het witte gewaad om zijn magere lichaam wapperde licht in de wind. Hij liep met uitgestoken hand op haar af en hield die voorzichtig boven haar schouder, zonder haar aan te raken.

'Ik zag je niet. Opeens liep je voor me, ik kon net op tijd remmen. Gaat het?' Zijn stem klonk oprecht en ook uit zijn opvallend lichte ogen straalde gemeende belangstelling.

Tara knikte. Haar hart klopte in haar keel, maar ergens voelde ze ook opluchting. In het verleden was ze in soortgelijke situaties, waarin ze hevig schrok en zeker bij fel licht, flauwgevallen en duurde het minuten eer ze bijkwam. Al sinds haar kinderjaren leed ze aan epilepsie en hoewel de klachten afnamen naarmate ze ouder werd, verwachtten de artsen niet dat ze er ooit helemaal van afkwam.

De man liet zijn arm zakken, maar bleef haar onderzoekend aankijken. 'Je komt hier niet vandaan, toch? Ben je op vakantie?'

'Ik... ben hier voor werk,' zei Tara zacht. Ze mocht dan niet zijn flauwgevallen, de schrik had toch zijn tol geëist en ze voelde haar knieën knikken. 'Mijn hotel is daar.' Ze wees naar een plek in het donker.

De man volgde haar arm en schudde zijn hoofd. 'Je kunt nu

beter niet alleen verder lopen. Ik woon hier vlakbij. Stap in, dan zet ik een kop thee en kun je even bijkomen. Als je wilt, breng ik je daarna naar je hotel. Oké?'

In haar gewone doen zou ze het aanbod afgeslagen hebben, maar de vriendelijkheid van de vreemdeling voelde als een warm bad. Ze liet zich helpen met instappen en nog geen tien minuten later zat ze op een schommelbank in een huis dat veel weg had van een uit de kluiten gewassen boomhut. Het was volledig uit hout opgetrokken en binnen vormden kleurrijke bloemenposters een veredeld behang. Er lagen tientallen kussens op de vloer en op de banken en uit een onzichtbare speaker klonk een krekelkoor. De man, die zich in de auto als Joseph had voorgesteld, rommelde met servies in de keuken toen er een vrouw de kamer binnenkwam in eenzelfde gewaad als dat van hem. Ze lachte vriendelijk naar haar gast en zette het harige dier dat ze in haar armen droeg naast Tara op de schommelbank.

'Welkom. Ik ben Jolene en ik hoor van Joseph dat je flink geschrokken bent,' zei ze met een stem die een jarenlange nicotineverslaving deed vermoeden, wat door haar vergeelde vingertoppen en de geur van zware shag in haar kleding bevestigd werd. Tara kreeg op slag zin in een sigaret, maar richtte haar aandacht op het dier dat zich schijnbaar tevreden tegen haar been had opgerold.

'Wat is dit?'

'Dat is Adam, onze wombat, een geboren tranquillizer.' Jolene lachte luid en leek zich daarna te verliezen in een hoestbui, maar kwam toch weer op adem. 'Ik heb nooit last van stress of spanning, daarvoor moet je mijn man hebben.' Ze knikte veelbetekenend naar de keuken en fluisterde: 'Die maakt zich nog druk om de insecten die zich tegen de hordeur kapotvliegen.' Om op normale toon te vervolgen: 'Maar bij stress is Adam een uitkomst, houd hem een paar minuten op schoot en je bent zo zen als een pasgeboren puppy.' Lachend spoorde ze Tara aan haar woorden op te volgen. Die tilde de wombat op en hield hem tegen haar buik, waar hij rustig verder sliep, zijn oogjes halfopen. Tara streek haar hand over zijn zachte zilvergrijze rug en voelde zich inderdaad rustiger worden.

'Het werkt,' grinnikte ze.

'Natuurlijk werkt het!' Uit een onzichtbare zak in haar gewaad diepte Jolene een buil shag op. Toen ze Tara ernaar zag kijken, hield ze de zak uitnodigend voor haar neus. Die bedankte, viste haar pakje sigaretten tevoorschijn en bood de gastvrouw er een aan. Samen rookten ze in stilte, tot Jolene opnieuw het woord nam. 'Knap dat je Joseph niet hebt horen aankomen, dat monster van hem maakt zo veel lawaai. Waar zat je met je gedachten?'

'Bij Cassandra Newland,' antwoordde Tara direct en ze speurde Jolenes gezicht af naar een reactie, maar die bleef uit. 'Weet je wie dat is?'

Jolene streek een hand door haar vettige haar en blies rook via haar neus naar buiten. 'Vanzelfsprekend, ik woon hier, iedereen weet wie dat is.' Haar stem klonk neutraal en toch meende Tara er een terughoudendheid in te bespeuren die ze eerder niet had opgemerkt.

'Wat is het voor iemand?'

'Een bijzonder mens, laat ik dat vooropstellen.' Jolene lachte zenuwachtig en draaide haar hoofd naar de keuken. 'Joseph! Waar blijft de thee?' Na nog een flinke hijs keek ze Tara schichtig aan. 'Ze runt in haar eentje een abortuskliniek, ze helpt de vrouwen op de eilanden die ongewenst zwanger zijn.' Jolene haalde haar schouders op. 'Dat is hier illegaal, maar ik denk dat ze op haar manier probeert te doen wat goed is. Doen we dat uiteindelijk niet allemaal? Ze krijgt kritiek en velen zien haar het liefst zo snel mogelijk vertrekken, maar ik weet ook dat anderen blij met haar zijn.

Zo gaat het in het leven; wanneer doe je iets goed?' Met een grimas tikte ze de as van haar sigaret in een asbak.

Tara luisterde aandachtig en hoopte dat Joseph nog even wegbleef om het moment niet te verstoren. 'Maar hoe doet ze dat? Ik begreep dat ze natuurgenezeres is, of is ze toch medisch onderlegd? En werkt ze niet ook met dieren?'

Jolene lachte schamper. 'Als je het zo wilt noemen. Ach, weet je, ik ken haar niet persoonlijk.' Ze stond op en liep in de richting van de keuken. 'Je stelt veel vragen en ik heb de antwoorden niet. Als je zo in haar geïnteresseerd bent, kun je je misschien beter melden bij de commune in de tempeltuin in Hilo. Ze geeft daar les over planten en kruiden, volgens mij zijn die openbaar.'

Tara keek haar gastvrouw na tot die uit het zicht verdween. Vanuit de keuken klonken gedempte stemmen op en plots voelde ze zich niet langer welkom. De eerste schrik van het bijna-ongeluk was ze te boven en ze zag geen reden om langer te blijven. Na een laatste aai zette ze de wombat voorzichtig op een kussen in de bank. Ze stak twee sigaretten in haar zak en liet het nog halfvolle pakje achter. Haar knieën knikten niet meer toen ze naar buiten liep.

15

De vloer van de badkamer drukte aangenaam koel tegen zijn verhitte lichaam. Zijn hoofd bonsde en zijn keel voelde als schuurpapier door de golven champagne die zich het afgelopen uur vanuit zijn maag terug omhoog hadden gestuwd. Het was lang geleden dat Diego zo ziek was geweest en hij schaamde zich kapot. De pillen had hij steeds afgeslagen, zelfs toen Thierry ze voor de vierde keer aanbood en het duidelijk was dat de halve crew ze gretig innam. Hij hield het bij champagne, dat voelde een stuk onschuldiger, maar daar had hij het mis. Thierry trakteerde, de flessen bleven maar rondgaan en toen hij wegging stonden er zeker twaalf leeg op de hotelbar. Hoeveel glazen hij daarvan ophad wist hij niet, het gezelschap was groot en hij was de tel halverwege de avond al kwijtgeraakt. Dat hij zijn kamer nog wist te vinden mocht een wonder heten. Hij was op bed geploft en meteen in slaap gevallen tot zijn draaiende maag hem wekte en naar de toiletpot deed snellen.

Met zijn ogen dicht bleef hij zo stil mogelijk liggen. Te zwak om overeind te komen en door te spoelen, nam hij de zure stank voor lief. Dat hij over een paar uur op de set moest staan om een challenge uit te voeren die al zijn krachten vergde, leek nu pertinent onmogelijk. Hij wilde er niet aan denken en op zijn horloge checken hoeveel tijd hij nog had, durfde hij ook niet.

'¡Hola, Diego!' de vrolijke kinderstem trof hem als een donderslag. Hij schoot overeind, stootte zijn hoofd tegen de wastafel en viel weer terug. Kermend van de pijn draaide hij op zijn zij, zijn bonzende hoofd barstte bijna uit elkaar. Het kon niet, dat wist hij best, maar heel even had hij geloofd dat Chico naast hem stond. De weesjongen die hem in Mexico had bijgestaan, toen hij er zo mogelijk nog beroerder aan toe was dan nu. Terwijl hij was opgesloten in een bloedhete caravan, verslaafd en bijna uitgedroogd, had Chico hem stiekem water gebracht. Maar het was meer dan dat, met het water bracht het kind hem hoop op een goede afloop en die was er gekomen. Allereerst voor Diego, maar later ook voor de jongen zelf. Het gezin in Mexico-Stad dat hem had opgenomen, had laatst nog een foto gestuurd, waarop Chico hem enthousiast toezwaaide. Hij was een stuk gegroeid en in plaats van oude lompen droeg hij kleding die hem paste. Het ging hem overduidelijk beter en dat was een hele geruststelling voor Diego, die wist dat de jongen geen familie had en zich verantwoordelijk voor hem was gaan voelen. Van het plan om hem op te zoeken was door de scheiding en zijn verhuizing nog niets terechtgekomen, maar dat kwam ook omdat Mexico niet langer op Diego's lijstje met favoriete landen stond.

Chico kon hem nu niet helpen en dat was maar beter ook. Diego wilde niet dat hij hem in deze staat zou zien. In een flits schoten de gezichtjes van Nona en Max door zijn gedachten, maar daar wilde hij al helemaal niet aan. Hijgend van inspanning duwde hij zich tegen de muur omhoog. Hij kon zich wel voor zijn kop slaan, al zou dat de zaak er niet beter op maken. Hoe had hij zo stom kunnen zijn? Hoeveel kansen had hij nodig om zichzelf te bewijzen? Als hij het dit keer weer verprutste, had hij het volledig aan zichzelf te danken. Hij vloekte en slikte het maagzuur achter in zijn keel weg.

Een plan zou helpen, bedacht hij. Een plan van aanpak om op tijd en zo fit mogelijk op de set te verschijnen. Hij waagde een blik op zijn horloge en zag dat hij nog krap vier uur had. Met veel moeite stelde hij het alarm in. Als hij probeerde drie uur te slapen, kon hij daarna een koude douche nemen en, mits zijn maag het toestond, een sloot water en een kop zwarte koffie. Met paracetamol tegen de hoofdpijn zou hij het misschien net redden en anders moest Tara hem helpen. De gedachte kwam even spontaan als vanzelfsprekend; Tara en hij hielpen elkaar tenslotte altijd. Hij had zich ronduit kinderachtig gedragen toen ze vraagtekens zette bij zijn deelname aan *De Trip* en dat verdiende ze niet. Vooral nu het zo slecht met haar ging.

Naar wat er precies aan de hand was, kon hij alleen maar raden. Ze hield zich al een tijdje op de vlakte, maar dat er iets schortte mocht duidelijk zijn: van haar gebruikelijke pit was niet veel over en ze zag er met de dag slonziger uit. Op haar afgeschoren lokken had hij laconiek gereageerd, al had hij wel door dat dit niet zomaar een nieuw kapsel was. Misschien had hij doortastender moeten zijn en op de man af moeten vragen wat haar dwarszat? Maar dat was wijsheid achteraf. Na Mexico had hij zijn handen vol gehad aan zijn eigen herstel en toen kwam *De Trip* op zijn pad en schoven Tara's problemen naar de achtergrond.

Het vlog voor *De Dageraad Online* was het enige wat hij vlak voor vertrek voor haar geregeld had. Het voelde niet goed haar alleen achter te laten nu ze kennelijk zo met zichzelf in de knoop zat, dus verzon hij iets waardoor ze mee mocht naar Hawaï. Op die manier kon hij in ieder geval een oogje in het zeil houden. Benno zag meteen de commerciële kansen in en had zeker oren naar een vlog, maar hij betwijfelde of Tara daarvoor de geschikte kandidate was. Achter de schermen was ze in haar element, als vlogger had ze geen ervaring. Dat kon Diego niet ontkennen en het kostte heel wat overredingskracht voordat Benno overstag ging. Enerzijds vertrouwde hij op haar ervaring en kwaliteiten, anderzijds zag hij ook dat ze niet lekker in haar vel zat en nam hij van Diego aan dat een reisje de perfecte oppepper zou zijn.

Een oppepper kon hij zelf ook goed gebruiken, bedacht Diego moedeloos. Hij spoelde twee paracetamol met water weg en kroop op handen en knieën de badkamer uit. De zweetaanval die met zijn misselijkheid gepaard ging was weggetrokken en in plaats daarvan had hij het nu ijskoud. Hij hees zich op bed en trok rillend een laken over zijn schouders. Met de gedachte dat hij Tara moest opzoeken zodra hij zich beter voelde, viel hij in een rusteloze slaap.

16

'Dit moet snel, ik heb maar vijf minuten.'

Cassandra slikte en sloot haar ogen om zich beter op de stem te kunnen concentreren. Op de kalender in de keuken had ze gezien dat hun laatste telefoongesprek drie maanden en zestien dagen geleden was. Ze wist nog goed hoe vertwijfeld ze zich voelde toen ze ophing en hoe die vertwijfeling zich in de maanden daarna had omgezet in radeloosheid. Hoe hard ze ook werkte en hoe nauwgezet ze de instructies ook opvolgde, het leek niet te helpen, ze zag geen enkel effect. Bijna had ze de hoop opgegeven, of wat daar na al die jaren überhaupt nog van over was, maar toen gebeurde er iets wat alles veranderde. Ze mailde het hem direct, in woorden die alleen hij zou kunnen begrijpen en hij reageerde met een datum en een tijdstip. Dat was nu aangebroken.

'Fijn je te horen,' zei ze zacht, 'wat is het lang geleden.'

'Ja.' De zware stem leek even te aarzelen, maar sprak toen toch door. 'Begrijp ik goed wat je mailde, is er iemand gekomen, een vreemdeling?'

'Ja, een Nederlandse vrouw. Ik zag haar op het vliegveld en heb haar aangesproken. Daarna is ze bij me thuis geweest, vanavond komt ze weer.'

'Kunnen we haar gebruiken?'

'Dat denk ik wel, ze is kwetsbaar genoeg, misschien zelfs wanhopig. En ik vermoed dat ze alleen reist, maar dat weet ik niet zeker.'

'Zorg dat je daarachter komt en dat ze haar mond houdt. We hebben lang gewacht, maar zie je wat er nu gebeurt, Sandra? Het gaat exact zoals jij en ik altijd geloofd hebben: deze vrouw moet haast wel de vreemdeling zijn uit jouw visioen en de naderende vulkaanuitbarsting is overduidelijk een teken van de natuur, een sterker signaal kunnen we ons niet wensen.' Er klonk een trilling in de stem door, die aangaf hoe gespannen ook hij op dit moment was.

Tranen sprongen in haar ogen toen ze hem haar naam hoorde noemen. Het kostte moeite te blijven praten, maar hun tijd was al half voorbij en er was nog zo veel te bespreken. 'Ik weet zeker dat zij de vreemdeling is, ik voel het zo sterk. Het is begonnen, Wolf, het is eindelijk begonnen en ik ben blij, maar ook zo bang dat ik iets verkeerd doe. Dat ik een verkeerde stap zet en alles alsnog mislukt... Dat mag niet, dat verdraag ik niet.'

'Dit mislukt niet. Focus je op haar,' commandeerde Wolfgang, 'maar blijf ook het water dienen, dat verandert niet.'

'Daar heb je het mis.' Cassandra balde haar vuist en hield haar adem in. Zelden ging ze tegen hem in, maar ze kon niet anders, dit gevoel liet zich niet negeren.

'Vertel.' Hoewel zijn stem geen emotie verraadde, zag ze in gedachten zijn gezicht betrekken. Hij duldde geen tegenspraak en zeker niet van haar.

'Ik dien het water al zo ontzettend lang en wat heeft het ons gebracht? Jij bent ver weg, ik woon hier alleen. De meeste mensen kijken me met de nek aan. Zelfs de vrouwen die ik help, durven hun dankbaarheid niet te tonen uit angst voor de publieke opinie.' Ze hoorde de wanhoop in haar stem en deed geen moeite die te verbergen. 'De ontmoeting met deze Nederlandse vrouw, onze vreemdeling, is het eerste goeds dat me in jaren overkomt. Misschien zie ik het verkeerd en moet ik mijn zegeningen tellen, maar nu het erop aankomt, denk ik dat we onze aandacht moeten verleggen.' Ze wachtte op een reactie, maar die bleef uit. Op de klok zag ze dat er slechts een minuut restte voor de verbinding zou worden verbroken. Gehaast sprak ze verder: 'Ik heb er lang over nagedacht en begrijp nu dat het een reden heeft dat ik juist hier terecht ben gekomen. Dit land is uniek, de kracht van de natuur is overal, ik voel het zo sterk. En ja, er is water, we worden erdoor omringd, maar hier maakt een ander element de dienst uit en dat is het vuur. We moeten het vuur dienen!'

'Het zou verkeerd zijn de koers te wijzigen. Niet in deze fase, het is nu of nooit.' Hij klonk gejaagd, alsof hij de tijd kon verslaan door snel te spreken.

'Maar ik heb het al gedaan!' Ze stond zo abrupt op dat haar stoel omviel.

'Wat? Wat heb je gedaan?'

'Het spijt me, maar ik voel dat dit het juiste is! Ik beloof je dat het werkt!' Ze schreeuwde tussen haar tranen door in een poging hem te overtuigen.

'Luister naar me!'

'Nee! De natuur neemt en de natuur geeft, dat heb je altijd gezegd en dat blijft ook zo, maar we hebben ons vergist! Het water gaat ons niet helpen, we moeten bij het vuur zijn!' Ze drukte de telefoon tegen haar mond om haar woorden nog beter tot hem door te laten dringen, maar het was te laat. In afschuw keek ze naar het scherm, waarop een rode stip aangaf dat het gesprek beëindigd was. Een schreeuw van frustratie ontsnapte uit haar keel en ze rende naar buiten, de tuin in. Daar trapte ze de gietijzeren vuurkorf omver, wat een wolk van gruis deed opstuiven. Ze rende er dwars doorheen en liet zich languit in het vochtige gras vallen. Op zoek naar houvast klauwde ze haar vingers in de grond. 'Laat het waar zijn. Laat het alsjeblieft waar zijn!' Ze schreeuwde tot haar stem het begaf en ging toen fluisterend verder. Als een mantra bleef ze de zinnen herhalen tot ze uitgeput stilviel en haar ogen wegdraaiden.

Twintig minuten later stond ze op. Ze klopte het gras van haar jurk, zette de vuurkorf overeind en liep terug naar binnen.

17

Vanuit de tempeltuin in Hilo was de rook boven de Mauna Loa niet alleen te zien, maar ook te ruiken. De brandlucht prikkelde Tara's neus en ze bleef staan om de donkergrijze wolken beter te bekijken. Drie dagen geleden, toen ze Big Island voor het eerst bezocht, rookte de enorme vulkaan lang niet zo hevig als nu. Ze had nog overwogen dichterbij een kijkje te gaan nemen, maar dat leek ineens stukken minder aantrekkelijk. Nu ze langer keek, zag ze hoe tientallen kleine vonkjes tussen de rook uiteenspatten, als een vuurwerkshow in de mist.

'Ze is boos.'

Tara draaide zich met een ruk om. Op een paar meter achter haar stond een kleine gedrongen vrouw met lang zwart haar en een flauwe glimlach om haar mond. Ze wees naar de rookwolken. 'Na elke uitbarsting halen de mensen opgelucht adem, omdat ze denken dat ze er dan weer voor lange tijd vanaf zijn. Vaak klopt dat ook, maar nu is de laatste keer nog geen jaar geleden. Ik wist toen al dat het niet genoeg was. Mauna Loa brulde hard en spuwde lava, maar Pele hield zich in, ze kon haar woede niet volledig kwijt. Naar de reden daarvan kunnen we slechts gissen, maar dat er snel een nieuwe uitbarsting komt, is zeker. Ze maakt zich klaar.'

De kleine vrouw draaide zich naar Tara. 'Ik ben Maya, kan ik je helpen?'

'Misschien,' antwoordde Tara, 'ik hoorde van planten- en kruidenlessen in de tempeltuin.'

‘Die zijn hier, over een half uur beginnen we, je bent welkom.’ Maya vouwde haar handen voor haar borst en boog kort haar hoofd.

Hoewel de vrouw een prettige rust uitstraalde, maakte haar gedienstige houding Tara nerveus. Ze keek om zich heen en zag tussen het dichtbegroeide struikgewas een aantal houten bordjes met daarop een korte tekst, maar meer kon ze niet ontdekken.

‘Waar dan? Ik zie geen gebouw, laat staan een tempel.’

Maya glimlachte opnieuw. ‘Deze tuin is onze tempel, een plaats waar we de natuur vereren, daar is geen gebouw voor nodig. De lessen vinden buiten plaats en ze zijn gratis, al wordt een vrijwillige bijdrage voor het onderhoud van de tuin op prijs gesteld.’

‘Wie geeft de lessen?’ Tara keek de vrouw strak aan.

‘Vandaag doe ik dat,’ zei Maya nog even onverstoorbaar, al liet Tara haar ongeduld duidelijk blijken. De tuin interesseerde haar geen hout en de omzwervende bewegingen van deze Maya duurden haar te lang. Ze besloot niet langer om de hete brij heen te draaien.

‘Ik hoorde dat Cassandra Newland dat meestal doet? Is zij er niet?’

Voor het eerst flitste er een alertheid door Maya’s ogen, die haar ronde gezicht iets minder vriendelijk maakte. ‘Zij is vandaag verhinderd.’ Met een paar stappen opzij gaf ze te kennen dat het gesprek voorbij was. ‘Ik begin zo, je kunt je melden bij de poort als je de les wilt bijwonen.’

‘Wacht even,’ zei Tara en ze liep Maya achterna, ‘kun je me wat meer over Cassandra vertellen? Ik kwam speciaal om haar te ontmoeten. Ze komt hier niet vandaan, toch?’

Maya schudde haar hoofd en bleef staan naast een indrukwekkende mammoetboom. ‘Dat doet er niet toe. Heb je nog niet van *ohana* gehoord? Dat is voor ons een belangrijk begrip. Het betekent "familie", in de breedste zin van het woord. Het maakt geen verschil of je bloedverwant bent of niet, hier zorgen we voor elkaar, niemand wordt vergeten of aan zijn lot overgelaten. Binnen ohana zijn we allemaal met elkaar verbonden. Cassandra is jaren geleden van het vasteland gekomen en heeft hier haar familie gevonden.'

'Het schijnt een bijzondere vrouw te zijn,' probeerde Tara, en met succes want Maya praatte door.

'Bijzonder is ze inderdaad. Ik ken niemand die meer over planten en kruiden en hun geneeskrachtige werking weet. Mijn moeder en oma hebben me in het verleden al veel meegegeven, maar van Cassandra leer ik nog steeds bij.' Ze liep verder en Tara besloot haar meest prangende vraag te stellen.

'Heeft ze ook zo veel verstand van dieren? Ik hoorde dat ze soms met dieren werkt, zieke dieren, klopt dat?'

Als door een wesp gestoken draaide Maya zich om. Met samengeknepen ogen bestudeerde ze Tara's gezicht. 'Waarom stel jij zo veel vragen?' vroeg ze op scherpe toon.

Tara haalde haar schouders op. 'Ik ben nieuwsgierig aangelegd.'

'Ik heb genoeg gezegd,' besloot Maya, 'en ik denk dat je beter kunt gaan.' Opeens fel stapte ze naar voren en prikte ze een vinger in Tara's arm. 'Mensen spreken kwaad van onze ceremonies, maar die begrijpen het niet en dat maakt ze bang. Ze moesten eens weten wat voor goed werk we hier verrichten.'

'Wat voor werk dan?' hapte Tara. 'Ik wil het graag weten.'

Maya schudde haar hoofd. 'Het is niet aan mij daarover te beslissen. Kom morgen terug, als je Cassandra per se wilt ontmoeten. Misschien heeft zij antwoord op je vragen, misschien ook niet.'

Tara maakte aanstalten om weg te lopen en waagde nog een laatste vraag: 'Waar hangt dat dan van af?'

Maar Maya had haar grens bereikt, met een handbeweging nam ze afscheid van Tara, ze keerde zich om en liep weg.

18

Zijn handen trilden, zijn hart sloeg op dubbel tempo en hij had het ondanks de aangename temperatuur stervenskoud, maar Diego stond op tijd op de set. Hij had zich aan zijn plan gehouden en na de koude douche een koffie met nog eens twee pijnstillers genomen, maar dat kon niet voorkomen dat hij zich ronduit verschrikkelijk voelde en het liefste terug naar bed ging. De sublieme schoonheid van de Waipoo-waterval, die het decor vormde van de tweede challenge, ontging hem volledig; het van grote hoogte neerstortende water maakte een hels kabaal, dat zijn hoofdpijn leek te verdubbelen. Om de kater te verbergen had hij een zonnebril opgezet en zijn trillende handen hield hij zo veel mogelijk in zijn zakken.

Naast hem hupte Renate, even fris en fruitig als altijd, zenuwachtig van het ene op het andere been, terwijl ze de uitleg herhaalde die Harald zojuist had gegeven. In de volgende challenge zouden de kandidatenduo's niet na elkaar, maar tegelijk ten strijde trekken. Elk koppel moest drie tunnels graven onder drie obstakels door. Zodra ze zichzelf door de tunnels gewurmd hadden, moesten ze door het meer aan de voet van de Waipoo-waterval naar de overkant zwemmen om daar vijf loodzware vrachtwagenwielen een heuvel op te rollen. De challenge was geslaagd als ze de wielen op een natuurlijk platform halverwege de heuvel op elkaar gestapeld hadden.

'Zul je net zien,' riep Renate verontwaardigd, 'Willem had die wielen met twee vingers in zijn neus de berg op gerold.'

‘Klopt,’ antwoordde Diego grimmig, ‘en hoe snel denk je dat hij met dat grote lichaam door een tunnel was gekropen?’ Renate trok een grimas. Ze bestudeerde Diego’s pezige armen en benen en leek opeens minder overtuigd van een goede afloop dan tijdens de eerste opdracht.

Zonder verder veel te zeggen wachtten ze tot het tijd was zich aan de start te verzamelen. Boven aan de canyon, op het dichtstbijzijnde uitkijkpunt, stond de ambulance weer stand-by tot de challenge was voltooid. In een flits zag Diego zichzelf meer dood dan levend op een brancard getild worden; het bezorgde hem een wee gevoel in zijn maag. Om het beeld te verdrijven concentreerde hij zich uit alle macht op het eerste obstakel.

Zodra het startsein klonk, stortte hij zich vlak voor de houten wand in het zand en begon als een bezetene te graven. Renate schoof het opgegraven zand opzij, zodat het niet terug zou zakken, en na een paar minuten wisselden ze van plek. Al snel ontstond het begin van een tunnel. Diego wrong zijn lichaam erin en bleef graven tot hij de onderrand van de houten wand voelde en wist dat hij naar boven moest. Hij baande zich een weg terug om lucht te happen en negeerde Renate, die klaarstond om het stokje over te nemen. Dat ze iets riep, hoorde hij wel, maar hij was niet te houden; de tunnel was bijna af en hij wilde pas stoppen als hij erdoorheen was, zodat Renate kon volgen. In zijn conditie was menige andere opdracht funest geweest, maar hij had geluk; de breedgeschouderde mannen van de meeste andere teams waren hier beslist in het nadeel.

Hijgend en nat van het zweet wist hij de andere kant van de wand te bereiken. Hij spoog het zand uit zijn mond en trok Renate, die vlak achter hem zat, aan haar arm omhoog. Een paar meter verderop kwam de Chinese Cho ook tevoorschijn gekropen, maar haar partner was nog niet te zien.

'Door!' Samen spurtten Renate en Diego naar de tweede wand, waar ze hun kunstje mochten herhalen. Dit keer begon Renate en wisselden ze sneller af waardoor ze opnieuw als eerste duo aan de andere kant van de wand stonden en ze een paar tellen de tijd konden nemen om op adem te komen. Renate hijgde flink, Diego was gebroken. Met elke schep zand voelde hij zijn energie verder wegstromen en toen de derde tunnel was gegraven, lukte het hem ternauwernood zijn lichaam erdoorheen te duwen. Renate, die hem was voorgegaan, moest hem aan twee armen uit het zand omhoogtrekken. Ze vloekte hartgrondig en wees naar rechts, waar Cho en Hiu het water al in sprongen en links naast hen hadden ook het Franse en het Australische team een voorsprong opgebouwd.

Diego kon niet meer rennen, als aangeschoten wild zwalkte hij het water in. Het lawaai van de waterval was hier zo oorverdovend dat praten geen zin had. Hij richtte zijn blik op Renate, die voor hem met ferme slagen door het water ploegde, en volgde haar zo snel hij kon. Ondanks zijn haperende ademhaling merkte hij dat het warme water prettig voelde aan zijn verkrampte spieren en ook de gewichtloosheid deed hem goed.

Met zijn verstand op nul zwom hij voort tot een harde trap tegen zijn hoofd hem naar adem deed happen. Hij was nog te ver van de kant om voet aan de grond te krijgen en moest watertrappelen om boven te blijven. Duizelig en half in paniek raakte hij zijn oriëntatie kwijt. Ineens was het water overal en leek de overkant nergens te bekennen. Hij kreeg een grote slok binnen en proestte het uit. Als Renate hem toen niet aan zijn hand had meegesleurd was het einde oefening geweest. Dan was een van de duikers hem te hulp geschoten, wat een automatische diskwalificatie van het Nederlandse team betekende. Zover kwam het net niet en daar was hij Renate dankbaar voor, al liet ze hem geen ruimte die dankbaarheid te tonen. Ze hield hem angstvallig in de gaten tot ze land onder hun voeten voelden.

Toen sprintte ze als een haas naar de berg vrachtwagenwielen en trok het dichtstbijzijnde eruit. Diego hielp haar het wiel rechtop te zetten en keek toe hoe zij het de heuvel op begon te duwen. Het lukte hem amper naast het wiel te blijven lopen om te voorkomen dat het omviel, meer zat er niet in. Links en rechts werden ze voorbijgesneld door kandidaten die hun band joggend voortduwden en oerkreten slaakten, elke keer als ze de heuveltop bereikten. Renates ogen spoten vuur, maar ook zij was te moe om nog te vloeken of Diego aan te sporen. Gelaten liepen ze naar boven en samen plaatsten ze de banden op elkaar.

Het Franse team won en daarna leek het snel gedaan, het ene na het andere team hees het vijfde wiel op de stapel, maar toen Renate en Diego hun derde wiel omhoog hadden gesjord, keerde het tij. Door een val van DJ raakte de stapel banden van het Australische team uit balans en rolden er drie terug naar beneden. Wanhopig renden DJ en Mel erachteraan, ieder in een andere richting. De consternatie scheelde hun kostbare minuten en in die tijd lukte het Diego en Renate hun laatste twee banden op te stapelen. Een misthoorn gaf het einde van de opdracht aan; de tweede challenge zat erop, het Australische team viel af en zou als eerste het strijdtoneel verlaten.

Boven op de heuvel boog Renate zich over Diego heen, die uitgestrekt op de grond lag. 'Wat was jij in godsnaam in dat water aan het doen?' siste ze furieus. 'Moet je je zwemdiploma nog halen, of hoe zit het? Ik dacht dat ik iets aan je had, maar op deze manier vlieg ik liever met Willem mee naar huis. Wat een afgang!'

Niet in staat te antwoorden volgde hij haar met zijn blik de heuvel af. Hij was volledig buiten adem en de zijkant van zijn hoofd, waar de voet hem geraakt had, voelde als verlamd. Hij had geen idee wie hem geschopt had, maar nam zich voor bij de volgende challenge zijn concurrenten beter in de gaten te houden. Want dat hij doorging stond vast; opgeven was geen optie, al smeekte zijn lijf nog zo hard om rust. De derde opdracht zou pas morgenavond plaatsvinden en dat gaf hem hopelijk voldoende tijd om bij te komen.

'Beste mensen, graag jullie aandacht!' Haralds stem schalde door een megafoon.

Diego duwde zichzelf op zijn ellebogen omhoog en zag hoe de anderen zich onder aan de heuvel bij de regisseur verzamelden, de Australische Mel in tranen. Met moeite kwam hij overeind.

'Oké, allereerst: dat was waanzinnig!' Harald joelde luid en de menigte rondom hem viel hem uitgelaten bij. 'Serieus, mensen, de takes zijn fantastisch en online regent het reacties, de ene nog lyrischer dan de andere. We hebben slechts een paar hoogtepunten live uitgezonden en die worden al flink gedeeld op social media, dus het zou me niets verbazen als we viral gaan. Alle credits voor jullie!' Hij stak twee duimen omhoog en lachte zelfvoldaan naar de toegestroomde kandidaten en crewleden. 'Maar er is meer goed nieuws: de lokale autoriteiten hebben net de melding afgegeven dat er naar alle waarschijnlijkheid een vulkaanuitbarsting op komst is. Het gaat om de Mauna Loa, die gigantische vulkaan op Big Island, vijfhonderd kilometer verderop, dus wij zijn safe. Het is nog geen code rood, maar als het inderdaad zover komt, zal de bevolking daar met spoed geëvacueerd worden.' Met veel gevoel voor drama liet hij een pauze vallen, waarin hij de verbaasde gezichten met een stoïcijnse blik beantwoordde. 'Dat noem ik een cadeautje! Een uitbarsting van de grootste vulkaan ter wereld, daar duikt de internationale pers bovenop: Hawaï zal headlines halen en dat betekent hoe dan ook meer aandacht voor *De Trip*! Dat leidt onherroepelijk tot meer interesse van adverteerders en dus… meer poen om onze programma's te blijven maken!'

Alle kandidaten applaudisseerden luid en sloegen elkaar op de schouders. Thierry leek helemaal door het dolle heen en viel Harald om zijn nek. Diego bekeek het van een afstandje en reageerde minder enthousiast. Een vulkaanuitbarsting bracht altijd ellende met zich mee; de blijdschap van Harald en Thierry voelde misplaatst en gênant, maar dat was niet het enige. Tara had al eerder het vliegtuig naar Big Island gepakt en na hun woordenwisseling van eergisteren, toen ze zijn deelname aan *De Trip* afraadde en hij schreeuwde dat ze zich vooral met haar eigen zaken moest bemoeien, had hij haar niet meer gezien.

Plots ongerust liep hij de heuvel af. Ze zou toch niet weer op Big Island zitten? Wat had ze daar te zoeken? En was ze wel op de hoogte van de dreiging? Als hij zijn telefoon bij zich had gehad, zou hij onmiddellijk gebeld hebben, zelfs al wist hij dat ze dat niet fijn vond, maar het ding lag nog in zijn hotelkamer en daar wilde hij nu zo snel mogelijk naartoe.

19

Gehuld in een strandlaken kwam Tara de stomende badkamer uit. Na het bizarre gesprek met Maya in de tempeltuin had ze bij een Pizzahut geluncht en rondgezworven tot een uitgebreide douche het enige was wat ze nog kon bedenken om de tijd te doden tot haar afspraak met Cassandra. Ze was ontevreden over de resultaten van haar zoektocht tot nu toe, maar ook te nerveus voor wat die avond komen ging om zich nog langer te kunnen focussen. Haar check op het internet had niets opgeleverd, de bezochte dierenartsen lieten erg weinig los en Maya had alleen willen vertellen hoe bijzonder Cassandra was en hoeveel ze wist over planten en kruiden. Dat laatste interesseerde Tara niet, ze wilde weten welke duistere praktijken de vrouw erop na hield en waarom ze mensen kennelijk zo veel schrik aanjoeg dat die liever zwegen als er naar haar werd gevraagd. Dat haar abortuspraktijk weerstand opriep, was niet vreemd: overal ter wereld waren de meningen over dat onderwerp verdeeld. Hier was meer aan de hand, ze voelde het aan alles en hoe geheimzinniger erover werd gedaan, hoe meer Tara erop gebrand was de zaak tot op de bodem uit te zoeken.

Met haar telefoon en sigaretten liep ze het balkon op, waar ze zag dat ze zeven oproepen van Diego had gemist. Meteen golfde er een warm gevoel door haar buik. Ze stak een sigaret op en typte een korte groet in Whatsapp. Diego reageerde binnen een minuut.

Waar ben je?

Big Island

Waarom? Wacht...

De telefoon ging over en ze nam op. 'Ik hou niet van bellen.'

'Dan moet je er ook maar niet steeds tussenuit sneaken,' zei hij streng, maar ze hoorde dat hij het niet meende. Er klonk ongerustheid in zijn stem door en dat was fijn.

Toch kon ze het niet laten hem een sneer te geven. 'Ik zou me met mijn eigen zaken bemoeien.'

'Ja, oké, die heb ik verdiend,' zuchtte hij. 'Sorry, ik was boos omdat je zei dat ik beter niet kon meedoen aan *De Trip*, waar je uiteraard gelijk in had. Ik ben tien keer doodgegaan tijdens de challenge vandaag. Door een mazzeltje heb ik het gered en nu mag ik morgen nog een keer.'

'Top.'

'Tja.' Hij had er schijnbaar geen zin in zijn keuze verder te verdedigen en veranderde snel van onderwerp. 'Vertel eens, wat is er zo belangrijk op Big Island? Je weet toch wel dat de Mauna Loa op uitbarsten staat? Code rood kan elk moment worden afgegeven en dan moet iedereen van dat eiland af.'

'Natuurlijk weet ik dat,' zei ze, 'het hotelpersoneel is in rep en roer. Bovendien heb ik de rookwolken zelf gezien. Maar voorlopig is er niets aan de hand, dus maak je niet druk. Ik blijf niet lang.'

'Wat doe je er dan? Ben je iets op het spoor?' drong Diego aan.

Tara nam een trekje van haar sigaret en staarde nadenkend in de verte. 'Ik weet het niet,' begon ze, 'eigenlijk heb ik niets concreets, het is meer een gevoel dat er iets mis is.' Ze vertelde Diego wat ze tot nu toe over Cassandra had uitgevist: de illegale abortuspraktijk, het werk met dieren dat om onduidelijke redenen hevige verontwaardiging opriep en ze noemde de schrikreacties die alleen Cassandra's naam al veroorzaakte, maar de hypnosesessies hield ze voor zichzelf. Als haar herinneringen waren teruggehaald en ze antwoord op haar vragen had, kon ze hem altijd nog inlichten. Dan wist ze ook of het terecht was geweest dat ze Cassandra tijdens hun eerste ontmoeting had geloofd en of ze er goed aan had gedaan haar op te zoeken op Big Island. Het was maar zeer de vraag of Cassandra te vertrouwen was en het idee dat Diego zou weten dat ze met een mogelijke oplichter in zee ging, was niet te verdragen. Hij zou het nooit begrijpen, ze begreep het zelf amper. Stoere, nuchtere Tara, die haar ziel en zaligheid blootgaf aan een wildvreemde vrouw? Alleen omdat die een gevoelige snaar had weten te raken en omdat ze beweerde dat ze in contact kon komen met overleden dierbaren? Een jaar geleden zou Tara erom gelachen hebben, maar nu wist ze het niet meer. Als er een kans bestond dat Cassandra haar kon helpen, zelfs al was het op een manier waar ze met haar verstand niet bij kon, dan moest het maar. Alles beter dan dat rotgevoel dat ze niet kon afschudden.

'Mmm, achternaam?' Aan het krassende geluid op de achtergrond hoorde Tara dat Diego aantekeningen maakte.

'Newland. Een Amerikaanse naam, maar ik weet dat ze hier niet vandaan komt. Die Maya had het over "het vasteland" en dat kan van alles zijn. Cassandra spreekt met een accent dat ik niet kan thuisbrengen, misschien iets Scandinavisch of toch Duits, ik weet het niet.'

'Oké, ik ga zoeken.'

'Fijn.' Ze meende het en niet alleen omdat Diego de beste researchjournalist was die ze kende; het voelde ook vertrouwd samen in een onderwerp te duiken. Al vaker hadden ze zich vastgebeten in uiteenlopende zaken en dat leverde steevast verrassende verhalen op.

'Wanneer kom je terug?'

Ze aarzelde. 'Ik denk vanavond, anders morgenvroeg.'

'Goed. Dan hoop ik je meer te kunnen vertellen en... eh...' Diego's stem stokte, alsof hij opeens niet verder durfde te praten.

'Ja?' drong ze aan.

'Misschien kun je morgenavond komen kijken naar de derde challenge? Alle support is welkom.' Hij hoorde zelf hoe onzeker hij klonk en voegde er iets te nadrukkelijk aan toe: 'Je moet toch ook vlogs maken?'

Ze trok een grimas. 'Ik loop inderdaad achter met mijn vlogs. Benno begon ook al te piepen. Die stomme filmpjes ook! Na deze klus begin ik er nooit meer aan. Ik heb niks met dat gevlog, laat mij gewoon schrijven.'

'Ik wil je best helpen.'

De brok in haar keel, die ze het hele gesprek al had gevoeld, groeide plots zo hard dat ze niet meer kon praten. Ze kneep haar ogen stijf dicht en zakte in een van de stoelen op het balkon. Pas na een flinke hijs van haar sigaret lukte het de brok weg te slikken. 'Daar heb je helemaal geen tijd voor.'

'Dat ligt eraan hoe lang ik het uitzing in *De Trip*,' zuchtte hij. 'Luister, ik ben kapot en duik mijn bed in. Tot morgen, en kijk je uit daar?'

'Ja.' Ze drukte het gesprek weg voordat hij meer kon vragen en ze het echt niet meer droog hield. Met een bruusk gebaar stond ze op om in de badkamer een plens koud water in haar gezicht te gooien. Ze kende zichzelf haast niet meer terug, zo labiel had ze zich nooit eerder gevoeld. Boosheid en verdriet kon ze altijd prima onderdrukken, in ieder geval als er andere mensen in de buurt waren, maar dat lukte niet meer. Sinds ze voet had gezet op Hawaï en Cassandra ontmoette, waren de emoties haar de baas en had haar eigen onverschrokken ik opeens niets meer te vertellen. Ze wreef haar gezicht droog en kleedde zich aan zonder in de spiegel te kijken. Als ze niet verder wilde wegzakken in het moeras van haar emoties moest ze zorgen dat ze de grip terugkreeg. Daarvoor waren antwoorden nodig en die ging ze nu halen. Het was tijd voor haar afspraak met Cassandra.

20

Het contrast met de laatste keer dat ze elkaar zagen, bij de vuurkorf in de achtertuin, kon niet groter zijn. Dit keer bleek Cassandra het toonbeeld van gastvrijheid; ze begroette Tara met een warme handdruk en begeleidde haar naar de praktijkruimte, waar ze haar een kop kruidenthee aanbood. Tara speelde het spel mee en besloot de vele vragen die ze had voorlopig voor zich te houden. Ze nam plaats op de bank en hield een schuin oog op de didgeridoo in de hoek.

Cassandra ging naast haar zitten, streek de plooien in haar rok glad en glimlachte toen breed. 'Hoe gaat het met je?'

'Niet zo best.'

Cassandra knikte begrijpend. 'Onze ontmoeting heeft een proces in gang gezet.'

Het was geen vraag, maar toch voelde Tara de behoefte te reageren. 'Dat kun je wel zeggen.' Ze weerstond de neiging om haar benen op te trekken en haar armen eromheen te slaan. 'Ik jank om niets en ben gisteren op een haar na door een SUV aangereden, omdat ik zonder te kijken de straat overstak. Dat is me nog nooit overkomen.' Toen Cassandra bleef zwijgen, vulde ze aan: 'Sinds onze ontmoeting op het vliegveld, waar jij vanuit het niets over mijn familie begon, ben ik mezelf niet meer. Waarom deed je dat? Dat heb ik bij onze eerste sessie niet eens gevraagd.'

Cassandra trok haar wenkbrauwen op. 'Ik had niet de indruk dat je toen interesse had in een gesprek. Tijdens die eerste sessie wilde je dat ik je zo snel mogelijk in trance bracht. Dat was niet verstandig, het ging te gehaast en je was bang. Ik moest je terughalen, want het risico op vervorming werd te groot. Dit keer pakken we het rustiger aan. Ga er maar van uit dat we meerdere sessies nodig zullen hebben.'

'Wat bedoel je met "vervorming?"' vroeg Tara.

'Ons geheugen is een vloeibaar instrument,' legde Cassandra uit, 'invloeden van buitenaf, maar ook vanuit ons eigen brein kunnen herinneringen aantasten, mooier maken, blokkeren of zelfs wegvagen. Angst kan zo'n vervormer zijn. Voor het opdiepen van een waarachtige herinnering is een neutrale gemoedstoestand het beste.'

Van de trance zelf wist Tara niet veel meer, maar het gevoel waarmee ze na de eerste sessie was weggelopen, herinnerde ze zich maar al te goed: geestelijk en lichamelijk op. Ze nam een slok thee en keek naar de fauteuil tegenover haar, waarin ze een paar dagen eerder de stem van haar moeder had gehoord. Het besef dat ze die stem dadelijk weer zou horen bezorgde haar kippenvel.

'Waarom denk jij dat de herinnering aan mijn moeder in de auto zo lang is weggebleven?'

'Dat kan diverse redenen hebben. Jij was tien jaar toen je die frontale botsing meemaakte en dat maakt de impact des te groter. Je kinderbrein was nog niet in staat volledig te bevatten wat er gebeurde. Bovendien waren je ouders er niet meer om je te helpen het ongeluk een plek te geven. De botsing heeft je als het ware de eerste klap gegeven en daar kwam het gemis van je ouders bovenop. Als ik je goed gehoord heb, ben je daarna in verschillende pleeggezinnen grootgebracht en was dat niet altijd even prettig. Je hebt je niet meer kunnen hechten en daardoor heeft de posttraumatische stressstoornis die je na het ongeluk hebt opgelopen, zich sterker kunnen ontwikkelen.' Cassandra keek haar ernstig aan. 'Het is een wonder dat je überhaupt nog zo veel weet van het ongeluk en dat alleen de woorden van je moeder je ontschoten zijn. Er zijn mensen die hele weken of zelfs maanden missen. Je hebt je staande gehouden en dat is knap, al heeft het ongeluk je waarschijnlijk meer beïnvloed dan je denkt.'

'Hoezo?'

'Op het vliegveld werd ik getroffen door het aura van intense eenzaamheid om je heen. Om niet nog meer gekwetst te worden, heb je jezelf geleerd mensen op afstand te houden. Dat kun je inmiddels zo goed, dat je niet meer weet hoe je iemand toelaat. Herken je dat?'

Tara knikte wat onwillig.

'Maar ook in de alledaagse dingen moet het merkbaar zijn. Ik weet het niet, maar ik kan me voorstellen dat je het niet prettig vindt in auto's te zitten? Tenminste niet op de achterbank?'

Dat raakte Tara meer dan ze wilde toegeven. Haar voorliefde voor motoren had ze niet eerder geanalyseerd, maar ze wist dat Cassandra gelijk had: de aanschaf van een auto was ze zo lang mogelijk uit de weg gegaan. Toen ze vanwege Huub niet meer anders kon, kocht ze een tweedehands Volkswagen-bus, zonder achterbank. Zogenaamd om Huub de ruimte te geven, zoals ze altijd zei, maar misschien speelde er toch meer mee. Ze wreef met twee handen over haar gezicht en voelde hoe moe ze was. Kennelijk kostte enkel praten over het ongeluk haar al bergen energie. Ze drukte haar nagels in haar handpalmen en dwong zichzelf bij de les te blijven. Een deel van haar kon niet wachten om terug te keren naar haar moeder, een ander deel zag er ook tegen op. Hoe eerder dit achter de rug was, hoe beter. 'Oké, kunnen we beginnen?'

Cassandra dronk haar thee op en gebaarde dat Tara hetzelfde

moest doen. Ze wachtte tot Tara in de fauteuil had plaatsgenomen en ademde een paar keer diep in en uit. 'In deze stoel ben je veilig,' begon ze, met lage stem. 'Als het je te veel wordt, kom je terug naar deze plek. Forceren heeft geen zin, het geheugen laat zich niet dwingen.'

Tara herinnerde zich dit advies van de vorige sessie, maar nam zich stellig voor er geen gebruik van te maken; ze wilde hier niet langer over doen dan strikt noodzakelijk. Ze sloot haar ogen, zoog haar longen vol lucht en ademde langzaam uit.

'Goed zo, ontspan je maar,' klonk Cassandra's stem. 'Ik tel van drie... naar twee... en één... stel je voor dat je weer in de bioscoop bent. Zie je de rijen rode stoelen in de donkere zaal? Ruik je de popcorn? Loop nu naar boven en kies een plekje uit. Ga zitten, zak onderuit en kijk naar het scherm. Wat je ziet, kan jou niet raken. Je bent slechts een toeschouwer op veilige afstand.' Ze pauzeerde kort en installeerde een kleine camera op het tafeltje naast haar. Zodra ze Tara duidelijk in beeld had, drukte ze op *record*. Gerustgesteld sprak ze verder: 'Op het scherm begint de film. Je ziet jezelf in de auto zitten, jij achterin, je moeder voor je en je vader aan het stuur. Gebruik alleen je ogen en je oren en vertel me wat je ziet.'

Tara hing in de stoel, haar armen en benen voelden als lood. Haar hoofd was voorovergezakt en haar kin raakte bijna haar borst. Het was niet moeilijk het beeld van een bioscoop op te roepen, ze kwam er regelmatig. Op het scherm verschenen haar ouders, eerst vaag, toen scherper. Ze waren vrolijk, er klonk muziek, papa lachte hardop en mama knipoogde over haar schouder. Tara's maag trok samen en ongemerkt schudde ze haar hoofd. Een enorme schaduw verdreef het zonlicht dat door de ruiten naar binnen scheen en ineens schoof er een helgroene vlek door het beeld. Heel even werd alles zwart en toen was papa verdwenen. En met hem het geluid. In een beklemmende stilte bewoog het beeld zich traag door een wolk van mist.

Tara klemde haar kaken op elkaar en dwong zichzelf te blijven kijken, al klopte haar hart in haar keel en stond het zweet in haar handen. Mama's bloedende schouder verscheen vlak voor haar en snel wendde ze haar gezicht af. Door het raam naast zich zag ze dat het buiten net zo mistig was als in de auto. Ze klemde zich aan de stoel vast en schrok toen haar hand werd vastgegrepen door een hand die nat aanvoelde.

'Tara...' Mama! Haar moeders stem klonk zwak en ze hijgde, alsof ze net hard had gerend. 'Luister, ik moet je iets zeggen... het is belangrijk... lieverd, papa weet dit niet en ik... ik wilde wachten tot je ouder was, maar nu...'

Met ingehouden adem concentreerde Tara zich op haar moeders prachtige stem, waarin zo veel liefde voor haar doorklonk. Het gaf zo'n gelukzalig gevoel dat ze wilde dat dit moment eeuwig duurde en dat ze voor altijd omgeven zou zijn door de warme klanken, die haar herinnerden aan de tijd waarin haar ouders er nog waren en ze geen idee had van het noodlot dat zou toeslaan. Ze wilde niet stoppen met luisteren, maar al na de eerste woorden leek het of iemand de volumeknop naar beneden draaide. De stem werd zachter en zachter en uiteindelijk kon ze niets meer verstaan.

Toen Cassandra merkte hoe Tara's adem met horten en stoten door haar keel begon te gieren, sprong ze op. Ze stopte de opname, stak de camera in de zak van haar rok en knielde naast Tara neer. 'Tara, ik haal je terug,' sprak ze ferm, 'ik tel van drie naar één en dan ben je weer hier in de kamer.'

Net als de vorige keer verzette Tara zich fel, maar dit keer was Cassandra daarop voorbereid. Ze greep Tara's armen vast en drukte haar stevig in de fauteuil.

'Drie, twee, één! Het is klaar, Tara, de film is afgelopen.'

Kreunend kwam Tara bij. Ze opende haar ogen, kneep ze direct weer dicht en krulde zich als een klein kind op in de stoel. Lamgeslagen voelde ze zich, en het liefste zou ze ter plekke in slaap vallen en nooit meer wakker worden, zodat ze deze rollercoaster niet langer hoefde te doorstaan. Even was het hemels haar moeder weer zo dichtbij te hebben en te horen praten, maar nu sloeg de pijn van het besef dat ze haar voorgoed kwijt was in volle hevigheid toe. Aan die pijn kon niemand iets veranderen, zelfs Cassandra niet, met haar bijzondere gaven.

Pas na twintig minuten was ze in staat zichzelf omhoog te duwen. Haar oren suisden en haar keel voelde gortdroog aan. Ze wankelde uit de stoel, trok de dollarbiljetten die ze voor Cassandra had meegenomen uit haar zak en gooide ze op tafel. Een biljet dwarrelde op de vloer, maar als ze zou bukken was de kans groot dat ze viel. Met samengeknepen ogen spiedde ze de kamer rond, tot ze Cassandra met de rug naar haar toe bij het raam zag staan. Ze twijfelde of ze nog iets moest zeggen, maar er kwam niets zinnigs in haar op. Stapje voor stapje vond ze haar weg naar buiten, waar een harde wind haar wakker blies.

21

Thierry trok de gordijnen voor de balkondeuren weg en bleef met zijwaarts gestrekte armen in de deuropening staan. De zwoele avondlucht gleed als een sluier langs zijn verhitte huid. Hij wist dat Renate zijn naakte lichaam bestudeerde en daarvoor gaf hij haar graag de tijd. Het was niet de eerste keer dat ze bij elkaar in bed belandden, maar deze suite was nieuw voor haar. De Koning had de andere crewleden en kandidaten in eenvoudiger accommodaties ondergebracht, maar daarmee nam Thierry geen genoegen. Voor deze luxe hotelsuite werd de hoofdprijs betaald en daar genoot de jonge presentator dubbel en dwars van, net als de poolboy, zijn bedgenoot van de afgelopen nachten. Deze avond was Renate de gelukkige. Hij draaide zich naar haar om en trof haar uitdagende blik. Zonder gêne trok ze het laken van zich af, zodat ook hij haar lichaam kon bewonderen. Dat was zonder meer mooi, maar op de een of andere manier verveelde ze hem. Hij dwong zichzelf te knipogen en liep naar de ijsemmer om de glazen bij te vullen. Terwijl hij dat deed, hoorde hij Renate zuchten.

'Is er wat, schoonheid?' Hij reikte haar een glas aan en ging zelf voor de wandspiegel staan.

Renate nam een slok en zuchtte nogmaals, overdreven hard. 'Eigenlijk wel,' zei ze voorzichtig, alsof ze het niet echt durfde toe te geven. Ze zette haar kussen overeind en leunde ertegenaan. 'Het gaat om Diego. Ik weet dat het je nieuwste buddy is, maar hij valt me toch een beetje tegen.'

'Mijn buddy?' herhaalde Thierry peinzend. In de spiegel zag hij de chagrijnige blik van Renate, maar toen hij zich omdraaide lachte ze weer. Schijnheilige trut, dacht hij, van buiten mocht ze dan een plaatje zijn, haar binnenkant was stukken minder fraai. Dit was de laatste keer geweest dat hij haar meenam. 'Ik vind hem tof, ja. Diego is sympathiek, slim en bepaald niet lelijk. Waarom valt hij je tegen?'

Zijn veranderde toon viel Renate direct op en ze begreep dat ze in moest binden. 'Ik vind hem ook geweldig, echt, ik heb het alleen over zijn prestaties in *De Trip*. Daar had ik misschien iets meer van verwacht. Hij heeft toch marathons gelopen, en zo? Vandaag kwam hij die berg amper op. Het is dat de ozzies een stomme fout maakten, anders had ik er dus al uit gelegen. En dat wil ik niet, Tjer, dat begrijp je toch? Ik wil nog lang niet naar huis.'

'Nee, dat zou zonde zijn,' beaamde Thierry, met zijn gedachten bij Diego. 'Al zou hij als redacteur nog steeds mogen blijven,' mompelde hij erachteraan.

'Wat zeg je?'

'Niets.' Hij nam nog een slok en haalde een hand door zijn zwarte kuif, die door de inspanning van daarnet plat over zijn voorhoofd lag. 'Vergeet niet dat hij spontaan is ingevallen, hij heeft De Koning een hoop tijd en geld bespaard.'

'Daar heb ik toch niets aan?' sputterde Renate tegen. 'Ik wil winnen, Tjer, daar heb ik keihard voor getraind. Maar op deze manier, met Diego, gaat dat niet lukken. Hij wil het wel, maar hij kan het gewoon niet. Tenzij we hem helpen.' Bij die laatste woorden boorde ze haar blik in die van Thierry. Opeens klonk ze een stuk steviger en ook haar flauwe glimlach was verdwenen.

Thierry ging naast haar op bed zitten en streek met zijn wijsvinger langs haar borsten. Ondanks zijn voornemen haar voortaan te weerstaan voelde hij meteen de opwinding die haar lijf in hem losmaakte. 'Wat bedoel je?'

‘Het is simpel. Ik denk dat hij met wat hulpmiddelen beter presteert.’

‘Pillen?’ Thierry schudde resoluut zijn hoofd. ‘Dat heb ik al geprobeerd en niet eens voor betere prestaties in *De Trip*. Gewoon voor de lol, maar ik kon hem niet overhalen. Drank vindt hij geen probleem, aan ander spul begint hij niet.’

‘Hij hoeft het toch niet te weten?’ Renate hield haar hoofd een tikje schuin en leidde Thierry’s hand opnieuw naar haar borsten toe.

Hij zag hoe haar tepels verstijfden onder zijn aanraking en onbewust kreunde hij. Het kostte hem moeite zijn aandacht nog bij het gesprek te houden. ‘Wilde je het stiekem doen?’

Ze knikte. ‘Een of twee pilletjes in zijn koffie voor de opdracht morgenavond en hij gaat als een speer. Geen probleem, toch?’

Thierry boog zich naar haar toe, maar ze hield hem tegen. ‘Eerst beloven dat je me helpt,’ fluisterde ze.

‘Ik ben bijna door mijn voorraad heen en er is hier niets meer te krijgen, dat heb ik al gecheckt,’ zei hij, terwijl hij zacht in haar tepels kneep. ‘Op de grotere eilanden is genoeg, maar ik heb geen tijd om heen en weer te vliegen en jij ook niet.’

Renate fronste haar wenkbrauwen. ‘Tara was toch op Big Island?’

‘Wie?’ fluisterde Thierry, met zijn mond nu vlak bij Renates warme huid.

‘Tara, die van de vlogs.’ Enthousiast door haar eigen inval schoot ze overeind. ‘De Mauna Loa! Zei Harald niet dat het wereldnieuws was dat die vulkaan op springen staat? Daar moet dan toch een vlog van komen? Dat is het, Tjer, Tara gaat nog een keer naar Big Island en neemt een pakketje voor ons mee terug.’

Thierry’s geduld was op. Hij duwde haar terug op bed en dwong haar te blijven liggen. ‘En waarom zou ze dat doen?’

Renate lachte minzaam en strekte haar armen boven zich uit. 'Jij kunt heel overtuigend zijn, wist je dat? Iedereen heeft zo zijn zwakke plekken. Verzin er maar wat op.'

22

Het lukte Tara de volgende dag pas tegen de middag een vliegtuig naar Kauai te pakken. Eerder had ze de kracht er simpelweg niet voor. Na de sessie met Cassandra had ze haar duim opgestoken en zette een vriendelijke voorbijganger haar bij het hotel af. Ze was haar bed in gedoken en werd pas wakker toen de schoonmaakster op de deur had geklopt. Na een douche en een kingsize milkshake in de ontbijtzaal voelde ze zich langzaam opknappen. Haar hoofdpijn trok weg, haar oren suisden niet meer en slikken ging ook weer normaal. Alleen de vermoeidheid bleef, maar daaraan was ze de laatste weken gewend geraakt. Ze besefte pas hoe raar dat eigenlijk was toen ze Diego opzocht in zijn hotel en die zijn zorgen uitsprak.

'Ik voelde me gisteren een vaatdoek,' zei hij, 'maar jij ziet er niet veel beter uit. Waar is jouw fut gebleven?' Hij lachte erbij, maar de oprechte bezorgdheid in zijn ogen zette haar aan het denken. Zou ze iets onder de leden hebben? Vroeger was ze nooit moe en nu moest ze zich door de dagen slepen en deed ze net of ze de boksschool op Kauai niet had gezien, omdat ze ergens wel wist dat ze niet eens één rondje sparren zou volhouden. Hoe kon dat? Ze was zelden ziek en vermeed de dokter zo veel mogelijk, daar was ze vroeger al meer dan genoeg geweest, voor haar epilepsie.

'Moet je niet naar de dokter?' vroeg Diego, alsof hij haar gedachten kon raden.

'Nee,' reageerde ze fel, 'ik kom gewoon slaap tekort, dat is alles.'

Diego hield wijselijk zijn mond. Hij wist beter dan Tara uit te dagen als ze niet in de stemming was. Bovendien voelde hij zich schuldig om hun laatste woordenwisseling. Hij was blij verrast toen ze opeens voor zijn deur stond en nu zaten ze op het terras achter zijn hotel, dat een prachtig uitzicht bood op de Pacific. Ze dronken water en Diego had twee salades besteld.

'Toen ik vannacht wakker werd en mijn kater te boven was, ben ik me eens in die Cassandra Newland van jou gaan verdiepen,' veranderde hij van onderwerp, en meteen had hij Tara's volledige aandacht.

'En? Heb je wat gevonden?'

Hij grijnsde zelfvoldaan. 'Uiteraard.'

'Echt? Ik had geen enkele hit.' Tara keek hem wantrouwig aan, maar in haar stem klonk bewondering door. 'Zeg op! Wat weet je?'

Diego schoof zijn stoel dichter bij die van Tara. Hoewel het er niet druk was, wilde hij niet dat de weinige toeristen die op het terras van de zon genoten en hun krantje lazen hem konden horen. 'Het is een interessante dame, met een bijzondere entourage, maar laat ik bij het begin beginnen. Je zei dat ze met een accent sprak dat Scandinavisch klonk, of misschien meer Duits. Daar ben ik op doorgegaan. Het duurde even, maar toen ik uiteindelijk een register vond van natuurgenezers in Duitsland, vond ik een Sandra Gerhard uit Berlijn. De combinatie van die voornaam, het beroep en de moedertaal leek aan te sluiten bij wat jij me over haar had verteld.'

Tara knikte instemmend en zag hoe Diego een papiertje uit zijn achterzak viste dat aan beide zijden beschreven was.

'De zoekterm "Sandra Gerhard" leverde veel meer resultaten op, al hebben die niet direct betrekking op haarzelf,' vervolgde hij, met een blik op zijn aantekeningen. 'Vooral de man met wie ze al op jonge leeftijd trouwde, heeft het nieuws vaak gehaald. Deze Wolfgang, of Wolf, Kaiser, een stuk ouder dan zij, was gepromoveerd maritiem bioloog, maar om onbekende redenen heeft hij de wetenschap de rug toegekeerd en is hij overgestapt naar het alternatieve circuit. Hij werd voorganger van de omstreden Bron van Helend Water Gemeente in Berlijn.' Diego keek op en maakte een wegwerpgebaar. 'Vage bedoening. Ik heb meer dan dertig berichten over die club gescand en wat ik eruit oppik is dat die Kaiser een soort goeroe was, die er bizarre ideeën op na hield. Hij geloofde bijvoorbeeld heilig in de geneeskracht van de natuur en verbood het zijn gemeenteleden, in geval van ziekte, reguliere artsen te bezoeken. Hij brouwde en verkocht zijn eigen medicijnen, vast voor gepeperde prijzen. Maar er kwam meer geld binnen. De gemeenteleden betaalden een flinke contributie voor hun lidmaatschap en sommigen lieten hem na hun dood de volledige erfenis na. Tot verbazing en ongenoegen van hun naasten, uiteraard. Ik las een interview van een man die lijdzaam moest toezien hoe zijn vrouw en dochter volledig in de ban van Kaiser waren geraakt. Blijkbaar waren ze niet meer voor rede vatbaar. Het moet een ontzettend charismatische man geweest zijn, die mensen aan zich wist te binden. Op het hoogtepunt telde de gemeente meer dan honderd leden. Kaiser verdiepte zich in de natuurgeneeskunde, ging er les in geven en verzamelde zo een steeds grotere groep mensen om zich heen. Als het daarbij was gebleven, had hij al genoeg schade berokkend.'

'Maar daarbij bleef het niet,' vulde Tara ongeduldig aan.

Diego nam een slok water en knikte. 'Klopt. De gemeentelijke samenkomsten waren vanaf een bepaald moment niet meer openbaar toegankelijk. Het werd een besloten club met mysterieuze inwijdingsrituelen. Na klachten van geluidsoverlast door omwonenden en gedonder met de politie is Kaiser met een deel van zijn gemeenteleden uit het centrum van Berlijn vertrokken en naar een vrijstaand pand in het buitengebied verkast. Daar liep het van kwaad tot erger, tot een oplettende boswachter onraad rook – dat bedoel ik letterlijk, het stonk er blijkbaar enorm – en de politie waarschuwde. Bij de inval werd een schuur vol kadavers aangetroffen: honden, paarden, schapen, koeien, sommige pas net dood, andere al in staat van ontbinding.'

Tara zette grote ogen op. 'Dat meen je niet?'

'Jawel. De precieze toedracht heb ik niet kunnen achterhalen, want in de zittingen, die openbaar waren en veel belangstelling trokken, beroept Kaiser zich meerdere malen op zijn zwijgrecht, maar een paar leden hebben toegegeven dat het iets met offeren van doen had. De dieren werden gedood tijdens nachtelijke offerceremonies. Het vermoeden bestaat dat ze daar in Berlijn al mee begonnen zijn, gezien de klachten van geluidsoverlast door omwonenden. Misschien zijn ze gestart met kleinere dieren, maar later, in dat buitengebied, ging hij los. Niemand die hem tegenhield.'

'Ook Sandra niet... Cassandra...' fluisterde Tara, die huiverde bij het beeld van de dode dieren in de schuur. De gedachte dat zoiets haar eigen Huub zou overkomen was misselijkmakend. Dat mensen elkaar de hersens insloegen, moesten ze zelf weten, maar ze had nooit kunnen begrijpen hoe iemand een dier pijn kon doen. 'Wanneer speelde dit?'

'Eind jaren negentig,' wist Diego, 'maar pas in 2003 zijn Kaiser en zes gemeenteleden gearresteerd. In een gevangenis in de buurt van München zit hij zijn straf uit voor een hele rij vergrijpen, waaronder deelname aan een criminele organisatie, meervoudige dierenmishandeling en poging tot brandstichting. Dat vergat ik nog, tijdens de politie-inval hebben Kaiser en zijn volgelingen geprobeerd de schuur in de hens te steken; er waren al jerrycans benzine leeggegoten, maar de politie kon een brand voorkomen.'

Het duizelde Tara en dat bevreemdde haar. Lichamelijk moe zijn was één ding, maar als nu ook haar scherpe geest haar in de steek ging laten, maakte haar dat serieus ongerust. Ze sloot haar ogen en probeerde Diego's verhaal te matchen met het weinige dat ze van Cassandra wist.

'Hoe stellen we vast dat Cassandra en Sandra dezelfde persoon zijn?' vroeg ze, onzeker of ze een aanwijzing had gemist.

'Dat lijkt toch zeer waarschijnlijk,' antwoordde Diego verontwaardigd. 'Alleen over haar vermeende abortuskliniek kon ik niets vinden. Misschien is dat iets van de laatste tijd. Maar de naam Sandra Gerhard heb ik door de jaren heen kunnen traceren in twee communes in Oost-Europa, in een kibboets in Israël en in een ashram in India. Zie je het niet? Ze is de wereld rondgezworven en heeft zich steeds bij groepen aangesloten, zoals ze dat gewend was in Berlijn. Ik kan me voorstellen dat ze uiteindelijk hier is neergestreken. Ze noemt zichzelf natuurgenezeres, ze heeft volgelingen en geeft lessen over planten en kruiden in de tempeltuin. Je zou bijna zeggen dat ze de werkzaamheden van haar man heeft voortgezet.' Hij schonk Tara een veelbetekenende blik en ze begreep meteen waar hij op doelde. In een flits zag ze Cassandra weer bij de vuurkorf staan met de gloeiende pook in haar handen, waarmee ze Tara de tuin had uit gejaagd. Had ze toen een offerceremonie verstoord? Als Diego's verhaal klopte, had het er alle schijn van.

'Het zou kunnen, maar zeker weten we het niet,' concludeerde ze, waarop Diego een nors gezicht trok.

'Wat wil je dan nog meer weten?' Hij propte het kladje terug in zijn broekzak en dronk zijn glas leeg. Op dat moment zette een serveerster twee salades op tafel. Diego schoof een van de borden naar zich toe en viel er als een hongerige wolf op aan. Tara zag dat hij geïrriteerd was en dat speet haar, maar ze wilde gewoonweg niet geloven dat uitgerekend Cassandra, de enige persoon die haar kon helpen, een alias was voor een vrouw die er net zulke kwade praktijken op na hield als haar echtgenoot. Dat laatste had Diego's zoektocht sowieso niet bewezen.

Ze prikte lusteloos in haar salade en keek zijdelings naar Diego. 'Toch bedankt,' zei ze voorzichtig, 'je hebt veel ontdekt. Ik wil gewoon nog een paar dingen checken...' Omdat ze niet wist wat ze verder kon zeggen, stak ze een crouton in haar mond.

Diego haalde zijn schouders op en at stug door tot zijn bord leeg was. Hij veegde zijn mond af aan het servet en leunde achterover. 'Het beste heb ik nog niet eens verteld.'

'En dat is?'

'De zeventien jaren gevangenisstraf van de inmiddels vijfenzestigjarige Wolfgang Kaiser, nog altijd de wettige echtgenoot van Sandra Gerhard, want ze zijn nooit gescheiden, zitten er bijna op. Over vier maanden komt hij vrij.'

23

In de *Gefängnis von Landsberg*, in Landsberg am Lech, op zo'n vijfenveertig kilometer van München, stond Wolfgang Kaiser kaarsrecht midden in zijn cel. Door het smalle rechthoekige raam boven in de buitenmuur kon hij een streep van het met sterren bezaaide hemeldek zien en daarvoor had hij graag een paar uur minder slaap over. De eerste jaren in gevangenschap had hij genoegen genomen met foto's en illustraties van de natuur in de boeken die hij verslond. Maar naarmate zijn straf vorderde, was de behoefte aan het echte werk sterker geworden. Meer dan alles miste hij de geur van het bos, de omgewoelde aarde, natte bladeren op het mos, knisperend frisse lucht; het was voor hem de geur van vrijheid, waarnaar hij zo sterk verlangde dat hij er fysiek last van had. De spieren in zijn schouders stonden constant onder hoogspanning, zijn nek zat muurvast en daardoor kon hij zijn hoofd nog slechts een paar centimeter van links naar rechts bewegen. De spanning bezorgde hem een aanhoudende pijn in zijn kaken, waardoor hij minder at en kilo's was afgevallen. Desondanks maakte hij met zijn een meter vijfennegentig, de volle grijze haardos en donkere wenkbrauwen boven zijn helblauwe ogen nog steeds een imposante indruk.

Zijn leven binnen verliep volgens een vast patroon. Grotendeels bepaalde de zoemer het ritme van zijn dag: opstaan – douchen – ontbijten – werken – lunchen – werken – avondeten. Maar ook de uren die hij vrij mocht besteden, vulde hij altijd hetzelfde in. Elke maandag koos hij twee nieuwe boeken uit de bibliotheek, het maximaal toegestane aantal, en die las en herlas hij tot de volgende maandag aanbrak. Op zondagochtend woonde hij de kerkdienst bij en hij was een vaste bezoeker van de maandelijkse filmavond in de kapel. Aan sport- en spelactiviteiten deed hij niet mee en in de gezamenlijke ruimte, waar de meeste gevangenen televisiekeken, sterke verhalen vertelden en ruziemaakten, kwam hij niet. Liever luisterde hij in zijn cel naar de radio dan dat hij de interactie met zijn medebewoners opzocht. En toch wisten die hem vaak te vinden. Hij zei weinig, maar als hij sprak hingen ze aan zijn lippen. Zo was het altijd al geweest, ook voordat hij werd opgepakt. Mensen luisterden naar wat hij te zeggen had en wilden in zijn buurt zijn. Af en toe klampte een nieuwkomer zich aan hem vast en probeerde die vriendschap met hem te sluiten, maar dat hield hij af. De mensen hadden hem nodig, andersom was daar geen sprake van; Kaiser deed zijn voornaam in meerdere opzichten eer aan; hij was een leider en een solist.

De serene nachtelijke stilte werd plots verstoord door een zacht knerpend geluid. Wolfgang spitste zijn oren en hoorde dat het voetstappen waren die zijn kant op kwamen. Hij draaide zich om, liep naar de stalen deur en bleef, geheel volgens protocol, op een armlengte afstand staan. Hij hoefde niet lang te wachten voor het luikje in de deur werd opengetrokken en er een klein voorwerp op het tableau aan de binnenzijde werd gelegd.

'Morgenvroeg in de ontbijtzaal teruggeven,' fluisterde een stem, die hij herkende, 'nu staan we quitte.' Het luikje werd dichtgedaan en opnieuw klonken er voetstappen.

Wolf griste het voorwerp naar zich toe; het was een smartphone. Hij hapte naar adem. Telefoons waren verboden bezit in de Landsberg-gevangenis, wat niet betekende dat ze niet voorradig waren. Een paar jaar geleden had hij er zelf een gekocht van een medegevangene en het was hem gelukt het ding maandenlang verborgen te houden in de kapel. Tijdens de wekelijkse kerkdiensten had hij ontdekt dat er een uitsparing was gesneden in het stenen voetstuk van het altaar. Als hij op de eerste rij plaatsnam en voor gebed op zijn knieën zakte, kon hij de telefoon ongezien uit de opening halen. Tijdens het moment voor zelfreflectie, waarin steevast orgelmuziek klonk, glipte hij een van de twee biechtstoelen achter in de ruimte binnen en belde hij met Sandra, die hem al verwachtte. Het zou langer goed gegaan zijn als een jaloerse medegevangene hem niet betrapt had. De man, een Kroaat met zwarte tanden, eiste dat hij ook mocht bellen en toen Wolf dat weigerde, lapte de Kroaat hem erbij. De telefoon werd ingenomen en Wolf kreeg drie weken isoleercel aan zijn broek. In de raamloze ruimte, waar het licht nooit uitging, was hij de grip op de werkelijkheid kwijtgeraakt; hij hallucineerde, sloeg wartaal uit en bevuilde zichzelf en de cel met zijn ontlasting. Op last van de arts werd de straf voortijdig beëindigd en mocht hij herstellen in de ziekenzaal, waar hij pas na een maand weer de oude werd. Dat de Kroaat daags daarna dood werd aangetroffen in de recreatiezaal, verbaasde lang niet iedereen. De houten penseel die in zijn neus omhoog was gestoken, had zijn hersenen doorboord. Elk spoor van de dader ontbrak, maar het leed geen twijfel wie erachter zat.

Wolf ging met de telefoon op zijn bed zitten en drukte hem aan. Op het scherm verscheen een stilstaand beeld van een jonge vrouw die hij niet kende. Ook knipperde in de hoek een lampje dat aangaf dat de batterij bijna leeg was. Snel tikte hij op de afspeelknop en geconcentreerd bekeek hij het filmpje. Hij kon het bijna twee keer zien voordat het toestel uitviel en hij wist dat hij die nacht niet meer zou slapen. De voorspelling was uitgekomen, een vreemdeling had hun pad gekruist. Deze vrouw was wanhopig en daardoor uitermate geschikt, Sandra had het goed gezien;

de onbekende dame uit Nederland was de ontbrekende schakel in hun plan. Hij ademde krachtig in en hield de lucht net zo lang binnen tot zijn ogen traanden.

De laatste uren van de nacht bracht hij ijsberend door en toen de eerste zoemer klonk, ten teken dat de dag begon, had hij de finale van zijn Masterplan tot in detail uitgedacht. De deuren sprongen open en net als elke ochtend in de voorgaande bijna zeventien jaar liep hij de gang op, waar hij tussen de anderen in de rij ging staan. De wetenschap dat het einde aan deze afstompende routine in zicht kwam en dat hem, als alles volgens plan verliep, een nieuw leven wachtte, werd hem haast te veel. Zijn gezicht toonde geen spoor van emotie, maar vanbinnen stormde het.

24

In Hilo op Big Island zaten Cassandra en Maya in kleermakerszit onder de grootste sequoiaboom die de tempeltuin rijk was. Als ze met de andere leden hand in hand een kring vormden, konden ze de boom precies omsluiten, of omarmen, zoals Cassandra het wenste te noemen. Dat ging nu niet, want twee leden hadden zich afgemeld voor de les van vandaag en de andere drie zouden pas over een half uur komen. Daarbij stond Cassandra's hoofd niet naar boomknuffelen; al dagen kon ze geen rust meer vinden en was ze aanhoudend zenuwachtig. Een teken uit Duitsland zou een hoop schelen, maar dat bleef vooralsnog uit. Het was een gok geweest om de opnamen van de laatste hypnosesessie van Tara naar Andries Jenner te mailen en ze wachtte met smart op een bericht van Wolfgang. Andries was een oudere cipier met wie Wolfgang vaker zaken deed. De man had een serieus drankprobleem en dat maakte hem kwetsbaar en chantabel. Een paar gevangenen roken hun kans en wisten dingen van hem gedaan te krijgen die hij eerder nooit had toegestaan. Ze dreigden zijn probleem te verraden aan de directeur als hij hen niet langer liet luchten, bellen, of sigaretten gaf. Als Wolf hem niet te hulp was gekomen en zijn medegevangenen met harde hand tot de orde had geroepen, was de cipier er waarschijnlijk al aan onderdoor gegaan. In ruil voor zijn bescherming ontving Wolf kleine giften, die hij voor de anderen verborgen hield. Van de flacon whisky had hij nachtenlang genoten, net als van de doos Cubaanse pruimtabak. Wolf had zijn vrouw over Andries verteld, maar dat was al meer dan een jaar geleden en Cassandra wist niet of de man er überhaupt nog werkte. Toch had ze op hem gegokt.

Op gezette tijden kon Wolfgang gebruikmaken van een computer met een mailprogramma, maar daarin werden alle berichten gecontroleerd. Door de jaren heen hadden ze daarom eigen codes ontwikkeld, die alleen zij begrepen. Het filmpje viel echter niet te coderen en daarom had ze niet gedurfd het rechtstreeks naar Wolf te mailen. Nu hunkerde ze naar zijn reactie. De tijd begon te dringen en zonder zijn instructies en advies wilde ze liever niet nog meer stappen zetten. Tara had geen nieuwe afspraak gemaakt, maar zou zeker snel weer voor haar deur staan en dan wilde ze weten wat ze doen moest. Het ging goed, al twee keer had ze Tara op tijd terug kunnen halen, precies op het moment dat haar moeder ging spreken. Het luisterde nauw, maar de kruidenthee met zuivere wietolie deed zijn werk; Tara zat hoog in haar emoties, wat het extra lastig maakte de herinnering te bereiken. In neutrale toestand ging dat doorgaans sneller, maar dat was nu juist niet de bedoeling. Cassandra wilde dat Tara steeds wanhopiger werd en terug bleef komen, pas dan had ze haar waar ze haar hebben wilde. Een goede timing was nog nooit zo belangrijk geweest en dat maakte haar onzeker. Een klein foutje kon al funest zijn voor de toekomst die Wolf en zij voor ogen hadden. Het liefst zou ze haar zorgen delen, er met iemand over praten, maar ook dat was te riskant. Ze keek naar Maya, die met een bezorgde blik de rookwolken boven hen aanschouwde.

‘Vlieg je vandaag naar je broer?’ vroeg Cassandra, meer om haar gedachten af te leiden dan dat het haar werkelijk interesseerde. Nu een uitbarsting onafwendbaar leek, wachtten de meeste eilandbewoners, in ieder geval degenen met een woning nabij de vulkaan, niet tot code rood officieel werd afgegeven en zochten ze hun toevlucht op een van de andere eilanden. Bij een voorgaande uitbarsting was Maya met haar gezin ook naar haar broer op Maui gevlogen.

Maya knikte. 'Er zijn extra vluchten ingezet, ik heb voor vanavond geboekt. Zelf zou ik liever afwachten, maar Alani is te bang; zij wilde gisteren al weg.'

'Alani te bang?' vroeg Cassandra verbaasd, die Maya's dochter kende als een vrijgevochten type.

Maya knikte en sloeg haar ogen neer. 'Sinds de miskraam is ze zichzelf niet. Ze ligt hele dagen in bed en gaat niet meer naar school. Ik heb haar ziek gemeld, maar veel langer kan dit niet doorgaan.' Zonder Cassandra aan te kijken, vervolgde ze: 'Ze praat veel over haar baby, het kind dat ze verloren heeft. Ze kan het niet loslaten. Ik denk dat het beter was geweest als we echt afscheid hadden kunnen nemen. Het ging te snel, ze blijft hangen in haar verdriet.'

Cassandra kreeg het warm en dacht aan de vuurkorf waarin ze de ongeboren vrucht geofferd had. 'Heb geduld,' zei ze, 'ook voor haar heeft Moeder Natuur een plan. Alani is sterk, ze zal moeder worden als de tijd rijp is.' Plots werd ze licht in haar hoofd en zakte ze schuin achterover met haar rug tegen de boom.

Maya keek verbaasd opzij. 'Wat doe je? Gaat het?'

Cassandra glimlachte dapper en schoof rechtop, maar de woorden die ze net zelf had uitgesproken bleven nagalmen in haar hoofd. Ze voelde zich misselijk en het kostte haar moeite normaal te praten.

'De juiste afstemming... daar draait het allemaal om,' lispelde ze.

'Wat zeg je?' Maya fronste haar wenkbrauwen en keek haar leermeester onderzoekend aan.

'We moeten meer doen... Er is meer voor nodig om Moeder

Natuur tevreden te stellen. Met willekeurige offers alleen zal ze geen genoegen nemen.' Cassandra staarde langs Maya heen de tuin in, maar leek niets te zien.

'Ik begrijp je niet,' aarzelde Maya, 'we offeren de laatste weken meerdere keren per week. Is dat niet voldoende?'

Cassandra schudde langzaam haar hoofd en merkte niet dat er tranen uit haar ogen drupten. 'Niet het water, maar het vuur... precies zoals ik gisteren aan de telefoon zei... Hij is te ver weg en kent dit land niet, maar hoe is het mogelijk dat ik het zelf niet eerder inzag? Ik heb zo veel gereisd, op veel verschillende plekken gewoond en ik weet dat elke bodem andere schatten herbergt, dat elke plek over eigen unieke krachten beschikt. De offers die wij brengen moeten daarop afgestemd zijn.' Ze had meer in zichzelf gesproken dan tegen Maya, maar opeens keek ze Maya recht aan, haar ogen schitterden. 'Sinds kort zie ik het zo helder: dit land is vuurland. Teruggeven aan het water heeft hier weinig zin, het is het vuur dat ons om offers vraagt. Het vuur moeten we dienen.'

Beiden schrokken op toen een gedempt gebulder uit de aarde opsteeg en een vonkenwolk langs de hemel flitste. Jammerend sprong Maya op, de angst stond in haar ogen. 'Ik moet naar huis, naar Alani.' Ze draalde even, alsof ze wachtte op toestemming, maar toen Cassandra zweeg, draaide ze zich om en snelde weg.

Cassandra keek haar na, maar zag niets. Ze liet zich overspoelen door een golf van geluk. De Mauna Loa had gesproken; de vulkaan had haar gehoord en antwoord gegeven. Ze legde een hand op haar buik en voelde een rust over zich neerdalen. Nu ze haar keuze had uitgesproken en de vulkaan die zo duidelijk had bevestigd, wist ze wat ze doen moest, ook zonder concrete aanwijzingen van Wolf. Ze hief haar gezicht naar de hemel en zag hoe opspattende vonken de samengepakte rookpluimen boven de vulkaan verlichtten. De eerste fase was voorbij, het werd nu tijd voor het echte werk.

25

In kamer zes van het Kauai General Hospital lag Willem er een stuk beter bij dan de laatste keer dat Tara hem zag. Zijn bovengemiddeld brede torso was nog in verband gewikkeld, maar de grijns op zijn gezicht sprak boekdelen. 'Geen dwarslaesie,' waren zijn eerste woorden toen Tara de kamer binnenkwam. Willem herkende haar van de filmpjes op de website van *De Trip*, waarin de kandidaten en medewerkers werden voorgesteld en een impressie van het eiland werd gegeven. Ook Tara's eerste vlogs voor *De Dageraad Online* had hij al meerdere malen bekeken. Plat op zijn rug kon hij weinig anders. Met het herstel van zijn lichaam, trad ook de verveling in en daarom werd elke bezoeker met groot enthousiasme ontvangen.

'Dat is fantastisch,' zei Tara, met een duim omhoog. Na haar lunch met Diego, waarin hij haar zijn bevindingen over Wolfgang Kaiser en diens vrouw Sandra Gerhard uit de doeken had gedaan, voelde ze zich uitgeblust. Ze had kort overwogen terug te gaan naar haar hotel om wat slaap in te halen, maar daarvoor was ze te ongedurig. Als Diego gelijk had, en Sandra en Cassandra inderdaad een en dezelfde persoon waren, wilde ze dat zeker weten. Een bezoek aan het ziekenhuis leek de moeite waard, hier had ze immers twee dagen eerder het gesprekje over Cassandra opgevangen en ze wilde proberen een van de bewuste verpleegsters op te sporen. Een bezoek aan Willem gaf haar een legitiem excuus voor haar aanwezigheid in het ziekenhuis, en daarnaast vond ze het oprecht fijn hem op te zoeken en te zien dat het beter ging. Het was moeilijk geen sympathie te voelen voor de vriendelijke reus die zo genadeloos hard ten val was gekomen.

'Ik hoor dat Diego mijn plaats heeft ingenomen?' Willem lachte, maar in zijn stem klonk ook een fractie spijt door.

'Hij doet zijn best,' zei Tara spottend. 'Vanavond wordt de derde challenge opgenomen, we zullen zien hoe ver hij komt.' Ze wees op zijn borst en het infuus in zijn arm. 'Jouw race zit erop. Wanneer ga je terug naar Nederland?'

'Ik hoop op volgende week. Mijn rug heeft een optater gehad en moet stabiel zijn voor ik aan de lange reis begin. Dat snap ik, maar ik ben er klaar mee. Nu mijn Trip voorbij is, houdt niets me nog hier.'

Tara haalde haar telefoon tevoorschijn en hield hem vragend omhoog. 'Misschien kun je me nog met één ding helpen?'

Nadat ze haar vlog met een openhartig interview met Willem had opgenomen en doorgestuurd naar Benno, wenste ze hem het beste en namen ze afscheid. In de gang liep ze op goed geluk naar de koffieautomaat waar ze de verpleegsters eerder had getroffen. Dit keer was er niemand te zien. Ook de dichtstbijzijnde verpleegsterspost was onbemand. Pas toen ze door een achterdeur naar buiten liep en in de schaduw van een bijgebouwtje een sigaret opstak, had ze geluk. Bij de bushalte naast het parkeerterrein stapten drie vrouwen in wit uniform uit de bus. Tara herkende de middelste onmiddellijk als een van de verpleegsters die over Cassandra hadden gesproken. Ze trapte haar peuk uit en liep achter hen aan het ziekenhuis in, waar ze wat bleef dralen in de hal tot de drie ieder een andere gang in liepen. Ze volgde de jonge vrouw naar de verpleegsterspost die ze even eerder ook had gecheckt.

‘Ik wilde je wat vragen,’ viel ze met de deur in huis.

De vrouw keek verbaasd op en wreef nonchalant een lok haar uit haar gezicht. ‘Ja?’

‘Je tatoeage,’ improviseerde Tara, terwijl ze op de pols van de vrouw wees, waar de bekende rood-gele hibiscusbloem, het symbool van Hawaï, zichtbaar was, ‘ik vind hem erg mooi en vroeg me af waar je die had laten zetten.’

Gevleid hield de verpleegster haar arm omhoog. ‘Dank je, ik heb hem al lang en ben er nog steeds blij mee.’

Tara knikte. ‘Ik ben nieuw op het eiland en had nog geen tattooshop gevonden. Mijn hond is gisteren overleden, zie je, en ik wil zijn naam op mijn arm laten zetten.’ Ze boog haar hoofd. ‘Dan blijft hij toch een beetje bij me.’

Haar toneelspel had succes. De verpleegster legde haar hand op Tara’s arm en kneep er even in. ‘Wat erg voor je. Ik heb zelf ook een hondje en weet hoeveel je van een dier kunt houden. Wat was het?’

‘Een rottweiler,’ zei Tara zacht, terwijl ze in haar ogen wreef. Toen keek ze op. ‘Ik wil hem netjes begraven, maar hoorde dat de eilandbewoners hun overleden dieren ook wel naar een vrouw brengen, ene Cassandra? Ik weet niet wie dat is. Jij wel?’

Meteen schudde de vrouw haar hoofd. ‘Dat moet je niet doen,’ sprak ze ferm. ‘Dat mens spookt rare dingen uit en daar kun je beter ver vandaan blijven.’

Tara staarde haar bedroefd aan, maar zei niets. Uit ervaring wist ze dat een stilte vaak het beste werkte als ze iemand wilde laten praten. Ook dit keer had het effect; de vrouw keek even om zich heen en boog zich toen vertrouwelijk naar Tara toe.

‘Ze offert ze,’ fluisterde ze en daarmee was Diego’s theorie bevestigd.

Tara hoefde niet te faken dat ze schrok, haar reactie was oprecht. ‘Wat? Hoe bedoel je?’

'Vraag mij niet waarom, ze is natuurgenezeres of iets dergelijks, en schijnt te geloven dat overleden dieren geofferd moeten worden. Maar dat is niet het ergste...' Ze liet een theatrale pauze vallen om haar laatste onthulling nog meer gewicht te geven: 'Ze schijnt het ook te doen met levende dieren.'

'Niet,' zei Tara opeens ongelovig, 'levende dieren offeren? Dat is moord. Weet je het zeker?'

De verpleegster deinsde terug en keek nogmaals om zich heen. 'Nee,' weifelde ze, 'ik bedoel, ik heb het niet met eigen ogen gezien, maar dat is wat er gezegd wordt.' Ze rechtte haar rug en leek zichzelf tot de orde te roepen. 'Op dit eiland zul je geen tattooshop vinden,' vervolgde ze toen, op gemaakt luchtige toon. 'En de man die de mijne heeft gezet, zit al een tijdje in Las Vegas. Vraag in de bars maar eens rond, er zijn er genoeg die het thuis doen.' Met een knikje liep ze de verpleegsterspost in, waarna ze de deur achter zich dichttrok.

Tara wist genoeg, Diego had het weer eens bij het rechte eind: Cassandra Newland was Sandra Gerhard, de vrouw van goeroe Wolfgang Kaiser en kennelijk zette zij diens bizarre offerpraktijken, waarvoor hij een jarenlange straf uitzat in een Duitse gevangenis, nu voort op Hawaï.

26

Ondanks het constante briesje, dat zorgde voor een aangename verkoeling, gloeide Diego van top tot teen. Zijn huid was bedekt met een klam laagje zweet en zijn korte zwarte haren lagen tegen zijn schedel geplakt. Tijdens de lunch met Tara voelde hij zich al niet top en hij had gehoopt dat een gezonde salade en een flinke dosis water hem erbovenop zouden helpen, maar niets bleek minder waar. Naarmate de middag verstreek, verzwakte hij steeds verder, tot zelfs het omkleden voor de derde challenge hem niet meer lukte zonder zwaar te hijgen. Nu hing hij in een strandstoel op Kalapaki Beach aan de zuidkant van het eiland en probeerde hij te verzinnen hoe hij de komende uren in godsnaam zou moeten doorstaan. Als rechtop zitten al een uitdaging was, ging hij de derde proef van *De Trip* toch nooit redden?

Hij keek uit naar Tara; ze had gezegd dat ze zou komen kijken, maar sinds de lunch was ze nergens te bekennen. Zijn medekandidaten drentelden op het strand heen en weer, deden rek- en strekoefeningen en probeerden hun zenuwen te beteugelen door flauwe grappen te maken en elkaar nat te spetteren. Die zenuwen waren begrijpelijk; iedereen die het uitgestalde parcours bestudeerde, begreep dat het een killer was. Vanaf de start op het strand zouden de kandidaten vijfhonderd meter door het mulle zand sprinten voordat ze het water in mochten. Daar wachtte op tweehonderd meter uit de kust een hoge stellage. Het was de bedoeling helemaal naar boven te klimmen om aan de achterzijde naar beneden te springen en naar de vuurtoren te zwemmen op de zwarte lavarotsen langs de kust. Boven in de toren hingen zes vlaggen met het logo van *De Trip*. De eerste zes duo's die het lukte langs de neergehangen geknoopte touwen boven te komen en een vlag te grijpen, mochten blijven. Voor het zevende duo was het einde verhaal.

'Niet zo benauwd kijken, dan redden we het zeker niet,' klonk het van een afstandje.

Diego keek om en zag dat Renate in een minuscuul bikinibroekje en een tanktop naar hem toe kwam. In haar handen hield ze twee cocktailglazen met op de rand een schijfje verse ananas.

Hij stak afwerend zijn hand op. 'Voor mij geen sterkedrank nu!'

'Natuurlijk niet, gek,' sputterde Renate, terwijl ze een glas in zijn handen duwde. 'Energiedrank zonder een spatje alcohol. Drink op! Veel kwaad kan het niet, want je ziet er al verschrikkelijk uit. Wat heb je gedaan?'

Diego haalde zwijgend zijn schouders op. Hij kon blijven zeggen dat hij geen idee had waarom hij zich zo slecht voelde, maar hij wilde niet meer liegen. Zijn kater was voorbij, de excuses waren op en hoezeer hij er ook van baalde, hij kon niet anders dan accepteren dat zijn deelname aan *De Trip* geen slimme zet was geweest. Zijn verslaafde lijf was nog lang niet voldoende hersteld. Zo simpel was het; hij wist het, maar het hardop zeggen was een tweede en daar was hij vooralsnog te trots voor. Stoppen was geen optie; hij zou hoe dan ook strijdend ten onder gaan, dat was hij zichzelf, Renate, Willem en de hele verdere Trip-clan verschuldigd. Hij had om een kans gevraagd en die had hij gekregen. Het laatste wat hij wilde was opgeven, al liep hij op zijn tandvlees. Om Renate een plezier te doen goot hij het mierzoete drankje in één keer achterover. Ze had gelijk, slechter kon het niet en elke druppel energie was meegenomen.

Vanuit haar ooghoeken hield Renate hem scherp in de gaten. Toen hij zijn glas leeg wegzette, gleed er een vileine glimlach over haar lippen. De timing was perfect. Over een minuut of tien zou het effect van de pil die ze in zijn cocktail had opgelost inzetten en nog eens tien minuten laten zou het startschot klinken. Het had wat lichamelijke overredingskracht gekost, want het was de laatste pil uit Thierry's voorraad geweest, maar ze wilde koste wat kost voorkomen dat zij vandaag naar huis ging. Al moest ze Diego aan zijn haren meeslepen, één van die vlaggen in de toren was voor haar.

27

De race was al in volle gang toen Tara op het strand aankwam. Ze had er eerder kunnen zijn als Benno haar niet gebeld had. Ze was net het ziekenhuis uit en zat al op de crossmotor toen haar telefoon overging. Iedereen die haar kende, wist dat ze een grondige hekel had aan bellen. De communicatie met Benno liep steevast via mail of app, dus toen zijn naam in het scherm verscheen, zeker op dit voor hem zeer vroege tijdstip, wist ze direct dat het menens was. Ze zette zich schrap en nam op.

'Ja, dat filmpje met Willem is top!' Benno's enthousiasme knalde zo hard het toestel uit dat Tara het een stukje van haar oor vandaan moest houden. 'Ik heb het bekeken en meteen online laten zetten. Dit is wat de mensen willen zien, Tara, en de adverteerders. Dit scoort.'

'Oké...' Het was goed te horen dat haar baas tevreden was, maar dat had hij wat haar betreft ook in een appje kunnen zetten.

'Meer van dit graag,' vervolgde hij op serieuzere toon. 'De wedstrijd, de deelnemers, de nieuwtjes, een blik achter de schermen, het hele circus daar, je weet wat ik bedoel, toch?'

'Ja.'

'Mooi. Dus geen fratsen meer. Ik begreep dat je alweer naar Big Island bent gegaan, maar daar heb je niets te zoeken, Tara. Of ging je voor die vulkaan die op uitbarsten staat? Daar zit de Amerikaanse pers al bovenop en die beelden kan ik kopen, jij hoeft daar niet heen. Ik wil dat je op Kauai blijft.'

'Ik was er niet voor de vulkaan. Er is iets heel anders...' begon Tara, maar Benno onderbrak haar resoluut.

'Nee, ik wil het niet hebben. Dit is mijn krant, ik bepaal de regels. Dat zeg ik niet vaak, maar ik merk dat ik duidelijk moet zijn: *De Trip* heeft onze prioriteit, zo simpel is het. Ik geloof meteen dat er op Big Island iets mis is, want dat is overal zo. Als je gaat graven, vind je stront, zelfs op Hawaï. Laat het gaan, Tara. Misschien kun je er later, na de wedstrijd, nog een keer gaan kijken, maar nu heb ik je nodig bij *De Trip*. Akkoord?'

Tara moest op haar tanden bijten om haar mond te houden. Natuurlijk was ze niet akkoord. Die hele Trip kon haar gestolen worden, het mysterie rondom Cassandra was veel interessanter en nieuwswaardiger. Nu ze, vooral dankzij de research van Diego, meer te weten was gekomen, kon ze niet wachten om er verder in te duiken. Bovendien wilde ze naar Big Island om haar sessies met Cassandra voort te zetten. Ze moest en zou weten wat haar moeder had gezegd.

'Akkoord?' herhaalde Benno met nadruk.

'Best.' Ze had opgehangen en was uit pure frustratie met een rotvaart naar het strand gescheurd. Als ze iets niet kon uitstaan was het dat ze in haar vrijheid werd beknot en ze haar eigen plan niet kon trekken.

Haar humeur was dan ook om op te schieten toen Thierry op haar schouder tikte. Woest draaide ze zich om. 'Wat?' Haar donkerbruine ogen leken zwart en ondanks haar geringe lengte maakte ze serieus indruk.

De presentator zette gemaakt geschrokken een grote stap achteruit en hief zijn handen in verdediging. 'Wat het ook is, ik heb het niet gedaan!' Hij grijnsde zijn hagelwitte tanden bloot en wachtte tot ze zou ontdooien, maar dat gebeurde niet. Dit keer redde hij het niet met zijn charmes en zijn knappe verschijning en dat was hij niet gewend. Om zichzelf een houding aan te meten trok hij een pakje sigaretten uit zijn korte broek en bood hij er Tara een aan. Die keek nog even wantrouwend, maar ze accepteerde zijn aanbod en stak de sigaret aan.

'Zeg het maar,' zei ze, nadat ze een flinke hijs had genomen.

Thierry begreep dat hij meteen ter zake moest komen. 'Ik zoek iemand voor een kleine opdracht en dacht aan jou. Freelancers willen altijd wat bijverdienen, niet dan?'

Tara kneep haar ogen samen en bestudeerde Thierry's gezicht. Ze had hem niet eerder zo ernstig gezien, tussen de opnames door hing hij de lolbroek uit en van Diego hoorde ze dat Thierry tijdens de borrels de grootste gangmaker was. De ernst die hij nu toonde, maakte haar nieuwsgierig. Ze was geen freelancer en om geld verlegen zat ze ook niet, maar ze wilde wel weten wat hij te zeggen had.

'Wat voor opdracht?'

Met zijn blik op de kandidaten die in het water de houten stellage beklommen, gaf hij antwoord. 'Ik moet een pakje ophalen op een van de andere eilanden, maar ik kan hier echt niet weg. In de post raakt het misschien zoek en ik weet niet eens hoe lang die erover doet. Er is haast bij.' Hij keek even opzij en zag dat Tara geconcentreerd luisterde.

'Je wilt dat ik een pakje ophaal? Wat zit erin? En waar moet het vandaan komen?'

'Van Big Island; ik kan je het adres meegeven van de hotelbar waar het klaarligt. Je hoeft alleen maar te vragen naar Dominic, *that's it*. Wat erin zit, is niet belangrijk, maar maak je geen zorgen. De controle op de vluchten tussen de eilanden hier stelt niks voor.'

Tara nam een trekje van haar sigaret en zag nog net hoe Diego en Renate de top van de stellage bereikten en er aan de achterkant gearmd vanaf sprongen. Ze wendde geërgerd haar blik af en trapte de peuk uit in het zand. Thierry's verzoek was duidelijk geen zuivere koffie, maar bood haar wel een vrijbrief voor een volgend bezoek aan Big Island. Er was geen sprake van dat ze zich als smokkelaar liet gebruiken en met een verdacht pakket een vliegtuig in zou stappen, maar dat hoefde Thierry voorlopig niet te weten. Met zijn verzoek speelde hij haar in de kaart. Mocht Benno erachter komen dat ze, tegen zijn wensen in, toch weer op Big Island zat, kon ze als excuus aandragen dat de opdracht kwam van de presentator van *De Trip* in hoogsteigen persoon. En aangezien *De Trip* haar aanwezigheid op Hawaï financierde, kon ze de opdracht moeilijk weigeren. Dat moest Benno met haar eens zijn. Zolang hij zijn verdomde vlogs maar kreeg, was er vast weinig aan de hand.

'Wat schuift het?'

Thierry grijnsde. 'Vijfhonderd dollar en het spreekt voor zich dat ik je ticket betaal. Kun je vanavond vertrekken?'

Tara keek op haar horloge. 'Dat wordt krap, maar als jij er duizend van maakt, ga ik mijn best doen.' Ze schudde Thierry's uitgestoken hand, stak het briefje met het adres in haar achterzak en liep weg zonder om te kijken.

28

Diego kon zijn geluk niet op. Hoe hij het geflikt had, wist hij niet, maar de derde challenge zat erop en Renate en hij hadden als vijfde duo een vlag bemachtigd. Vlak achter hen hadden de nummers zes en zeven in een nek-aan-nekrace om het laatste vaandel op de vuurtoren gevochten. Uiteindelijk slaagde de Franse Xavier erin de stok te grijpen en moesten Ben en Denise uit Engeland de aftocht blazen. Onder aan de toren werd de overwinning uitbundig gevierd. Ook Renate was uitzinnig van vreugde, ze viel Diego om de nek en kuste hem langdurig op zijn mond. Hij zoende terug, sloeg daarna zijn medestrijders op de schouders en jonaste met Xavier een uitgelaten Thierry het water in.

Het was bijna onmogelijk in die euforische stemming de uitnodiging voor alweer een borrel af te slaan, maar Diego hield stand en liep in zijn eentje terug naar zijn kamer. De pijn in zijn lijf leek gek genoeg verdwenen. Hij weet het aan de adrenaline, die waarschijnlijk weldra uitgewerkt zou zijn en dan was hij beter af in bed dan aan de bar.

Zodra hij de hotelkamer binnenkwam, opende hij Skype op zijn laptop. Eigenlijk zou hij morgenavond pas bellen, maar hij verlangde naar zijn kinderen en kon niet wachten het geluk dat hij nu voelde met hen te delen. Yvonne reageerde direct; ze verscheen zwaaiend in beeld en riep Nona en Max erbij.

Bij het zien van de nog slaperige snoetjes van zijn tweeling in hun pyjamaatjes, brak hij. 'Wat fijn om jullie te zien!' schreeuwde hij met overslaande stem in zijn computer. 'Ik mis jullie enorm! Maar hier is het ook super en weet je wat? Ik heb gewonnen!' Hij joelde luid en spreidde zijn armen in de lucht. Yvonne keek bedenkelijk, maar de tweeling deed hem na en dat gaf hem nog meer energie. Hij sprong op, danste door de kamer en trok gekke bekken. Dat hij daarbij een stoel omstootte maakte de pret alleen maar groter. Hijgend sprong hij in het rond tot het strenge gezicht van Yvonne close-up in beeld kwam. Hij zette de stoel recht, plofte erop neer en boog zich naar het scherm. 'Waar zijn de kids?'

'Die heb ik naar boven gestuurd,' zei Yvonne. Er zat een vertraging in de verbinding, waardoor hij eerst haar stem hoorde en haar een paar tellen later pas de woorden zag mimen. 'Gaat het wel goed met jou?'

'Jazeker, het gaat geweldig! Met jou ook? Je ziet er top uit.' Hij lachte breeduit, maar zij werd er niet vrolijker van.

'Je gedraagt je vreemd, Diego,' zei ze ernstig. 'Je lijkt wel manisch, je hebt toch niks gebruikt?'

Die vraag trof hem als een vuistslag. Hij zakte onderuit in zijn stoel en gaapte zijn ex-vrouw met open mond aan. 'Wat zeg je nou?' stamelde hij, 'dat zou ik nooit… Je weet dat ik dat nooit…'

'Natuurlijk weet ik dat,' suste Yvonne, 'maar je doet zo raar, zo hyper… Ik dacht dat je misschien weer… Nou ja, ik maakte me zorgen.'

Diego sloeg zijn ogen neer. Opeens was hij doodmoe, alsof hij met het dansje zijn laatste beetje fut had verbruikt. De verslaving lag al maanden achter hem en toch kreeg hij opnieuw het nadeel van de twijfel.

Zijn stem klonk vlak toen hij antwoord gaf. 'Dat is niet nodig, ik heb alles onder controle.' Zuchtend plaatste hij een hand op de rand van het scherm en met een 'Geef de kinderen een knuffel' klapte hij de laptop dicht.

Godverdomme, dacht hij. Wie doet het me na om haast zonder training drie opdrachten in De fucking Trip te doorstaan? Als eeuwige ex-verslaafde? Tegen een horde afgetrainde atleten en kleerkasten?

'Wie doet me dat godverdomme na!' Zijn schreeuw kaatste tegen de hotelmuren op en plots hield hij het binnen niet meer uit. Hij schoof de balkondeuren open, viel over de drempel naar buiten en zakte tegen het traliehekje op de grond. Wanneer werd alles eindelijk weer normaal? Nog niet zo lang geleden had hij het prima voor elkaar en moest je hem nu eens zien. Lichamelijk was hij geen stuiver meer waard, zijn ex dacht dat hij weer aan de drugs zat en Tara kon het kennelijk ook maar weinig schelen wat hij uitvoerde, want ondanks haar belofte was ze niet naar de derde challenge komen kijken. En dan trok ze ook nog eens zijn research in twijfel. Misschien frustreerde hem dat nog wel het meest. Hij sloeg met zijn vuist op de grond, stond op en griste binnen zijn computer van het bureau. Daarna liep hij terug naar het balkon waar hij het ding op schoot openklapte. Mevrouw wilde meer informatie voordat ze hem geloofde? Dan kon ze die krijgen ook. Eén ding stond in alle tegenslag nog overeind: hij was een steengoede researchjournalist en zou er alles aan doen om die geuzentitel te behouden. Zijn lijf wilde misschien nog niet, met zijn kop was niks mis. Verbeten begon hij te tikken en toen zijn ogen na twee uur dichtvielen had hij een pagina met nieuwe informatie over Sandra Gerhard en Wolfgang Kaiser verzameld, waarbij Tara haar vingers zou aflikken.

29

Wolfgang had de havermoutpap, vaste prik op zaterdagochtend in de Landsberggevangenis, al achter de kiezen en wilde aan een sinaasappel beginnen, toen Andries Jenner voor zijn tafel kwam staan. Met zijn hangende schouders en zwaarmoedige blik maakte de oude cipier niet bepaald een frisse indruk. Zijn collega's en de gevangenen wisten dat hij de dagen telde tot hij mocht afzwaaien en dat leverde gemengde reacties op. Een enkele collega voelde met hem mee en stond oogluikend toe dat Andries tijdens de nachtdiensten een uurtje ging liggen, maar de meesten konden zijn weinig inspirerende aanwezigheid niet waarderen en gingen hem waar mogelijk uit de weg. Hij werkte ook op de zenuwen van de gevangenen en Wolf wist precies waarom. In een besloten leefgemeenschap van enkel mannen hing de testosteron haast tastbaar in de lucht. Tekenen van zwakte en kwetsbaarheid waren niet welkom. Iedereen had zijn slechte momenten; door spijt van gemaakte fouten, door het gemis van dierbaren, of door de uitzichtloosheid van het bestaan sloegen van tijd tot tijd de stoppen door. Maar dat hield je voor je, janken deed je in het donker in je eigen cel en zeker niet in het openbaar. Het was een van de ongeschreven regels waaraan iedereen zich hield en die de meesten ook op waarde schatten. Alleen door jezelf af te sluiten van emoties, in ieder geval overdag, was je in staat je jaren in gevangenschap vol te houden. Kop op en borst vooruit was hier het credo, en liever een flinke matpartij, zelfs met risico op straf, dan laten zien dat je het moeilijk had. Andries Jenner hield zich daar niet aan. Hij toonde zijn zwakte en herinnerde de gevangenen daarmee ongewild aan hun eigen menselijkheid en emoties. Dat wekte weerstand.

Zonder op of om te kijken trok Wolfgang de telefoon die hij van Andries gekregen had uit zijn broekzak. Hij schoof hem onder zijn servet over tafel naar Andries, die het toestel zonder omhaal in zijn borstzakje liet glijden. Vier mannen aan de dichtstbijzijnde tafel zagen wat er gebeurde, maar gaven geen kick.

De oude cipier liep om de tafel heen, zodat hij naast Wolf stond en boog zich naar hem toe. 'Quitte?' fluisterde hij, met een lichte twijfel in zijn stem. De vorige avond, toen hij de telefoon door het luikje had geschoven, had hij zich stellig voorgenomen dat dit het laatste was wat hij voor Wolfgang deed. De bescherming die de grote man hem een aantal maal geboden had, was ruimschoots terugbetaald. In de laatste drie maanden voor zijn pensioen wilde hij het risico niet lopen betrapt te worden op illegale praktijken. Dan kon hij naar zijn gouden handdruk fluiten en was het stugge volhouden van de laatste zware jaren voor niets geweest. Maar hier, in de directe nabijheid van Wolfgang Kaiser, bleef van die stelligheid weinig over. Andries hoorde zelf hoe onderdanig hij klonk en wist al wat het antwoord was voordat Wolf naar hem opkeek.

'Nog niet helemaal,' sprak Wolfgang zacht, zodat alleen Andries hem kon horen. 'Ik vraag je om een laatste gunst.' Nu pas keek hij op om zijn omgeving te scannen. Omdat zijn nek amper kon bewegen, rolde hij zijn ogen tot ver in de ooghoeken. Toen hij zeker wist dat de kust veilig was, viste hij een in papier verpakt voorwerp uit zijn zak, dat hij wederom onder het servet naar Andries schoof. Die griste het naar zich toe en stopte het weg.

'Wat is het?' vroeg de cipier.

‘Een kleine container,’ fluisterde Wolfgang. ‘Die moet op de post, vandaag nog. Het adres en mijn instructies staan op het papier. De rest wijst zichzelf.’

Andries keek benauwd en boog nog verder voorover. ‘Ik garandeer niks.’

‘Het leven kent weinig garanties,’ antwoordde Wolfgang even onverstoorbaar. ‘Maar als dit pakje niet heel snel aankomt, zijn de gevolgen voor jou.’ Hij bracht de sinaasappel naar zijn mond, beet een stuk schil los en begon de vrucht met aandacht te pellen. ‘Wat zou het wrang zijn als je uiteindelijk niet meer van je welverdiende pensioen kunt genieten.’

De cipier trok wit weg en duwde zichzelf met een hand op de tafel overeind. ‘Ik heb de hele dag dienst, ik kan niet eerder weg,’ sputterde hij, tegen beter weten in; de grote man besteedde geen aandacht meer aan hem.

Schoorvoetend liep Andries de ontbijtzaal uit en de gang door naar de personeelsruimte, waar hij zich terugtrok op het toilet. Met trillende vingers trok hij het pakje tevoorschijn en vouwde het papier open.

30

Haar sluike grijze haren wapperden in de wind toen Cassandra in haar oude Ford Mustang over het eiland racete. Ze had een hekel aan autorijden en liet de wagen zo veel mogelijk staan, maar nu kon het niet anders; ze had geen tijd te verliezen. In een gecodeerd bericht had Wolfgang haar laten weten dat het moment daar was; het transport was in gang gezet. Ze viel bijna flauw toen ze het las, maar ze kon zichzelf snel herpakken en stelde in gedachten een actielijstje samen. Er moest veel gebeuren in weinig tijd en het was lastig te bepalen wat voorrang kreeg. Uiteindelijk koos ze voor Maya, die moest haar helpen, al stond dat niet in het Masterplan. Nu het eindelijk zover was had ze behoefte aan meer zekerheid en wilde ze Pele een extra offer brengen. Cassandra trapte het gaspedaal dieper in en bad dat haar trouwste volgeling nog niet was vertrokken. Maya zou deze avond met Alani naar Maui vliegen en de zon was al een tijdje onder. Ze kneep haar ogen tot spleetjes om zich in het donker beter op de weg te kunnen concentreren, scheurde door de bochten en stampte vlak voor Maya's oprit boven op de rem. Nadat ze met haar rechterkoplamp een metershoog Boeddhabeeld had geschampt, kwam de Mustang tot stilstand. Ze stapte uit en rende langs Maya's roestige Toyota naar het huis, dat, zoals zo veel huizen op de eilanden, op palen was gebouwd om schimmelvorming door de vochtige grond tegen te gaan. Nog voor ze de voordeur had bereikt, deed Maya open, haar ogen groot van schrik.

‘Wat is er gebeurd?’ riep Maya, terwijl ze de trap afdaalde en Cassandra tegemoetkwam.

Cassandra ging hijgend tegenover Maya staan en greep haar dwingend bij haar polsen. ‘Weet je nog hoe je in paniek bij me aanklopte en mijn hulp nodig had, niet zo lang geleden?’

Maya knikte hevig en keek toen bezorgd achterom, de voordeur stond nog open, maar niemand was haar gevolgd. ‘Voor Alani,’ fluisterde ze, ‘natuurlijk, dat vergeet ik nooit.’

Cassandra boorde haar blik in die van de kleine vrouw en verhevigde de greep om haar polsen. ‘Het is nu andersom; ik heb jouw hulp nodig, je moet met me mee.’

‘Maar… ik sta op het punt weg te gaan, dat weet je… Alani… de vulkaan… Wat is er aan de hand?’ Nu ze haar leermeester teleur moest stellen, struikelde de doorgaans zo kalme Maya over haar woorden. Het was vanzelfsprekend dat ze Cassandra zou helpen als die daarom vroeg, alleen deze avond was dat onmogelijk. Alani stond op instorten uit angst voor de naderende vulkaanuitbarsting en alleen de belofte dat ze het eiland zouden verlaten, hield haar op de been. Steve, haar echtgenoot en Alani’s vader, liet zich al dagen niet zien. Waarschijnlijk lag hij ergens zijn roes uit te slapen, zoals de laatste tijd steeds vaker gebeurde. In het begin had hij zijn alcoholverslaving nog onder controle gehad, maar nadat hij zijn baan bij de garage was verloren, liep het uit de hand. Hij kwam steeds vaker niet thuis, bleef nachtenlang weg en gedroeg zich agressief. Maya vergaf hem keer op keer voor de klappen die hij haar gaf, maar toen hij in een delirium ook hun dochter te grazen nam, had ze aangifte gedaan. Hij trok de haren uit zijn hoofd van spijt toen ze hem vertelde wat hij gedaan had en begon nog meer te drinken. Van een normaal gezinsleven was geen sprake meer. Desondanks had Maya een echtscheiding niet aangedurfd; ergens bleef ze hopen dat hij zijn verslaving zou overwinnen en weer de zachtaardige man werd op wie ze ooit verliefd geworden was. Nu lag er een brief voor hem op de keukentafel, waarin ze had uitgelegd dat zij en Alani een paar dagen bij haar broer op bezoek gingen en dat er eten voor hem in de koelkast stond. Hij zou niet blij zijn met hun vertrek en ze vreesde nu al zijn reactie als ze hem weer onder ogen kwam, maar dat was van later zorg.

'Alani zal alleen moeten gaan,' sprak Cassandra beslist. 'Je broer vangt haar op, dus ze is in goede handen. Bestel een taxi voor Alani en neem afscheid, dan kun je daarna met mij mee. Ik wacht hier.' Ze knikte in de richting van de deur en vouwde haar armen over elkaar.

Maya kleurde. 'Het spijt me, maar dat gaat niet, ik laat mijn dochter niet alleen.' Ze spiedde nogmaals over haar schouder. 'Ik wil je graag helpen, maar Alani is zichzelf niet. Dat heb ik je toch verteld? Ze heeft me nodig.' Ze durfde Cassandra niet meer aan te kijken en boog haar hoofd. 'Over een week zijn we waarschijnlijk weer terug en dan help ik je meteen.'

'Dan is het te laat.' In de kilte van Cassandra's stem klonk ingehouden woede door. 'Je stelt me teleur, Maya. Jij bent mijn trouwste volgeling, ik heb je alles geleerd wat ik weet en nooit heb ik iets teruggevraagd. Tot nu. Ik heb hulp nodig en vraag je: ga met me mee.'

Er stonden tranen in Maya's ogen toen ze opkeek. 'Nee.'

De felle reactie van haar leermeester overweldigde Maya zo dat ze een paar tellen lang niet begreep wat er gebeurde. Cassandra sleurde haar aan haar lange haren de oprit af en pas op een paar meter voor de Mustang kwam Maya bij zinnen en probeerde ze zich los te rukken. Ze boorde haar vingers in Cassandra's hand, maar die had haar stevig vast en was duidelijk niet van plan haar te laten gaan.

'Laat me los,' smeekte Maya, 'ik moet bij Alani blijven, het spijt me! Ik help je als ik terug ben, echt waar!'

Cassandra zweeg. Met opeengeklemde kaken van woede trok ze het portier open en duwde ze Maya hardhandig op de passagiersstoel. Daarna boog ze haar lange lichaam over Maya, die ineenkromp van angst.

'Blijf zitten en houd je mond,' commandeerde Cassandra. 'Als je gilt of uit de auto springt, vertel ik Steve over Alani's zwangerschap.'

De kleine vrouw kermde van angst en schudde hevig haar hoofd.

Cassandra klemde haar hand om Maya's kaken en dwong haar naar haar te kijken. 'Dus je hebt me begrepen?' Maya knikte kort en sloeg haar ogen neer. Daarop liet Cassandra los. Ze sloot het portier en liep met grote passen naar de andere kant van de wagen.

Alani was net klaar met douchen toen ze door haar slaapkamerraam Cassandra zag lopen. Ze tikte tegen het raam om naar haar te zwaaien, maar Cassandra hoorde het niet en stapte in de auto. Pas toen de oude Ford een stuk achteruitreed en het licht van de tuinlantaarn deels in de auto viel, zag Alani ook haar moeder zitten en meteen raakte ze in paniek. Haar moeder mocht niet weggaan, ze moesten naar het vliegveld! Ze griste haar badjas van het bed, spurtte de trap af en rende naar buiten. De auto keerde op de weg en stond een paar tellen stil. Precies op dat moment blikte Cassandra opzij. Alani keek haar aan en stak rennend een hand in de lucht, maar het mocht niet baten; Cassandra gaf gas en de auto verdween in het donker.

31

Midden in de nacht schrok Diego wakker met bonkende hoofdpijn en een kurkdroge keel. Op de tast vond hij de halfvolle fles water op zijn nachtkastje, die hij gulzig naar binnen goot. Boerend knipte hij een lichtje aan. In de badkamer slikte hij twee pijnstillers, die hij, bij gebrek aan nog een fles, met grote slokken kraanwater wegspoelde. Daarna zette hij in bed een kussen recht en zakte ertegenaan. De droge keel zinde hem niet. Hoofdpijn had hij vaker en *De Trip* was zo'n aanslag op zijn spieren en gewrichten dat zijn lichaam continu pijn deed, hij raakte er al bijna aan gewend, maar deze onverdraaglijke dorst was lang geleden en bracht herinneringen terug die hij liever zou vergeten. In Mexico had zijn keel in brand gestaan, telkens als zijn laatste shot was uitgewerkt. Dan snakte hij naar water, dat hij toen maar mondjesmaat kreeg. Sinds die tijd had hij dat gevoel nooit meer gehad, tot nu. Hij wreef in zijn ogen en beleefde de challenge van vandaag opnieuw. Hij zag zichzelf door mul zand sprinten, hij had gezwommen en geklommen alsof hij nooit anders deed en wist twee getrainde koppels achter zich te laten. Renate was hem om de hals gevlogen, ze had hem zelfs gekust en hij voelde zich euforisch. Manisch, had Yvonne gezegd, toen hij een dansje door de kamer maakte, en ineens gingen zijn ogen open en overviel hem een overweldigend gevoel van schaamte.

Hij rolde op zijn zij en trok het kussen over zijn bonzende hoofd. Hoe kon hij in hemelsnaam zo naïef zijn? Dat mierzoete drankje, Renate met haar schijnheilige blik en de stoot energie die uit de lucht kwam vallen... Hij was er zelf bij geweest en had nog niet het flauwste benul gehad. Het duurde even voor de eerste schok voorbij was, maar toen wist hij wat hem te doen stond. Hij pakte zijn telefoon en tikte een berichtje naar Renate.

Hi topper, wat waren we goed vandaag! Ik weet niet wat voor tovermiddel je in mijn drankje had gedaan, maar het smaakt absoluut naar meer. Als je me voor de volgende challenge weer zo'n zetje geeft, komen we vast heel ver. Wat dacht je van de finale? Liefs, D.

Hij verzond het bericht en zonk terug in zijn kussen. Als zijn vermoeden klopte, zou hij ervoor zorgen dat Renate per direct uit de race gezet werd. Strijdlust kon hij waarderen, maar niet op deze manier. Yvonne had het goed gezien, zijn gedrag was abnormaal geweest en hij kon alleen maar hopen dat zijn kinderen nog te klein waren om dat door te hebben. Met zijn handen achter zijn hoofd zag hij zichzelf weer als een malloot door de kamer springen, toen een zacht geklingel meldde dat er een bericht binnenkwam op zijn telefoon. Hij schoot overeind. Zou Renate al geantwoord hebben? Maar nee, het was Tara, die kennelijk de slaap ook niet kon vatten.

Gefeliciteerd met je prestatie vandaag. Ik was er even, maar kon niet blijven. Ben terug op Big Island en duik verder in Cassandra/ Sandra G. Dank voor de research, je had gelijk over haar identiteit en offerpraktijken. Misschien ook met levende dieren, dus moord.

Diego schrok en las het berichtje twee keer voordat hij antwoordde: *Twee redenen om snel terug te vliegen: 1. De vulkaan staat op springen, 2. Sandra is minstens zo gevaarlijk als Wolfgang (ik heb een theorie).*

Tara's reactie volgde meteen: *Zolang er geen code rood is, blijf ik. Mail me je info.*

Gefrustreerd over zo veel koppigheid zocht Diego naar de juiste woorden om Tara over te halen terug te komen, maar hij wist dat het vergeefse moeite was. Tara deed nu eenmaal wat ze zelf wilde, ongeacht wat een ander daarvan vond. Het vleide hem dat ze kennelijk toch naar zijn challenge was komen kijken. Daarnaast was het fijn dat ze niet alleen inzag, maar zelfs toegaf dat zijn informatie klopte. En toch overheerste er een gevoel van onrust; op Big Island zat ze letterlijk en figuurlijk te dicht bij het vuur. Het scherm in zijn handen lichtte opnieuw op. De trekken in zijn gezicht verhardden toen hij zag dat Renate zijn bericht had beantwoord.

Hé tijger, dat ging lekkerrr! Fijn dat je mijn hulp waardeert ☺ Die finale gaan we halen! Ik kan niks beloven (hangt af van voorraad Tjer), maar ga mijn best doen. Morgen chill vrije dag, hopelijk overmorgen weer knallen xxx Naatje

Ze gaf het nog toe ook, de heks. Diego trilde van woede en moest naar de kraan voor een paar slokken water om te kalmeren. Zittend op de wc stuurde hij zijn bericht en dat van Renate door naar Harald en Victorine. In een derde bericht meldde hij dat hij zich terugtrok uit de wedstrijd, dat hij een dag nodig had om te herstellen en overmorgen pas weer aanwezig zou zijn voor zijn werk als redacteur. Hij stond op en knikte naar zichzelf in de spiegel boven de wasbak. Dit voelde goed; zijn overwinning van vandaag was onterecht, zo wilde hij niet verder. De regisseur en de arts moesten hun conclusies maar trekken over Renate, hij had zijn besluit genomen. In *De Trip* was hij deelnemer af en over een paar uur nam hij het eerste vliegtuig naar Big Island. Tara kon wel wat hulp gebruiken; van zijn voornemen om een oogje in het zeil te houden, was vooralsnog veel te weinig terechtgekomen.

32

Tara was al vroeg op pad. Ze wist niet hoe lang ze had op Big Island en wilde haar tijd zo efficiënt mogelijk besteden. Aan het luwe verkeer op de wegen in Hilo was merkbaar dat veel bewoners het eiland waren ontvlucht. In een aantal winkels en restaurants hingen briefjes aan de gesloten deuren waarop verwezen werd naar de dreigende vulkaanuitbarsting. Op het venster van een ontbijttentje zag Tara een bordje met enkel een foto van de Mauna Loa, gehuld in rook. Het zei genoeg. De mensen hier leefden met de wetten van de natuur en wisten als geen ander dat ze haar niet moesten onderschatten. De honderdzevenendertig atollen en eilanden van Hawaï lagen boven op een hotspot, waar magma vanuit het binnenste van de aarde een weg naar buiten zocht. Het vulkanisme veroorzaakte regelmatig aardbevingen, die op hun beurt tsunami's teweeg konden brengen. Het had in de loop der jaren honderden slachtoffers gekost, iets wat moeilijk voorstelbaar was als je de idyllische eilanden bezocht.

De hotelbar op het briefje van Thierry was snel gevonden. Tara liep naar binnen en hoorde hoe vier Amerikaanse fotografen aan een tafeltje voor het raam luidkeels bespraken vanuit welke hoek ze de vulkaan vandaag wilden vastleggen. De perskaart om hun hals verschafte hun toegang tot het Vulcanoes National Park, waar de Mauna Loa onderdeel van uitmaakte, net als de zeer actieve Kilauea-vulkaan, die zich momenteel rustig hield. Behalve brandweer en politie mocht alleen de pers het park nog in. Tara had haar kaart ook bij zich, maar was niet van plan de vulkanen te bezoeken. Ze koos een kruk, bestelde koffie en een bagel bij een verlegen meisje achter de bar en vroeg, volgens de instructie van Thierry, naar Dominic. Een kwartier later stond ze buiten met een gevulde maag en een in bruin postpapier verpakt doosje in haar rugzak. Dominic had zich niet laten zien, maar dat kon Tara weinig schelen. Met dit verplichte nummer achter de rug, was ze vrij om haar eigen gang te gaan. Even had ze overwogen de hotelbar helemaal links te laten liggen en het pakje niet eens op te halen, maar dan zou er ongetwijfeld alarm worden geslagen. Haar bezoek was aangekondigd; het zou vreemd zijn als ze niet kwam opdagen. Met het pakje in haar rugzak kocht ze zichzelf de tijd die ze nodig had voor haar eigen plannen.

Volgens de routeplanner in haar telefoon zou het een half uur lopen zijn naar het huis van Cassandra. Ze zette de pas erin, maar moest haar tempo al snel laten zakken. Vreemd, vond ze, de zon scheen nog niet eens op volle sterkte en toch zweette ze als een otter en kreeg ze steken in haar zij. Diego's advies om een dokter op te zoeken was misschien toch niet zo gek. Maar dat moest wachten, voorlopig redde ze het wel.

Ze deed er drie kwartier over om Cassandra's afgelegen huis te bereiken en moest op een boomstronk gaan zitten om bij te komen. Precies op dat moment begon het te regenen. Als ze al niet drijfnat was geweest, werd ze het nu. Hilo stond met reden bekend als de natste stad van de Verenigde Staten. Het prachtige tropische groen was vooral te danken aan de vele regenbuien langs de winderige oostkust van Big Island. Ze sprong op en rende de tuin in, op zoek naar beschutting van de bomen.

Onder een stevig exemplaar hield ze halt en toen zag ze haar.

Op het grasveld in het midden van de uitgestrekte tuin lag een meisje plat op haar buik. Dikke regendruppels spatten op haar blote benen uiteen en doorweekten de witte jurk en haar lange zwarte haren. Tara aarzelde geen seconde en rende naar haar toe. Ze knielde naast het meisje neer, dat ze een jaar of zestien schatte, en zag dat haar ogen waren weggedraaid.

'*Hey, wake up*,' zei Tara, terwijl ze zacht op haar natte wang tikte. Pas toen ze dat een paar keer had gedaan, kwam er een reactie. Het kind sloot haar ogen, draaide op haar zij en trok haar knieën op.

De aanblik raakte Tara; waarom lag ze hier, wat was er met haar gebeurd? Ze keek de tuin rond, maar er was verder niemand te bekennen. Ook Cassandra's huis leek verlaten; de deuren waren dicht.

'*What's your name?*' vroeg ze, terwijl ze met een vinger een paar natte haarlokken opzijschoof.

'Mama...' kermde het kind. Ze trok haar knieën nog hoger op en vouwde haar armen voor haar borst. 'Ik zoek mijn moeder... Cassandra heeft haar meegenomen.'

'Cassandra?' herhaalde Tara, gealarmeerd. De roffelende druppels op het golfplaten dak van de schuur naast het huis overstemden haast het iele stemgeluid van het meisje. Tara zakte voorover om haar beter te kunnen verstaan. 'Cassandra heeft je moeder meegenomen?'

Het meisje opende een oog en keek Tara angstig aan. 'Ze reed hard weg toen ik haar zag... ik dacht dat ze misschien hiernaartoe waren gekomen, maar... weet jij waar ze zijn?'

Tara schudde haar hoofd en wees op het huis. 'Hier is niemand.' Ze ging op haar hurken zitten en trok het meisje aan haar arm overeind. 'Kom, zo kun je niet blijven liggen.' Met veel moeite lukte het samen terug te lopen naar de boom waaronder Tara kort had staan schuilen. Daar zakte het meisje tegen de stam en hurkte Tara naast haar neer.

'Hoe heet jij?' vroeg ze opnieuw.

'Alani.' Met horten en stoten vertelde Alani wat er sinds de vorige avond gebeurd was.

Tara luisterde ingespannen. 'Waarom ga je niet terug naar huis?' vroeg ze na afloop van het relaas. 'Misschien is je moeder intussen thuisgekomen en zoekt ze jou?'

Het meisje schudde angstig haar hoofd. 'Dat is te gevaarlijk. Mijn vader wist niet dat we naar Maui zouden gaan. Mama had alleen een briefje voor hem achtergelaten… Als hij me nu ziet… ik weet niet wat hij doet…'

'Andere familie, vrienden?' drong Tara aan. 'Hier kun je niet blijven.' Ze deed haar best om de woede en verontwaardiging die ze voelde jegens Alani's vader niet te tonen. Alani had er niets aan; die moest zo snel mogelijk ergens worden ondergebracht, zodat Tara zelf haar speurtocht kon vervolgen.

'Er is niemand…' snikte Alani. 'Sinds mijn moeder bij de commune zit, zijn we onze vrienden kwijtgeraakt. Bijna iedereen heeft een hekel aan Cassandra… De andere leden ken ik niet goed, ze ontmoeten elkaar altijd in de tempeltuin.' Opeens lichtten haar ogen op. 'Misschien moet ik daar zoeken?'

'Wacht even,' zei Tara, 'heet je moeder Maya?' Toen Alani knikte, vielen er voor Tara wat puzzelstukjes in elkaar, maar er ontstonden ook nieuwe vragen. Ze kneep haar ogen dicht om te kunnen nadenken. Het meisje alleen achterlaten was geen optie, ze huilde nog steeds en was zichtbaar uitgeput en bang.

Toen schoot haar iets te binnen. Ze pakte haar telefoon uit haar rugzak en zocht haar navigatieapp. 'Ik weet waar je terechtkunt,' zei ze resoluut. 'Kom, met een beetje geluk vinden we een lift en zijn we er zo.' Voordat Alani kon tegensputteren voegde ze eraan toe: 'Wees gerust, ik ga op zoek naar je moeder en Cassandra. Ze hebben heel wat uit te leggen. Zodra ik iets weet, laat ik het horen.'

33

Met een deken om haar schouders en Adam de wombat op schoot viel Alani vrijwel meteen in slaap. Op de bank van Joseph en Jolene had Tara voor haar een veilig onderkomen gevonden, in ieder geval totdat Maya terecht was en die zich over haar dochter kon ontfermen.

'Bedankt,' zei Tara nogmaals, toen Joseph haar uitgeleide deed.

'*No problem at all*,' zei hij glimlachend, terwijl hij zijn vingers gekruist omhoog stak. 'Laten we hopen dat die oude Mauna Loa ons goed gezind is en ons huis gespaard blijft. We zullen zien.'

'Jullie blijven hier?' vroeg Tara, hoewel ze het antwoord al vermoedde.

'Ik krijg Jolene met geen tien paarden het eiland af.' Hij klonk gelaten. 'We zijn nog nooit gevlucht. In een noodsituatie komt de politie hooguit een paar keer waarschuwen, maar huiseigenaren hebben het recht om te blijven en hun eigendommen te beschermen. Twee keer ging het mis; eerst door een orkaan en vijf jaar later maakte een aardbeving alles kapot. De hele boel moest opnieuw worden opgebouwd. Dat hebben we gedaan. Je gaat door, zo is het leven. We laten ons niet wegjagen, al houd ik soms mijn hart vast.' Hij knipoogde en richtte zijn aandacht op haar. Net als tijdens hun eerste ontmoeting viel het Tara op hoe zeldzaam licht zijn ogen waren. 'En jij? Moet jij jezelf niet in veiligheid brengen?'

'Dat komt wel,' antwoordde Tara quasinonchalant. 'Ik maak liever eerst mijn klus af.' Ze stak haar hand op bij wijze van groet en liep de weg op, toen Joseph haar terugriep.

'Heb je nog steeds geen vervoer? Wacht.' Hij liep de veranda af en ging een vervallen schuurtje binnen. Tara volgde op een afstandje om verbaasd opzij te springen toen Joseph op een ronkende quad naar buiten reed, zijn lange haren wapperend in de wind. Na een rondje door de tuin stopte hij voor Tara en stapte af. 'Het is een oudje, maar er zit genoeg pit in.' Op zijn aanwijzing ging Tara zitten. 'Het wijst zichzelf, gas geven, remmen en niet te hard door de bochten, dan kieper je om. De tank zit vol. *Good luck!* Ik zie je wel weer verschijnen.'

Tara zwaaide en draaide de weg op. Ze wist precies waar ze naartoe wilde; Alani had haar op het idee gebracht. De tempeltuin was een plek waar Cassandra zich thuis voelde; de kans bestond dat ze Maya daarnaartoe had meegenomen.

Plankgas stoof ze over het eiland naar de tempeltuin, die er na de hoosbui van die ochtend nog mooier bij lag. De regendruppels op de bladeren maakten de kleuren levendiger dan twee dagen eerder, toen ze had geprobeerd Maya uit te horen over Cassandra. Vlak nadat ze geparkeerd had, ging haar telefoon. Het was Diego.

'Ja?' zei ze nors, in een poging haar blijdschap te verbergen.

Diego grinnikte. 'Dag Tara, hoe gaat het met je? Fijn dat te horen, met mij gaat het ook prima, dank je, en ik heb je heel wat te vertellen. Maar zeg me eerst eens waar je bent.'

Ze negeerde zijn sarcasme en beperkte zich zoals gewoonlijk tot een kort antwoord. 'Hoezo? Waar ben jij?'

'Grappig dat je het vraagt. Ik stap net uit het vliegtuig en sta op Hilo International Airport. Ik pak een taxi en kom naar je toe. Dus, waar ben je?'

Dat verraste haar. 'Ben je hier? Waarom? Je moet toch bij *De Trip* zijn?'

'Jij niet dan?' zei hij, opeens serieus. 'Luister, ik vertel het je allemaal, maar zeg eerst even waar je uithangt.'

Tara gaf hem het adres van de tempeltuin en ze hingen op. Nog geen half uur later stapte Diego uit een taxi. Hij betaalde en wilde weglopen, toen de chauffeur hem terugriep. Tara keek toe en wachtte tot hun gesprekje afgelopen was en de taxi wegreed voor ze zich liet zien.

'Weet Harald dat je hier bent?' riep ze, bij wijze van begroeting.

Diego haalde zijn schouders op. 'Dat doet er niet toe, ik moet al weer terug. Net als jij.' Hij knikte naar de taxi, die in de verte verdween. 'Ik was net uitgestapt, toen het op de radio gemeld werd: code rood is afgekondigd. De vulkaanuitbarsting wordt binnen vierentwintig uur verwacht, we moeten het eiland verlaten.'

34

Na alle hectiek rondom de eerste drie challenges van *De Trip*, inclusief de val van Willem en zijn vervanging door Diego, kwam de vrije dag in de opnames Thierry bijzonder goed uit. Het was hoog tijd voor een nieuw vlog op zijn YouTube-kanaal en hij wilde de tijd nemen voor een uitgebreide check van zijn aanwezigheid in de on- en offline media. Voordat hij aan deze presentatieklus begon, was de aandacht voor zijn persoon al lastig bij te houden; bijna elke dag verscheen er ergens wel een nieuwtje over hem, maar sinds de start van *De Trip* was het een gekkenhuis. Als hij tussen de opnames door op zijn telefoon keek, lachte zijn eigen gezicht hem van alle kanten toe. Dagbladen, boulevardpers en societyrubrieken molken de wetenswaardigheden uit *De Trip* volledig uit, maar schaamden zich ook niet om een overzicht te geven van zijn voorgaande relaties of om melding te maken van zijn favoriete vakantiebestemmingen, restaurants en tv-programma's. Compleet verzonnen, uiteraard, maar dat mocht de pret niet drukken. Thierry kon alleen maar lachen om de aandacht, die zijn toch al immense populariteit tot nog grotere hoogte stuwde.

Het meest in zijn nopjes was hij echter over een kort bericht van zijn vader, die hem prees voor zijn presentatie. De oude De Beauregard was niet kwistig met complimenten en gaf de voorkeur aan 'opbouwende' kritiek, maar dit keer deelde hij een schouderklopje uit zonder mitsen en maren en dat deed Thierry meer dan goed. Hij zat in de zon op het balkon van zijn hotelkamer en wilde net zijn tanden zetten in de uitsmijter met zalm die hij via roomservice besteld had, toen er op de deur werd geklopt. Hij sprong op, trok een sprintje en grijnsde breed naar Harald, die met een ernstig gezicht vroeg of hij binnen mocht komen. Pas nadat hij een olijke buiging had gemaakt, zag Thierry dat de regisseur gevolgd werd door Renate. Ze droeg een grote zonnebril en drukte een papieren zakdoekje tegen haar neus.

'Zeg *rockstar*, die bril mag af, ik heb je al herkend,' grapte hij, tot hij doorhad dat ze zachtjes huilde. Hij legde een hand op haar schouder en trok een bezorgde blik. 'Wat is er aan de hand?'

Hierop barstte Renate in tranen uit. Ze zakte neer op bed en sloeg haar handen voor haar gezicht, dat nog steeds schuilging achter de zonnebril. 'Ik he… heb me ka… potgetraind,' hikte ze, 'en dat is nu… allemaal voor n-niks geweest.'

Thierry kon haar amper verstaan en keek Harald vragend aan. Die behield zijn pokerface en liet de presentator zijn telefoon zien met in het scherm de twee berichten die Diego hem had gestuurd. Binnen twee tellen wist Thierry wat er aan de hand was, maar dat liet hij niet merken. Nu kwam het erop aan, als hij dit spel niet overtuigend speelde, kon hij fluiten naar een carrière in de showbizz. Hij boog zich dichter naar het scherm, kneep zijn ogen licht samen en las de berichten nog een keer, alsof hij de informatie niet begreep. Daarna richtte hij zich op en keek hij Harald onbevangen aan. 'Nogmaals, wat is er aan de hand?'

De regisseur stopte het toestel terug in zijn zak. 'Noem het gerust een ramp,' zei hij kil. 'Onze vriendin hier heeft voorafgaand aan de derde challenge amfetamine in een energiedrankje gemixt en dat aan haar partner gegeven. Diego wist van niets, maar rook onraad na de opnames. In zijn appverkeer met Renate zie je dat zij bevestigt wat ze gedaan heeft. Daarom heb ik haar per direct uit de race gehaald; mevrouw is gediskwalificeerd.'

Thierry deed alsof hij schrok en staarde met grote ogen van de man tegenover hem naar de hysterisch snikkende vrouw op zijn bed.

'Overigens heeft Diego zich als kandidaat teruggetrokken,' vervolgde Harald. 'Team NL bestaat niet meer. Ik dank God op mijn blote knieën dat we de eerste drie afleveringen met een oranje team gedraaid hebben; die deal zijn we nagekomen. Maar met dit drugsgebruik dient zich een heel nieuw probleem aan en ik heb geen idee hoe ik dit de lui van De Koning moet vertellen, laat staan de investeerders.' Harald liep door de suite in de richting van het balkon en draaide zich om. 'Zeg me alsjeblieft dat jij hier niets mee te maken hebt.'

'Ik? Natuurlijk niet! Hoezo?' Met zijn handen in de lucht snelde Thierry op Harald af. 'Ik snap dat dit verschrikkelijk is voor het programma, maar we verzinnen er wel wat op. Dat is toch ook gelukt toen Willem uitviel? Dit hoeft echt het einde niet te zijn. Ben je gek?'

'Dat word ik wel als blijkt dat jij erbij betrokken bent. Zonder jou als presentator kunnen we het sowieso vergeten. *De Trip* is hot, maar een groot deel van de fans kijkt vooral voor jou.' Harald klemde zijn kaken op elkaar en prikte Thierry met een wijsvinger in zijn borst. 'Renate zegt dat jij die rotzooi hebt geleverd. Is dat waar?'

Nu was het Thierry's beurt om een serieus gezicht te trekken. Hij wachtte een paar tellen en keek Harald recht in de ogen. 'Dat ik af en toe een pilletje neem, is algemeen bekend,' zei hij kalm. 'Recreatief gebruik, heet dat, en als jij vindt dat mijn werk daaronder lijdt, mag je me erop aanspreken. Ik ontken ook niet dat ik vrijgevig ben. Als vrienden me erom vragen, doe ik niet moeilijk. We zijn allemaal oud en wijs genoeg om onze eigen beslissingen te nemen.' Opnieuw hield hij een korte pauze. Toen hij verder sprak klonk er boosheid in zijn stem door. ‘Wat anderen vervolgens met die pillen doen, is niet mijn verantwoordelijkheid.’ Zonder om te kijken, wees hij over zijn schouder naar Renate. ‘Dit is een soloactie geweest, ik wist er absoluut niets van.’

‘Je liegt! Hufter!’ Renate vloog krijsend overeind en wilde Thierry te lijf gaan, maar daar stak Harald met een snelle beweging een stokje voor. Hij nam Renate in een houdgreep en loodste haar naar de deur. Daar keek hij nog een keer om naar Thierry. ‘Laat haar aan mij over en houd vooral je mond. Niemand mag dit weten, hoor je? Ik bel je straks.’ Hij duwde Renate voor zich uit de gang op, de deur sloeg dicht en het was stil.

Thierry bolde zijn wangen en blies langzaam uit. Dat was wat ze noemen het oog van de naald, besefte hij. Hij keek in de spiegel op de kaptafel en haalde een hand door zijn kuif. Niets om je zorgen over te maken, zei hij in gedachten tegen zijn spiegelbeeld. Hij lachte naar zichzelf en liep rustig het balkon op, waar zijn koud geworden uitsmijter op hem wachtte.

35

Met een hand op de pijnlijke steken in zijn zij probeerde Diego zijn ademhaling onder controle te krijgen. De paar honderd meter sprint door de tempeltuin had hem uitgeput. Naast hem zat Tara te hijgen in het hoge gras. Het zweet stond op haar voorhoofd en haar knieën trilden.

'Ik heb je nog nooit zo hard zien rennen. Waar was dat goed voor?' vroeg Diego, met een blik waarin zowel verontwaardiging als nieuwsgierigheid doorschemerde.

Tara ontweek zijn priemende ogen en liet haar vingers langs de grassprieten glijden, die haar schots en scheef omringden. 'Er kwam een auto aan en ik wilde niet dat iemand ons zag.'

'Waarom niet?'

Ze snoof verontwaardigd. 'Je zegt net zelf dat het code rood is en dat we het eiland af moeten. Als ze ons zien, moeten we mee en dat kan niet. Ik ben hier nog niet klaar.'

Het bleef even stil. Diego ademde diep in door zijn neus en voelde de steken in zijn zij langzaam wegebben. 'Jij doelt op Cassandra,' begreep hij. 'Haar verhaal maakt mij ook nieuwsgierig, maar er bestaat zoiets als overmacht. Tegen een vulkaan kunnen we niet op, of denk jij er anders over?'

Tara schokte nukkig met haar schouders. 'Die vulkaan wacht wel. Nog vierentwintig uur voordat hij uitbarst, zeiden ze toch? Als wij ervoor zorgen dat we niet gezien worden, hebben we nog even. Ik wil Cassandra vinden en Maya ook. Dat is een van de communeleden die ze mogelijk ontvoerd heeft, als ik haar dochter Alani mag geloven. Die zag haar moeder bij Cassandra in de auto en heeft haar de hele nacht tevergeefs lopen zoeken. Vanochtend ontmoette ik haar, ze was uitgeput en doodsbang. Net als zo veel anderen bang zijn voor Cassandra.'

Diego stampte met zijn voet wat hoge grassprieten plat en ging naast Tara zitten. 'Terecht. Ze is waarschijnlijk gevaarlijker dan ik in eerste instantie dacht. Ik ben meer over haar te weten gekomen.'

'Vertel.'

'Ik ben wat dieper in die rechtbankverslagen gedoken.' Verontschuldigend keek hij opzij. 'De vorige keer heb ik niet genoeg tijd genomen om alles goed te lezen. Dat doe ik normaal gesproken wel, dat weet je, maar *De Trip* had me volledig gesloopt... en ik heb me misschien te veel op Wolfgang geconcentreerd.'

Tara wuifde zijn excuses weg en zei dat hij door moest gaan, wat hij opgelucht deed. 'Dat Wolfgang een gevaarlijke kerel is, blijkt uit de zware straf die hem is opgelegd. Sandra is nooit officieel bestraft en dat zette me op het verkeerde been. Het beeld dat van haar uit de berichtgeving naar voren kwam is dat van een naieve jonge vrouw die flink onder de plak zat bij haar dominante echtgenoot. Dat beeld heeft haar ver gebracht; ze heeft nooit een gevangeniscel vanbinnen gezien, maar iets klopt er niet. Ten eerste kan ik me niet voorstellen dat ze geen idee had van de praktijken van Wolfgang, laat staan van die stapel dode dieren in de schuur in het bos. Ze leefden samen onder één dak! Het is nooit bewezen dat ze actief betrokken was bij de offerceremonies, maar we kunnen toch aannemen dat ze er in ieder geval van op de hoogte was.'

'Eens,' zei Tara. 'En verder?'

'Ten tweede spraken de paar leden die in de rechtbank hun mond durfden open te trekken aanvankelijk meerdere malen over “de communeleiders”, meervoud. Vreemd genoeg noemden ze later alleen nog Wolfgang als er naar namen werd gevraagd. Toen die de schuld op zich nam en een volledige bekentenis had afgelegd, kraaide er geen haan meer naar die genoemde andere leider of leiders, maar het zou mij niet verbazen als Sandra naast haar man een belangrijke rol in de organisatie heeft gespeeld. Mogelijk heeft hij haar met zijn bekentenis willen beschermen.’

‘Mmm, is daar bewijs voor?’

‘Nee.’ Diego stak een grasspriet in zijn mond en kauwde er bedachtzaam op. ‘Maar in het *Berlijns Dagblad* stond een foto van het pand in het bos. Mijn oog viel op een Latijnse tekst op een bordje boven de deur: *Hodie mihi, cras tibi.* Vertaald betekent dat zoiets als “vandaag ik, morgen jij”. Dat zou heel goed over Wolfgang en Sandra kunnen gaan.’ Hij trok de grasspriet uit zijn mond en draaide zich naar Tara. ‘Ik vermoedde eerder al dat Sandra, of Cassandra, zoals ze zich tegenwoordig noemt, het werk van haar man voortzet en deze spreuk lijkt dat te bevestigen. Denk aan het leeftijdsverschil, Wolfgang is twintig jaar ouder dan zij. In de Bron van Helend Water Gemeente deelt hij zijn ideeën met een grote groep aanhangers. Het is een intelligente vent, hij is gepromoveerd maritiem bioloog en heeft zich verdiept in de natuurgeneeskunde. Die aanhangers spreekt hij een of twee keer per week, maar Sandra is er elke dag. Ze wordt door hem onderhouden, want ze heeft geen baan en geen eigen inkomen. Hij heeft volop de gelegenheid gehad haar van zijn ideeën te overtuigen. Later, toen ze last kregen met de politie en de stad moesten verlaten, vreesde hij dat zijn werk ten einde kwam en zag hij in Sandra een opvolger. Vandaag ik, morgen jij.’

Het betoog maakte Diego zichtbaar enthousiast; zijn vermoeidheid leek verdwenen en hij gebaarde hevig met zijn handen. ‘En ze doet het nog ook, ze heeft volgelingen om zich heen verzameld en zet zijn werk voort, precies zoals hij bedoeld had.'

'Interessant,' gaf Tara toe, 'maar zelfs als dit waar is, zie ik nog steeds niet waarom jij denkt dat ze zo gevaarlijk is.' Ze stond op en stak een hand uit om Diego omhoog te trekken. 'Dat mag je me onderweg naar het Volcanoes National Park vertellen. Je hebt me op een idee gebracht en ik denk dat we Sandra en Maya daar kunnen vinden.' Diego volgde haar naar de uitgang van de tuin en zag daardoor niet dat Tara's lip nerveus trilde. Als haar vermoeden klopte, lagen de laatste woorden van haar moeder eindelijk echt binnen handbereik, maar dan moest ze Cassandra wel tot een hypnosesessie kunnen bewegen. Hoe ze dat ging doen, wist ze nog niet, maar dat ze alles op alles zou zetten, leed geen twijfel.

'Ik ga mee, maar we moeten snel zijn,' zei Diego, op zijn horloge kijkend. 'Ik vertrouw er niet op dat die vulkaan zich aan de klok houdt. Vierentwintig uur is maar een inschatting, voor hetzelfde geld barst hij veel eerder uit. Ik geef ons vier uur, maximaal, dan moeten we als een razende naar het vliegveld zien te komen.'

Tara dacht er het hare van, maar stak haar duim omhoog om discussie te voorkomen.

Diego leek tevreden. 'Als we tot die tijd niet gezien willen worden, lopen we naar dat vulkanenpark. Een taxi of een andere auto aanhouden is te riskant.'

'Laat dat maar aan mij over,' zei Tara, 'we zijn er binnen tien minuten.'

36

Aan de voet van de Kilauea-vulkaan, die zich tegen de flank van de veel imposantere Mauna Loa had genesteld, trok Cassandra Maya hardhandig aan haar arm voort. Ze wilde haar het wandelpad op leiden, maar de kleine vrouw verzette zich hevig. Ze plantte haar hakken in het zand en boog haar lichaam zo ver mogelijk achterover. Vloekend liet Cassandra haar greep los, waardoor Maya op het zand terechtkwam en kreunend bleef liggen. 'Dat krijg je ervan!' gilde Cassandra. De stof van haar tuniek plakte tegen haar rug en in haar vlassige lokken parelden zweetdruppels. Op verzet van haar oudste volgelinge had ze niet gerekend en dat viel haar zwaar tegen. In de auto begon het gedonder al; zodra Maya doorkreeg waar de rit naartoe ging, zette ze het op een schreeuwen. Praten hielp niet; Maya weigerde te luisteren, en dus zag Cassandra zich gedwongen met een stuk tape een einde aan het lawaai te maken. Direct na het eerste toegangsbord van het Vulcanoes National Park was ze een zijpad ingeslagen dat alleen nog door ruiters en een enkele voetganger gebruikt werd en dat eigenlijk te smal was voor auto's. Ze kende het park op haar duimpje en wist dat ze op deze manier de controleposten ontweek bij de centrale ingang van het park. Nu code rood was afgekondigd zaten de rangers misschien niet eens op hun post, maar ze wilde het risico vermijden om gezien en teruggestuurd te worden. Ze volgde het ruiterpad tot het te smal werd om door te rijden. Daar parkeerde ze haar auto tussen de bomen en tilde ze eerst het jonge varkentje, dat ze die nacht gestolen had, uit de achterbak. Ze had vaker wilde varkens en zwijntjes gevangen, wat op de eilanden niet ongebruikelijk was, maar tijdgebrek dwong haar er dit keer toe een dier uit een naburige tuin te pikken. Het beestje zat gevangen in een leren tuigje waarvan ze de riem stevig om haar pols bond. Daarna haalde ze Maya's portier van het slot en hielp ze haar met uitstappen. Toen Maya het varkentje zag, leek ze iets te kalmeren. Ze liet zich meevoeren naar het wandelpad aan de voet van de vulkaan, maar daar begon haar verzet opnieuw. Nu lag ze op de grond te kermen en leek ze niet van plan om op te staan.

Cassandra volgde het pad met haar ogen omhoog en dacht na. De rookwolken belemmerden het zicht, maar ze wist precies wat er schuilging achter de dampen om de top van de Kilauea-vulkaan. Op een hoogte van twaalfhonderd meter bevond zich een kolossale krater met daarin een lavameer, volgens de Hawaïaanse legendes het thuis van de vulkaangodin Pele. Die wetenschap boezemde Cassandra ontzag in en de nabijheid van de machtige vulkanen maakte haar bloednerveus. In gedachten weerklonk de stem van Wolfgang tijdens hun laatste telefoongesprek: 'Het zou verkeerd zijn de koers te wijzigen. Niet in deze fase, het is nu of nooit.' Wolf hield niet van veranderingen, dat had hij nooit gedaan. Hij zwoer bij de wetten van de natuur, al twijfelde ze soms of hij ze enkel zo noemde en het in feite zijn eigen wetten waren die hij aanhing. Misschien, maar dat was haar om het even. Wolfgang stippelde de lijnen uit en zij hoefde niet meer te doen dan die lijnen te volgen. Zo maakte ze haar man gelukkig en hield ze haar eigen leven simpel en overzichtelijk. Nooit eerder had ze de behoefte gevoeld zijn visie in twijfel te trekken, maar opeens kon ze niet anders. De signalen waren te sterk om te negeren: ten eerste was het visioen met de komst van Tara werkelijkheid geworden; een vreemdeling had haar pad gekruist. Ten tweede was er de naderende uitbarsting van de grootste vulkaan ter wereld. Hoe konden ze dat anders zien dan als een teken van de natuur, waaraan Wolfgang zo veel waarde hechtte? Dit was het moment waarop ze hadden gewacht. Als ze het voorbij lieten gaan, kwam het misschien nooit meer terug.

De keuze voor de tocht naar boven had ze in een opwelling gemaakt. Voor het slagen van het Masterplan was het van belang dat Moeder Natuur haar gunstig gestemd was en dat hoopte ze met een extra offer aan Pele te bereiken. Weinig anderen zouden bereid zijn een vulkaan vlak voor een uitbarsting te beklimmen. Door dat risico juist wel te nemen, toonde ze niet alleen haar moed, maar ook de bereidheid alles te doen wat nodig was. Ze veegde met haar vingers over een blad aan een struik, dat bedekt was met een dun laagje roet en smeerde dat op haar wangen en voorhoofd. Het vuur ging hen helpen, daarvan was ze overtuigd; niet het water, waarin Wolfgang zo sterk geloofde. Hij was te ver van haar en van dit magische land verwijderd om hetzelfde te ervaren en dat moest ze hem niet kwalijk nemen. De rollen waren omgekeerd, nu was het zijn beurt haar te vertrouwen. Aan de telefoon had ze haar uiterste best gedaan hem te overtuigen, maar of dat gelukt was, wist ze niet. Het gesprek werd beëindigd voordat ze waren uitgepraat.

Ze ademde diep in en liet de rokerige lucht haar longen vullen. Toen knielde ze naast Maya neer en trok ze met haar vingers een zwarte streep over het voorhoofd van de vrouw.

'We gaan naar boven,' zei ze kalm, 'jij loopt voorop en ik volg je. Ik heb je hulp nodig en daarna ben je vrij om te gaan. Het is aan jou; als je probeert weg te lopen voordat je me geholpen hebt, moet ik ingrijpen.' Met kille ogen onder haar opgetrokken wenkbrauwen keek ze Maya aan. Die begreep dat ze geen keuze had en stond op. Gelaten begon ze aan de tocht naar boven, op de voet gevolgd door Cassandra en het varkentje.

37

Claustrofobisch was Wolfgang nooit geweest, maar deze nacht kwamen de muren op hem af. De hele dag had hij Jenner in de gaten gehouden of laten houden en als hij de berichtgeving van zijn informanten mocht geloven, wat in de gevangenis nooit vanzelfsprekend was, had de cipier net na de middag zijn taken een uur neergelegd om naar buiten te gaan. Of dat betekende dat Jenner zijn opdracht had uitgevoerd bleef de vraag totdat de celdeuren weer opengingen en ze elkaar in de ontbijtzaal zouden treffen. Voorlopig was het nog niet zover. Vanaf half twee, toen hij zijn stukgelezen boek en zaklamp gefrustreerd in een hoek had gesmeten, had hij elke minuut op zijn digitale wekker voorbij zien komen, tot nu, vijf minuten en drieëntwintig seconden over half vijf. Timing, daar kwam het op aan. Zijn aandeel in het plan was uitgevoerd, hij had gedaan wat hij moest doen en kon niet meer dan hopen dat zijn echtgenote zich ook aan de afspraken hield. Het laatste telefoongesprek, dat hij al honderden keren in gedachten had teruggeluisterd, bood wat dat betrof weinig hoop. Hun hele leven samen had ze hem gehoorzaamd en nu, juist nu het zo belangrijk was, kreeg ze een eigen mening en zette ze het plan op losse schroeven. Dat besef dreef hem haast tot waanzin en het kostte hem een grote mate van zelfbeheersing om zich niet tegen zijn celdeur te werpen, zijn vuisten kapot te rammen en te schreeuwen dat hij eruit moest.

Om zichzelf tot rust te manen stapte hij uit bed en ging midden in zijn cel staan. Door het smalle raam schuin boven hem kon hij vaag de contouren van een donker wolkendek onderscheiden met daartussen de glinstering van een eenzame ster. Hij concentreerde zich op het lichtje en bracht zijn ademhaling omlaag. Als vanzelf dreven zijn gedachten naar een ver verleden. Hij was zeven jaar op de dag dat hij zijn vader verloor. Zijn stoere, onverwoestbare vader. Het was net herfst geworden en ze zaten samen in een vissersbootje op de Schlachtensee, een groot meer ten zuidwesten van Berlijn. Vanwege de harde wind was zijn moeder het er niet mee eens geweest, maar vader had het tripje nu eenmaal beloofd. Hij verzekerde haar dat ze een zwemvest zouden dragen en troonde zoonlief mee het meer op. Aanvankelijk ging het best; ze hadden hun lijnen uitgeworpen en hielden de dobbers goed in de gaten. Dat het bootje meer schommelde dan voorgaande keren maakte het avontuur alleen maar spannender. Toen de wind aan kracht toenam en de golven over de boeg spatten, kreeg Wolfgang het benauwd. Hij keek naar zijn vader, die wijdbeens in de boot stond en ingespannen aan het wiel van zijn hengel draaide. De grote man leek zich totaal geen zorgen te maken en dus hield Wolfgang zijn mond.

Het water trok zijn hengel van hot naar her en Wolfgang moest al zijn kracht gebruiken om hem vast te houden. Ondertussen probeerde hij te voorkomen dat het opspattende water hem raakte door op het houten bankje heen en weer te schuiven. Dat lukte niet goed; binnen de kortste keren was zijn broek doorweekt en kreeg hij blauwe lippen van de kou. Met vissen had het algauw niets meer te maken, maar pas toen het begon te regenen, gaf ook zijn vader zich gewonnen. Hij haalde beide hengels binnen, trok de motor aan en zette koers naar de wal.

Ze waren er bijna toen er plots een kreet over het water schalde. Hij kwam van een zeilbootje midden op het meer, dat schijnbaar stuurloos in de golven dreef. Repen gescheurd zeil wapperden in de wind en aan de mast hield een gedaante zich staande. Of het een man of een vrouw was konden ze door de grote afstand niet zien, maar ze hoorden wel het paniekerige schreeuwen, dat nu aanhoudend klonk. Vader aarzelde niet, keerde de boot en beval Wolfgang op de bodem te gaan zitten. Die gehoorzaamde direct en zette zich schrap tegen de klappen op het water, steeds nadat de boot door de golven werd opgetild en weer neerkwam. Eenmaal dichter bij de wild deinende zeilboot zagen ze dat het een man was, die zich met één arm aan de mast vasthield en in zijn andere arm een peuter klemde. Met een lijkbleek gezicht en ogen als knikkers riep hij hen toe. Wolfgang verstond het niet, maar kennelijk begreep zijn vader het wel, want die trok zijn schoenen uit en dook het water in. Hij gilde dat zijn vader niet mocht weggaan, maar zijn ijle kinderstem ging in de wind verloren. De golven waren nu zo hoog en het bootje schokte zo wild dat hij zijn vader niet meer kon volgen. In doodsangst greep hij zich vast aan het houten bankje, waar hij met zijn ogen stijfdicht hartstochtelijk begon te bidden.

Uren later deed hij zijn ogen weer open. Hij lag in een vreemd bed en zijn moeder zat op een stoel naast hem te huilen. Ze vertelde dat zijn vader een klein meisje uit het water had gered en daarbij zelf was verdronken. En dat het allemaal anders was gelopen als vader zijn belofte had gehouden en zijn zwemvest had gedragen.

In zijn cel wreef Wolfgang de tranen van zijn wangen. Het was lang geleden dat hij deze herinnering had toegelaten en aan zijn vader had gedacht. Als kind had hij enorm tegen hem opgekeken en lange tijd kon hij diens dood niet accepteren. Het wilde er gewoonweg niet in dat de stoerste en sterkste man in zijn leven er niet meer was. Elke dag als hij aanschoof voor het avondeten verwachtte hij zijn vader weer te zien. En steeds als moeder twee borden neerzette in plaats van drie was hij ontroostbaar geweest. Die periode van diepe rouw duurde maanden en had hem voorgoed gevormd. Zo besloot hij nooit meer te vissen of te bidden, beide hadden hem niets dan verdriet bezorgd.

Het was toen dat zijn fascinatie voor water ontstond. Lange tijd haatte hij het, maar tegelijkertijd liet de ongrijpbare kracht ervan hem niet los. In zijn vroege puberteit begon hij de natuurmeren in de omgeving te bezoeken. Hij liep erlangs en staarde over de watervlaktes in een poging ze te doorgronden. Later breidde zijn belangstelling zich uit naar de grotere plassen, zeeën en oceanen. Al vóór zijn keuze voor de studie biologie, met de specialisatie maritieme biologie, had hij alle boeken over water uit de bibliotheken in de buurt verslonden. Ondanks de pijn die het thema hem opleverde, dwong hij zichzelf te blijven lezen totdat hij er alles over wist en het water hem nooit meer zou kunnen verrassen.

Het was pas tijdens zijn studie dat hij merkte dat het grote verdriet stukje bij beetje wegebde. Met het verdriet verdween ook zijn haat. Hij zag in dat water destructief kon zijn, maar tegelijk een scheppend vermogen bezat. Water nam en water gaf en de mens speelde in dat proces amper een rol van betekenis. Het water had een eigen wil en liet zich in de basis niet temmen, al deden mensen nog zo hun best en verkeerden ze dankzij gekunstelde constructies als dijken, dammen en sluizen in de veronderstelling dat ze de controle hadden. Die hadden ze niet; tal van overstromingen en natuurrampen toonden aan dat het water won en dat het dat ook altijd zou blijven doen. Deze bevindingen in het laatste jaar van zijn studie vervulden hem met ontzag en vormden de kiem van de Bron van Helend Water Gemeente, die hij oprichtte na een andere gebeurtenis, die zijn leven voor de tweede keer volledig op zijn kop zou zetten.

Wolf zakte door zijn knieën op de vloer. Het was te veel; de herbeleving van de dood van zijn vader had al genoeg van hem gevergd, meer herinneringen kon hij niet aan. Zijn wekker wees tien voor vijf aan. Hij sloot zijn ogen en bleef zitten tot de nieuwe dag aanbrak. In al zijn jaren binnen was de tijd nog nooit zo traag voorbijgekropen als in deze nacht.

38

Het lukte Tara en Diego op de quad het Vulcanoes National Park te bereiken zonder te worden aangehouden. In het invallende duister en zonder lichten aan vielen ze niet op. Eén keer schoten ze de berm in en hielden ze zich schuil in het groen, toen vanuit tegengestelde richting een bescheiden colonne auto's passeerde. Een politiewagen met zwaailicht reed voorop en leidde de stoet naar het vliegveld. Daarna bleef het rustig. De helikopters namen ze voor lief. Die registreerden hoog boven hen met camera's de activiteit van de Mauna Loa en hadden geen oog voor twee mensen op de weg.

Bij de centrale entree van het park manoeuvreerde Tara behendig langs een slagboom en stopte naast een informatiebord in een hoek van de verlaten parkeerplaats. Het bezoekerscentrum en het Vulcano House Hotel aan de overzijde waren gesloten en ook bij het loket naast de tweede slagboom, de laatste hindernis voor een brede zandweg het park in leidde, liet niemand zich zien. Het verbaasde hen niet; geen weldenkend mens waagde zich nu op deze plek. Bovendien hadden ze op de nieuwssites in hun telefoons gelezen dat brandweer, politie en andere hulpdiensten vooral bij de evacuatie werden ingezet en dat de monitoring van de natuurramp zelf uit veiligheidsoverwegingen voornamelijk vanuit de lucht gebeurde.

Diego stapte af en wreef over zijn achterwerk. 'Toch jammer dat je geen tweepersoonskarretje hebt kunnen scoren,' zei hij met een van pijn vertrokken gezicht, om met een blik op het informatiebord te vervolgen: 'Dit moet een fantastisch park zijn, onder andere omstandigheden zou ik er graag langer rondkijken. Hier zie je wat dertig miljoen jaar vulkanisme met een land doet. Dat is toch fascinerend?'

Tara, die de quad onder wat overhangende takken had geparkeerd, toonde minder belangstelling voor het bord. 'Je opmerking in de tempeltuin zette me aan het denken,' zei ze onverstoorbaar. 'Ik denk ook dat Cassandra bij de offerpraktijken van Wolfgang betrokken is geweest, ook al is dat destijds nooit bewezen. Toen ik haar opzocht in haar achtertuin was ze met een vuurkorf bezig en het was overduidelijk niet de bedoeling dat ik dat zag. Ze had een pook in haar handen en er stond een stenen pot in het gras. Geen idee wat daarin zat, maar ze was iets aan het verbranden.'

Diego wilde reageren, maar Tara hield hem tegen met een handgebaar. 'Wacht, er is meer. Een dag later ontmoette ik Maya in de tempeltuin, de moeder van Alani, zoals ik al zei. Zij vertelde dat mensen kwaadspraken van de ceremonies van de commune en dat niemand wilde begrijpen dat ze er juist goed mee doen. Meer durfde ze niet te zeggen, maar toen ik er gisteren in het ziekenhuis een verpleegster naar vroeg en die uit de school klapte, werden mijn vermoedens bevestigd: Cassandra kickt op vuur. En ik hoop echt dat ik het fout heb, maar het lijkt erop dat ze dieren verbrandt. Overleden dieren en misschien zelfs levende. Die vrouw is gestoord.'

'Zeg dat,' knikte Diego, 'en dat alles brengt ons hier, omdat...'

'Omdat ze niet thuis was en ook niet in de tempeltuin,' vulde Tara aan. Ze wees op de granieten bergwand die boven de boomtoppen uittorende en op de dikke rookpluimen in de lucht. 'Het Vulcanoes National Park. Welke plek is beter voor een vuurceremonie dan deze, vooral nu code rood is afgekondigd en het grootste exemplaar op uitbarsten staat? Ik durf te zweren dat ze hiernaartoe is gekomen.'

Ze staken het parkeerterrein over, doken onder de slagboom door en liepen het park in. Bij een splitsing lieten ze de met rode afzetlinten gebarricadeerde route naar de Mauna Loa links liggen; Cassandra mocht dan gek zijn, een doodswens leek ze niet te hebben, daar waren ze het over eens. Ze kozen de richting van de Thurston Lavatube en de Kilauea-vulkaan en liepen een stukje zwijgend voort tot het tussen de bomen zo donker werd dat Tara de zaklamp in haar telefoon aanknipte om hen bij te lichten. Aan haar kuitspieren voelde ze dat het zandpad hen langzaam maar zeker omhoogleidde.

'En Maya? Die helpt haar mee?' vroeg Diego, in gedachten verzonken.

Tara haalde haar schouders op. 'Dat vraag ik me af. Alani was danig in de war, maar als ik haar goed begreep zei ze dat ze vanwege de vulkaan met haar moeder naar Maui zou vluchten. De koffers stonden al klaar. Ik denk dat Maya tegen haar wil is meegenomen.'

'Foute boel dus,' concludeerde Diego, 'zoals ik al dacht.'

'Ja, dat zei je, maar waarom precies?'

'Zet de feiten maar op een rij en stel je voor hoe het voor Sandra geweest moet zijn. Ze trouwt op jonge leeftijd met een dominante man. Haar wereld is klein, ze werkt niet en gaat volledig op in die Helend Water Gemeente van hem. Jarenlang is er niets anders en dan ineens staat alles op zijn kop. Haar man wordt gearresteerd, de gemeente opgedoekt en ze moet haar huis uit. Ze staat er helemaal alleen voor en reist de wereld over op zoek naar aansluiting. Blijkbaar lukt dat niet, want ze blijft verkassen, tot ze eindelijk in deze uithoek belandt, waar ze nog steeds met de nek wordt aangekeken.' Hij floot zacht tussen zijn tanden. 'Dat is hoe dan ook een loodzwaar bestaan, ik kan me voorstellen dat je er gek van wordt. Jij niet?'

Tara zweeg. Ze dacht aan haar eigen levensloop en de keuzes die zij gemaakt had om overeind te blijven.

'Het leven heeft haar gehard,' vervolgde Diego, 'ze is eraan gewend de outsider te zijn en gaat haar eigen gang, ongeacht wat anderen daarvan vinden. Dat is een sterke, maar ook gevaarlijke eigenschap, helemaal als ze zich in het nauw gedreven voelt. We moeten haar niet onderschatten.'

Opeens bleef hij stokstijf staan. Tara keek hem verbaasd aan en hield ook haar pas in. Ze zag hoe Diego een vinger op zijn lippen legde en geconcentreerd luisterde. Toen hoorde ze het en schoten haar nekharen overeind. Het geluid was zacht en kwam van ver, maar het was onmiskenbaar dat er iemand om hulp riep. Ze wachtten beiden tot ze het nog een keer hoorden en toen zette Diego het op een rennen.

39

Met de lichtbundel uit haar telefoon voor zich uit holde Tara Diego achterna. Even leek hij spoorloos verdwenen, maar al snel hoorde ze hem hijgen en haalde ze hem in. Zodra hij haar zag, liet hij zijn tempo zakken. Naast elkaar stapten ze een stuk stevig door, tot hij echt niet meer kon en met zijn handen op zijn knieën probeerde op adem te komen. Het viel Tara zwaar hem in zo'n slechte conditie te zien, het bracht herinneringen terug aan hun tijd in Mexico, maar ze zei niets en wachtte tot hij was hersteld.

Diego spoog op de grond en richtte zich op om te luisteren. 'Hoor jij nog wat?' vroeg hij. Toen Tara haar hoofd schudde, nam hij een hap lucht en brulde zo hard hij kon: 'Hallo! Waar ben je?'

Tara schrok toen er na een paar tellen antwoord kwam. 'Ik ben hier beneden, help me!' De stem klonk beduidend dichterbij dan de eerste keer en was onmiskenbaar van een vrouw. Ze volgden het pad in een bocht naar boven en kwamen uit op een open plek. Tara scande rap de omgeving met haar zaklamp en ontdekte dat ze inmiddels boven de bomen liepen. Aan de overkant van de open plek leidde het zandpad verder omhoog, links van hen rees de bergwand de lucht in en rechts gaapte een gigantisch zwart gat. Ze schuifelden voorzichtig naar de rand van het ravijn en staarden in de diepte. Hoewel de zaklamp beperkt licht gaf en de rookwolken het maanlicht tegenhielden, kregen ze een idee van de omvang ervan.

Diego zakte op zijn hurken en schreeuwde opnieuw: 'Waar ben je?'

'Hier! Ik ben hier.' Tara richtte de lichtstraal op de plek waar de stem vandaan kwam. Ze volgde het angstige geschreeuw, tot ze tussen het bladerdek van een mammoetboom iets zag bewegen en haar hart oversloeg. Het was een hand, een zwaaiende hand, de rest van het lichaam bleef verscholen achter dikke takken en bladeren.

Tara zakte op de grond en boog zich zo ver mogelijk over de rand van het ravijn. 'We gaan je helpen!' riep ze. 'Ben je alleen?'

'Ja! Kom snel, de vulkaan! De vulkaan!' Er klonk zo veel angst in de stem door dat Tara het er koud van kreeg.

'Rustig maar, het komt goed,' riep Diego, 'we gaan hulp halen.'

'Doe het snel, ik zit vast, mijn been is gebroken en ik voel mijn pols niet meer. Ik durf niet te bewegen, dan val ik verder het ravijn in.'

'Niet bewegen, spaar je krachten!' Diego nam wat afstand van het ravijn en wilde Tara meetrekken, maar die boog zich nog een keer voorover. 'Ben jij dat, Maya?'

'Ja, ik ben Maya! Ik moet naar mijn dochter, Alani is ziek en kan niet alleen zijn!' Ze zei nog meer, maar de door tranen verstikte stem was niet meer te verstaan.

'Stil maar! Alani is veilig, ze is bij vrienden. Nog een laatste vraag, Maya, waar is Cassandra?'

Het bleef lang stil in het ravijn. 'Bij Pele,' klonk het eerst voorzichtig, maar daarna op vol volume: 'In de Halemaumau-krater bij het lavameer. Maar kijk uit… ze is levensgevaarlijk. Door haar lig ik hier!'

Tara kroop achteruit en schaarde zich bij Diego, die met gefronste wenkbrauwen nadacht. 'Ik heb geen bereik, bellen gaat niet. We moeten hulp halen, een andere oplossing zie ik niet. Dan zijn we gezien en zullen we geëvacueerd worden, maar het is wat het is; we kunnen Maya niet aan haar lot overlaten.'

'Ga jij, ik blijf hier,' antwoordde Tara direct. Ze checkte haar telefoon en zag dat ook zij geen bereik had. Ze knipte de lamp uit en borg het toestel op in haar rugzak.

'Waarom zou je blijven? Voor Maya kun je hier niets doen en het is geen goed idee in je eentje achter Cassandra aan te gaan. Je hoort het, ze is levensgevaarlijk. Ik weet niet wat er gebeurd is, maar Maya mag van geluk spreken dat ze die val heeft overleefd.'

'Ik zal goed opletten,' zei Tara, terwijl ze in de richting van het pad liep en abrupt bleef staan toen Diego voor haar sprong.

'Wees niet zo verdomde koppig!' zei hij, geïrriteerd. 'Code rood is geen geintje, Tara. Soms gaan de dingen niet zoals je wilt, leg je erbij neer en loop gewoon met mij mee terug.'

'Dat bepaal ik zelf.' In het donker was de woede in haar ogen nauwelijks zichtbaar, maar haar ondertoon was niet mis te verstaan. 'Uit de weg.'

Diego bleef staan en zette zijn armen in zijn zij. 'Niet voordat je me vertelt waarom je nu per se naar Cassandra moet.'

'Dat gaat je niets aan en schiet nou maar op, Maya wacht op hulp.' Ze stapte opzij en wilde langs hem heen schieten, maar had niet gerekend op zijn snelle reflexen. Hij greep haar pols beet en trok haar naar zich toe. Ze voelde zijn warme adem tegen haar wang en rook zijn kruidige lichaamsgeur. Het duizelde haar en ze vreesde dat haar verdediging geen stand zou houden als hij bleef aandringen. 'Laat me los,' probeerde ze nog stoer, maar ze hoorde zelf ook hoe weinig overtuigend dat klonk.

'Waarom is Cassandra zo belangrijk? Zeg het, dan laat ik je los.' De irritatie in zijn stem was verdwenen en had plaatsgemaakt voor bezorgdheid. 'Serieus, Tara, ik vergeef het mezelf nooit als jou iets overkomt.'

Bij die woorden brak ze. Al haar opgekropte verdriet, ingehouden woede en frustratie lieten zich niet meer tegenhouden. Ze zakte tegen Diego aan en kon niets anders dan zich overgeven aan een waterval van tranen.

De intensiteit van haar emoties overrompelde ook Diego. Als vanzelf sloeg hij zijn armen om haar schokkende schouders heen en wiegde haar zachtjes heen en weer. De brok in zijn keel maakte praten onmogelijk, dus troostte hij met zijn handen. Hij aaide over haar rug en klemde haar tegen zich aan. Pas toen het schokken iets minder hevig werd, liet hij los en keek hij in haar ogen. Zijn hart kromp ineen van de wereld aan verdriet die daarin schuilging.

Hij omhelsde haar opnieuw en slikte met moeite de brok in zijn keel weg. 'Wat is dat nou?' fluisterde hij. 'Tegen mij kun je het zeggen, lieverd, gooi het er maar uit, dat zal je goed doen.'

Tara nam een hap lucht, bolde haar wangen en blies hard uit. 'Ik heb mijn moeders stem gehoord,' piepte ze, voordat ze weer overmand werd door tranen. In horten en stoten vertelde ze over het auto-ongeluk en de dood van haar ouders. Behalve met een handvol zielenknijpers had ze er nooit met iemand over gesproken, totdat Cassandra haar op de rug had getikt en zei dat ze Tara's familie zag. 'Misschien is ze krankzinnig en gevaarlijk, maar ze is ook de enige die mij kan helpen.'

Tara wreef haar gezicht droog met haar shirt en voelde zich kilo's lichter. Nu ze haar verhaal gedaan had, kwam de opluchting. 'Als we geëvacueerd worden, zie ik haar misschien nooit meer. Ik wil weten wat mijn moeder heeft gezegd. Er is niets belangrijker voor mij, snap je dat?' Ze pakte zijn hand en kneep erin. 'Ik ga naar Cassandra, ze moet me nog één keer terugbrengen naar het ongeluk.'

Diego stond in tweestrijd. Na haar verhaal begreep hij wat Tara wilde, maar het idee dat zij in haar eentje op zoek ging naar een vrouw die net iemand een ravijn in had gegooid, stond hem totaal niet aan. Ze moesten weg hier, was het niet voor Cassandra, dan wel voor de vulkaan. Code rood was *serious business*; een vulkaan-uitbarsting maakte slachtoffers en als er niet heel snel hulp kwam, waren Maya en zijzelf de eerste drie.

Plots schrok hij op van een daverend geluid boven hem. Hij stapte achteruit, verloor zijn evenwicht en viel hard op zijn achterste. Met twee handen beschermde hij zijn ogen tegen een fel licht dat hem omcirkelde. Na een paar tellen herkende hij in het lawaai een klapperend ritme en begreep hij dat een van de helikopters hen gespot had.

Hij sprong op en zwaaide met beide armen boven zijn hoofd. 'Kom hierheen!' schreeuwde hij, wijzend naar het ravijn voor, en de open plek naast hem. 'We hebben hulp nodig!' Hij bleef zwaaien, totdat de heli de landing inzette en een harde slagwind hem dwong dekking te zoeken. Ineengedoken rende hij naar de rand van de open plek, waar Tara al beschutting had gevonden in een uitgesleten holte van de bergwand.

Zodra hij naast haar stond trok ze aan zijn arm. 'Ik ga!'

Diego begreep direct wat ze bedoelde en schudde hevig zijn hoofd. 'Nee, niet nu, het is te gevaarlijk!'

'Misschien is dit de enige kans die ik krijg!' Ondanks het tumult boven hen, kwam de ferme ondertoon waarmee ze sprak luid en duidelijk over. Diego zag ook de stelligheid in haar betraande ogen en wist dat ze het meende.

'Dit moet ik doen, alleen, dus kom me niet achterna! Ik app je zodra het kan!' Ze glimlachte kort, snelde weg en verdween in het donker.

40

De verzuring in haar beenspieren maakte het bijna onmogelijk het pad verder omhoog te volgen, maar Tara zette door. De stortvloed aan emoties die ze vrij baan had gegeven, leverde niet alleen nieuwe energie op, het plaatste de dingen ook in perspectief. Er was één ding waarnaar ze het meest verlangde, dus dat kreeg prioriteit. Andere taken en behoeftes waren van minder belang en konden wachten. De helikopter was precies op het juiste moment gekomen en niet alleen voor Maya. Diego zou nu blijven om de hulptroepen te wijzen waar ze Maya konden vinden. Tara betwijfelde wat hij gedaan zou hebben zonder heli. Hoewel ze hem gewaarschuwd had haar niet te volgen, achtte ze de kans groot dat hij haar achternagekomen was. Hoe hartverwarmend zijn zorg om haar ook voelde, dit keer kon hij haar niet helpen; ze moest dit alleen doen.

Wegwijzers voerden haar langs de ingang van de Thurston Lavatube, een natuurlijke ondergrondse tunnel ooit gevormd door stromend lava, naar de top van de Kilauea-vulkaan. Hier stond meer wind, waardoor de maan tussen de rookpluimen door de kans kreeg het landschap uit te lichten. Tara hield haar adem in toen ze de krater zag. Met haar ogen volgde ze de kilometerslange omtrek van de kuil, het resultaat van natuurkrachten die het hier al miljoenen jaren voor het zeggen hadden. Het beeld was even vervreemdend als angstaanjagend en ze moest zichzelf moed inspreken om door te lopen. Een pad ontbrak, maar dat had ze niet nodig; de kale hellingen leidden slechts naar één centraal punt in de krater: het lavameer, een hel oranjegeel brouwsel van vloeibaar gesteente. Ze concentreerde zich op haar voetstappen, dalen voelde aangenamer aan haar kuiten dan stijgen, maar de losse steentjes op de bodem boden weinig grip en een schuiver zou hier wel eens fataal kunnen zijn.

Na een half uur voorzichtig schuifelen steeg opeens de temperatuur. Ze was het lavameer nu zo dicht genaderd dat ze de warmte voelde die het afgaf aan de atmosfeer. Het meer was sprookjesachtig mooi en de verleiding was groot nog dichterbij te gaan om het beter te kunnen bekijken. In plaats daarvan besloot ze om het meer heen te lopen en haar huidige afstand aan te houden. Als Cassandra hier rondzwierf, moest ze haar tegenkomen. Aan wat ze zou doen of zeggen als dat gebeurde, wilde ze niet denken. Net zomin als aan Diego, Maya of de rommelende vulkaan een paar kilometer verderop. Ze blokte bewust alle gedachten uit haar hoofd en focuste zich op de wandeling in deze unieke, surrealistische omgeving. De concentratie had een rustgevende werking en ze schrok dan ook niet toen er op honderd meter voor haar een lamp aansprong. Ze hield even halt en liep toen naar het licht, dat zodanig in haar ogen scheen dat ze niet kon zien wie zich in het duister achter de lamp schuilhield, al liet zich dat raden. Op een meter of tien voor het licht bleef ze staan en wachtte af.

Opeens veranderde het licht van richting en scheen het niet langer in haar ogen, zodat ze Cassandra kon zien zitten op een grote platte steen. Haar gezicht was bedekt met roetvegen en in haar schoot lag een big in een leren tuigje. De aanblik was te bizar, maar Tara wist haar pokerface in de plooi te houden en liep langzaam dichterbij.

'Hier ben ik,' zei Tara.

Cassandra keek haar wantrouwend aan, maar verroerde zich niet. 'Wat kom je doen?'

'De waarheid zoeken,' improviseerde Tara, 'dat is mijn werk.' Ze wees op het varkentje. 'Ik hoorde van je offerceremonies en ook dat de mensen er kwaad over spreken, zelfs al snappen ze er niets van. Zo zit ik niet in elkaar, ik oordeel niet voordat ik precies weet hoe iets werkt.'

'Kom je me helpen?' Cassandra snoof minachtend. 'Dat zou voor het eerst zijn. Niemand helpt mij, ik moet me alleen redden.' Ze zette de lamp op de grond, met de lichtstraal omhoog.

'Dat gevoel ken ik, ik heb ook lang zo gedacht.' Tara stapte nog wat dichterbij en ging in kleermakerszit op de grond zitten. 'Maar ik heb geleerd dat je dat niet volhoudt, mensen hebben mensen nodig, zo werkt het nu eenmaal.'

'Niet voor mij. Zodra ik weer stom genoeg ben om te geloven dat ik ergens thuishoor of dat ik op iemand kan vertrouwen, volgt de straf. Ze kotsen me uit en geven een trap na.' Ze hief haar hand. 'Maar geen medelijden, onkruid vergaat niet en binnenkort… '

'Wat dan?' hapte Tara.

'Niets.' Cassandra sloot haar ogen en draaide zich naar het lavameer, zodat er een gouden gloed over haar gezicht viel. Toen pas zag Tara het kapmes in haar hand en de leren buidel aan haar voeten. Ondanks de warmte kreeg ze kippenvel.

'Nu je er toch bent en nog wel zo hulpvaardig ingesteld,' vervolgde Cassandra met spot in haar stem, 'kan ik de extra handen wel gebruiken.' Ze keek opzij en zag Tara naar het mes staren. 'Het hulpje dat ik voor ogen had, bleek toch niet zo trouw als ik hoopte, zie je?' Opeens lachte ze hardop. 'Ik heb haar de ruimte gegeven om over haar verraad na te denken.'

Tara negeerde de opmerking en duwde het beeld van Maya's zwaaiende hand met kracht uit haar gedachten. 'Ik help jou als jij mij helpt,' zei ze toen, resoluut. 'Je moet me nog een laatste keer terugbrengen naar het auto-ongeluk van mijn ouders, zodat ik de woorden van mijn moeder kan horen. Haar volledige tekst, niet alleen de eerste regels.'

Met half samengeknepen ogen staarde Cassandra Tara aan. Haar kaken schoven licht heen en weer, alsof ze op het voorstel wilde kauwen voordat ze reageerde. 'En dan help je mij? Waarom zou ik jou vertrouwen?'

'Simpel, je hebt me zelf uitgekozen,' zei Tara, met opgetrokken wenkbrauwen. 'Als je mij op het vliegveld niet had aangesproken, was er nooit contact geweest. Jij moest mij hebben, ik jou niet. Inmiddels is dat veranderd, maar zo is het begonnen, dus als je íémand in deze kwestie zal moeten vertrouwen, ben je het zelf.' Ze dwong zichzelf Cassandra recht aan te blijven kijken en waagde het nogmaals de vraag te stellen die haar al sinds hun eerste ontmoeting bezighield. 'Waarom heb je me uitgekozen? Dat heb je nooit gezegd en ik wil het heel graag weten.'

'Ik wist al dat je kwam,' sprak Cassandra raadselachtig. Ze overwoog in stilte of ze Tara's vraag zou beantwoorden, besloot dat de tijd er rijp voor was en wees om zich heen. 'Hier in deze krater, het huis van Pele zelf, heb ik een visioen gekregen. Ik was nog maar een paar maanden op Hawaï en had mijn draai nog niet gevonden. Het was de eerste keer dat ik het vulkanenpark bezocht en op deze plek belandde. In toeval geloof ik niet, Pele zelf moet me geroepen hebben en heeft me het visioen cadeau gedaan. Het was alsof ik met open ogen droomde; ik zag hoe een onbekende persoon mijn pad kruiste en hoe daarna mijn diepste wens werkelijkheid werd.' Ze straalde bij de herinnering. 'Daarna heb ik zo lang tevergeefs naar een vreemdeling uitgekeken dat ik de hoop bijna verloor, maar toen ik jou op het vliegveld zag staan, met je vuurrode haar, wist ik het: jij bent de vreemdeling uit mijn visioen. Met jouw komst is een plan in werking getreden waarover lang en diep is nagedacht en daarin speel jij een belangrijke rol.'

'Hoe bedoel je dat?' vroeg Tara, even beducht als nieuwsgierig.

'Er is een pakje onderweg naar een kliniek op dit eiland en dat moet jij voor me gaan ophalen,' zei Cassandra, om er met een veelbetekenende blik aan toe te voegen: 'Buiten openingstijden.'

'Waarom ik?'

'Aanvankelijk wilde ik het zelf doen, maar dat is niet verstandig. Ik kan het me in deze cruciale fase van het plan niet veroorloven betrapt te worden en in een cel te belanden. Ik heb aan Maya gedacht, of een van de andere communeleden, maar ook dat kan problemen opleveren en niet alleen voor mij. De eilandbewoners kennen elkaar allemaal; de smet van een inbraak blijft altijd kleven en dat wilde ik mijn leden niet aandoen. Het moest een buitenstaander zijn, iemand zonder connecties op dit eiland.' Ze wees naar Tara. 'Dus kom ik opnieuw bij jou uit; de vreemdeling uit mijn visioen. Onze ontmoeting op het vliegveld heeft een proces in gang gezet dat even moeilijk als uitdagend is, maar met het grootste geluk als beloning in het verschiet. Geloof het of niet, dat maakt geen verschil; ik weet wat ik gezien heb en zal alles doen wat nodig is om de voorspelling te laten uitkomen.'

Wat Tara ook verwacht had, dit antwoord was dat zeker niet. Visioenen vond ze onzin en het grote belang dat Cassandra aan hun ontmoeting hechtte, benauwde haar. Ze wist ook dat het onverstandig was die twijfels uit te spreken en besloot haar mond te houden. Na wat een eeuwigheid leek, stond Cassandra op. Tara volgde snel haar voorbeeld en zette zich schrap. Vanuit haar ooghoeken hield ze de hand met het mes in de gaten; als het moest, zou ze de lamp van de grond grissen en die als wapen inzetten, maar dat bleek vooralsnog niet nodig. Cassandra legde het mes op de grond en ging er met een voet op staan. Daarna kuste ze de kop van het varkentje en drukte ze het spartelende dier in Tara's armen. Die had daar niet op gerekend en moest haar best doen het tegenstribbelende beestje in bedwang te houden.

'Waarom doe je dat?'

'Jij en ik gaan een offerceremonie uitvoeren,' sprak Cassandra kalm en ze wees naar het lavameer. 'Normaal gesproken moet je het recht verdienen om alleen al bij een ceremonie aanwezig te zijn, jij krijgt je eerste keer meteen het voorrecht mij te assisteren.'

In een poging haar zenuwen te verbergen, drukte Tara het varken stevig tegen haar borst. De vrees voor wat komen ging, maakte haar bij voorbaat misselijk. Ze deinsde terug toen Cassandra zich plots vooroverboog om het mes, de buidel en de lamp van de grond te rapen.

'Ik weet niet of dit zo'n goed idee is,' stamelde Tara, opeens een stuk minder zeker van haar plan.

'Mond dicht,' beval Cassandra en ze knikte in de richting van het meer. 'Lopen.'

Met het varken in haar armen geklemd begon Tara voorzichtig aan de tocht naar beneden. Voor elke stap tastte ze met haar schoen de bodem af om te voelen of ze genoeg grip had. Ze wilde niet lopen, maar wist dat ze geen keus had als ze haar moeder wilde horen praten. Langzaam voelde ze de temperatuur verder stijgen. Terwijl het varken zich in bochten wrong, draaiden haar hersenen op volle toeren, op zoek naar een manier om af te wenden wat komen ging.

41

Op zondagochtend schuifelde Wolfgang Kaiser tussen zijn medegevangenen de ontbijtzaal in. Zijn knieën voelden stijf van de urenlange zit op de vloer van zijn cel en hij stond strak van de spanning. Niet dat hem dat was aan te zien, zijn voorkomen was onderkoeld als altijd, maar zijn hart klopte in zijn keel en rustig ademhalen was er niet bij. Hij had zelden zo naar iemand uitgekeken als vandaag en wist dat hij geen rust zou hebben voordat Andries Jenner bevestigd had dat de container op de post zat. In zijn haast langs de uitserveerbalie te lopen, zodat hij met een dienblad op zijn plek kon gaan zitten, stootte hij tegen zijn voorganger op, die verontwaardigd omkeek. Met een dreigende blik dwong Wolf de man terug te draaien en daarna maande hij zichzelf tot kalmte. Als hij nu de controle verloor en uit de band sprong, riskeerde hij de isoleercel en zou hij de cipier helemaal niet spreken. Normaal doen was het devies, al wist hij niet meer wat normaal was, nu een nieuwe veelbelovende fase in zijn leven binnen handbereik lag.

De ingesleten routines van het gevangenisleven, die hem dag in dag uit houvast hadden gegeven, leken plots verdwenen en als een beginneling zocht hij zijn weg. Het dienblad met koffie, een stuk toast en een hardgekookt ei, trilde in zijn handen en hij was opgelucht toen hij het op zijn vaste tafel kon neerzetten. Hij wist zeker dat hij voorlopig geen hap door zijn keel zou krijgen, maar een leeg dienblad viel uit de toon en dus had hij lukraak wat gekozen.

Met de toast in zijn handen spiedde hij de zaal rond. In twee hoeken stonden bewakers opgesteld, Jenner was er niet bij. Die kwam vaak later, hield hij zichzelf voor.

Toen een flard van een radionieuwsbericht zijn aandacht trok, brandde hij zijn tong aan een slok te hete koffie. Hij stond met een ruk op en liep zo snel hij kon zonder op te vallen naar de balie, waar hij lukraak een handvol zoutzakjes uit een mandje graaide. In de keuken hing een radio aan de muur die tijdens de maaltijden op bescheiden volume aan mocht. Easy listening werd op elk heel uur afgewisseld met het journaal en dit keer maakte de nieuwslezer melding van een natuurramp op Hawaï. Wolfgang moest zich verbijten toen hij het hoorde: afgelopen nacht was code rood afgekondigd op Big Island, de Mauna Loa-vulkaan zou binnen afzienbare tijd uitbarsten, het hele eiland werd geëvacueerd. Voor *extreme-adventure*-programma *De Trip*, Daniël en Lorelei en de overige deelnemers had dit geen nare gevolgen, zei de nieuwslezer; die zaten op veilige afstand op Kaui, ruim vijfhonderd kilometer van de vulkaan vandaan.

Met de zoutzakjes in zijn hand liep Wolfgang terug. Hij was zo in gedachten verzonken dat hij niet merkte dat een van de bewakers hem gevolgd was en naast zijn tafel bleef staan. Pas toen de man in uniform met zijn wapenstok op tafel tikte, schrok Wolf op.

'Zo veel zout voor één ei?' vroeg de bewaker, een jongeman met sluik blond haar en een getrimd snorretje. 'Dat is slecht voor uw gezondheid, wist u dat niet?'

Wolfgang zweeg en staarde stoïcijns voor zich uit.

De bewaker griste de zakjes bijeen en liet er één op tafel liggen. 'Houd u aan de regels, Herr Wolf,' zei hij, terwijl hij aanstalten maakte om weg te lopen, 'zelfs roofdieren staan niet boven de wet.'

'Waar is Jenner?'

De cipier hield zijn pas in. 'Waarom vraagt u dat?'

'Belangstelling. Het viel me op dat cipier Jenner er niet is, terwijl hij wel dienst heeft.' Dat gevangenen de werkroosters van het personeel uit hun hoofd kenden, was niet vreemd; de bewakers maakten immers ook deel uit van de gevangenisfamilie. Wolfgang schatte in dat hij de vraag kon stellen zonder veel argwaan te wekken.

'Herr Jenner heeft zich ziek gemeld en zal vandaag niet komen werken. Ik hoop dat dat geen problemen voor u oplevert?' Ondanks Wolfgangs gesloten gelaatsuitdrukking bespeurde de bewaker iets van zijn ontzetting en dat lokte een vals lachje uit. 'De goede man wordt ook een dagje ouder, u moet weten hoe dat voelt. Uw belangstelling voor mijn collega is desondanks hartverwarmend, ik zal zorgen dat uw medeleven hem ter ore komt.' Met een tweede tik van zijn wapenstok op tafel liep de jonge bewaker weg.

Wolfgang keek hem na zonder iets te zien. Het duizelde hem: Andries Jenner had zich ziek gemeld, terwijl code rood was afgekondigd. De Mauna Loa kon ieder moment uitbarsten; juist nu kwam het erop aan. Het Masterplan dat hij en Sandra met zo veel geduld en aandacht hadden samengesteld was zijn laatste fase ingegaan. Getergd liet hij zijn hoofd in zijn bevende handen zakken. Zelfs al had Jenner de container op de post gedaan, dan nog was de kans dat hun plan zou slagen gering. Maar in ieder geval zou er dan hoop zijn. Hoop, waaraan hij zich de laatste maanden in de bak kon vasthouden. Had Jenner verzuimd, dan viel het hele plan meteen in duigen en was het einde verhaal. Dat zou hij verschrikkelijk vinden, maar dan wist hij wel waar hij aan toe was.

Nu de cipier niet op kwam dagen, bleven zijn vragen onbeantwoord en die onzekerheid verscheurde hem. Hij stond op en stootte daarbij het dienblad van tafel, dat met veel gekletter op de grond viel. Niet wetend wat te doen staarde hij naar het ei, dat zwabberend doorrolde tot onder de volgende tafel. Zijn hart ging als een razende tekeer, het zweet brak hem uit en het werd zwart voor zijn ogen. Hij voelde zichzelf vallen, eindeloos traag, maar van de smak die zijn lichaam maakte op de betonnen vloer merkte hij niets meer.

42

De hitte was haast niet meer te harden, toen Cassandra Tara eindelijk beval te stoppen. Zelf liep ze een stukje door, waarna ze tussen Tara en het lavameer bleef staan. Het vlassige haar plakte in pieken tegen haar gezicht en uit haar linnen gewaad steeg een penetrante zweetlucht op. Tara keek angstvallig toe hoe Cassandra met haar sandaal een platte steen naar zich toe schoof, de buidel en de lamp op de grond plaatste en het kapmes in haar handen nam. De lange vrouw leek in trance toen ze met gesloten ogen haar hoofd boog en onverstaanbaar begon te prevelen. Zweet had de roetvegen over haar gezicht verspreid en in het licht van het lavameer leek ze een sjamaan uit een andere wereld.

De big in Tara's armen bewoog al een tijdje niet meer. Tara hoopte dat het een gevolg was van de overweldigende hitte en dat het dier zich niet in doodsangst stilhield omdat het instinctief aanvoelde dat zijn einde naderde. Ze wiegde hem zachtjes heen en weer, streelde zijn rug en probeerde de diepe minachting die ze voor zichzelf voelde te negeren. Tijdens de wandeling lukte dat nog net, toen had ze haar concentratie nodig gehad om niet uit te glijden, maar nu ze stilstond sloeg de zelfhaat in alle hevigheid toe. Ging zij als grote dierenvriend echt meewerken aan de dood van een onschuldig dier? Hoe kon ze Huub weer onder ogen komen? Kon ze zichzelf überhaupt nog in de spiegel aankijken? Ze kneep haar ogen dicht en schudde haar hoofd. Ze deed dit voor haar moeder, daar moest ze aan denken. De woorden van haar moeder waren haar alles waard, die zouden een einde maken aan de eenzaamheid en invulling geven aan de leegte in haar bestaan.

Dat hoop je, dat weet je niet zeker, zeurde een stemmetje in haar hoofd. Misschien zegt ze niets belangrijks. Bovendien, wie garandeert dat je de woorden van je moeder echt zult horen? Is dat hypnosecircus van Cassandra geen pure oplichterij? Als zo veel mensen haar wantrouwen, ga jij met haar in zee? Je bent jezelf niet meer, waar is de echte Tara?

In een gevecht om voorrang buitelden de gedachten over elkaar heen. Ze maakten Tara wanhopig. Wat moest ze doen? Cassandra bleef maar prevelen en leek zich te hebben afgesloten voor wat er om haar heen gebeurde. Het lemmet van het kapmes, dat ze met beide handen vasthield, was nog schoon. Hoe lang zou het duren voordat het besmeurd werd met varkensbloed? Misselijk van ellende keek Tara op naar de sterrenhemel, maar die bood geen verlossing.

Pas toen Cassandra plots stilviel en haar ogen opsloeg, nam Tara onbewust een beslissing. Ze petste het varken met vlakke hand tegen zijn zij, draaide een kwartslag en gooide het met een boogje naar de helling van de krater. Het dier krabbelde overeind en rende gillend weg.

Cassandra stootte een schelle kreet uit en zette de achtervolging in. Met idioot grote passen probeerde ze het varkentje in te halen, maar de ondergrond van gruis en steentjes bood haar lange lichaam onvoldoende grip om vaart te maken en algauw moest ze haar poging staken. Met het mes in haar hand en haar blik op onweer draaide ze zich naar Tara om. Die dook omlaag, griste de lamp van de grond en richtte hem recht op de ogen van haar belager.

'Je zou me helpen!' gilde Cassandra, terwijl ze met haar vrije hand voor haar ogen het licht probeerde te blokkeren. 'Dat zeg je verdomme net zelf!'

‘Dat wil ik ook, maar dieren vermoorden kan ik niet,’ riep Tara terug. ‘Vraag me iets anders en ik help je direct, ik zweer het.’

Cassandra stapte opzij en begon zijwaarts om Tara heen te cirkelen, het mes in haar hand in de aanslag. ‘En ik dacht nog wel dat jij anders was,’ zei ze, nauwelijks hoorbaar. ‘Ik ben hardleers, steeds denk ik weer iemand te kunnen vertrouwen, dat wil ik zo graag dat ik er elke keer in trap, maar het gaat niet, het mag niet, het kan niet…’ Met half samengeknepen ogen loerde ze over het mes naar Tara, als een roofdier dat een aanval beraamt.

Tara draaide ondertussen aandachtig met Cassandra mee. Met de lamp hield ze haar op afstand, maar ze wist dat dat slechts tijdelijk effect zou hebben. Omdat ze een gevecht met een wanhopige vrouw en een groot mes niet snel zou winnen, gooide ze het over een andere boeg.

‘Het spijt me,’ zei ze, ‘ik begrijp dat je het moeilijk hebt. Ik weet namelijk meer over jou dan je denkt, over jou en Wolfgang Kaiser.’

Bij het horen van de naam van haar echtgenoot hapte Cassandra naar adem. Ze bleef perplex staan en liet haar hand met het mes ongemerkt wat zakken. Tara deed hetzelfde met de lamp, waardoor de twee vrouwen elkaar weer in de ogen konden kijken.

‘Hij komt binnenkort vrij, toch? Na zeventien jaar gevangenschap? Dat moet een moment zijn waarnaar je hebt uitgekeken.’

Cassandra fronste haar wenkbrauwen en leek iets te gaan zeggen, maar hield toch haar mond. In plaats daarvan stopte ze het mes in een verborgen zak in haar jurk en liet ze Tara haar lege handen zien. Daarna liep ze langzaam op haar af.

‘Als je nu iets geks doet, moet je Wolfgang nog langer missen,’ waarschuwde Tara. Hoewel opgelucht dat het mes was weggestopt, voelde ze dat het gevaar nog niet geweken was. Bij gebrek aan wapens moest ze zich met woorden zien te redden. ‘Je wilt toch niet in de cel zitten, als hij er na al die jaren uit komt?’

Cassandra schudde langzaam haar hoofd, maar bleef zwijgen. Ze was Tara nu zo dicht genaderd dat die de zweetdruppels op haar voorhoofd en bovenlip kon zien glinsteren.

Toen sprak Cassandra op lage toon: 'Als je denkt dat je de enige bent die meer weet, heb je het mis. Jij en ik hebben veel overeenkomsten, zie je? We leven niet voluit. Daar zijn we geen van beiden toe in staat, omdat we wachten. Ik op mijn man en jij op jouw familie.'

Ze zette nog een stap naar voren, zodat ze bijna tegen Tara aan stond en de kwetsbaarheid in haar ogen kon zien. 'Ik voel dat je twijfelt aan mijn geestelijke gesteldheid. Daarin ben je niet de enige, dus schaam je niet, de meesten denken dat ik gek ben. En toch vraag ik me af wie van ons meer realiteitszin bezit. Ondanks onze overeenkomsten is er namelijk ook een wezenlijk verschil. Eén simpel detail dat een van ons toekomst geeft en de ander niet.'

Ze liet een dramatische pauze vallen en fluisterde het hoogtepunt van haar betoog in Tara's oor. 'Mijn wachten heeft zin. Wolfgang leeft en zal binnenkort weer onderdeel zijn van mijn leven. Jouw familie daarentegen, is dood en komt nooit meer terug.'

De woorden raakten Tara diep. Ze had geen oog meer voor het gevaar dat Cassandra kon betekenen en kon alleen maar verslagen luisteren naar wat die haar te zeggen had.

'Mijn eenzaamheid zal binnenkort verdwijnen, de jouwe is er voor altijd,' vervolgde de vrouw, terwijl ze zich voorover boog om iets uit de buidel aan haar voeten te pakken. 'Kennelijk is het jouw lot alleen te zijn. Dat moet je accepteren. Het heeft een functie dat je ouders je zo vroeg verlaten hebben; jij moest leren hoe het is als solist door het leven te gaan.' Ze stond nu achter Tara, die met hangende schouders naar de grond staarde en verder niets meer in de gaten had.

Pas toen Cassandra haar met één hand stevig bij haar schouder greep en met de andere de naald van een injectiespuit in haar hals duwde, reageerde ze, maar het was te laat: de vloeistof deed razendsnel zijn werk en Tara zakte als een lappenpop tegen de warme grond.

43

De sterrenhemel boven Kalapaki Beach, aan de zuidkust van Kauai, was betoverend mooi. Dukes Canoe Club had net de laatste gasten naar buiten geveegd en de deuren gesloten. Thierry was op de eerste de beste strandstoel gaan liggen die hij tegenkwam en staarde naar de baai voor zich. Het zachte ruisen van de oceaan had een prettig kalmerend effect. Hoewel hij zich er die ochtend netjes had uit geluld, was de diskwalificatie van Renate hem niet in de koude kleren gaan zitten. Harald was laaiend geweest en dat was hij nog steeds toen hij een paar uur later gebeld had. Thierry werd opnieuw nerveus toen hij eraan terugdacht.

'Renate slaapt vanavond in een hotel bij het vliegveld, morgenochtend vroeg vertrekt haar vlucht naar Amsterdam,' had Harald gezegd en daar klonk een duidelijk 'opgeruimd staat netjes' in door. 'Morgen gaat er een kort persbericht uit waarin we melden dat ze op doktersadvies is gestopt; een blessure aan haar enkel maakte het onverantwoord door te gaan. Renate heeft getekend voor deze verklaring, dus ik ga ervan uit dat ze haar mond houdt. Als ze de media toch iets anders meldt, iets wat schadelijk kan zijn voor *De Trip*, doen we aangifte bij de politie en dan komt de ware reden van haar vertrek zonder meer boven water. Dat zal niet gebeuren, want dat wil ze zelf ook niet. Ik denk dan ook dat de zaak hiermee is afgedaan.'

Zonder Thierry persoonlijk aan te spreken, volgde toen een waarschuwing die overduidelijk voor hem bedoeld was. 'Een fout is snel gemaakt en al lijkt die nog zo onschuldig, als de media ermee aan de haal gaan, kan hij uitgroeien tot een monster dat je de rest van je leven achtervolgt. Dan ben je opeens niet meer de held van een internationale tv-hit, maar de sukkel die alle kansen kreeg en ze verprutste.'

Thierry zuchtte diep en nam zich stellig voor Haralds woorden ter harte te nemen. Hij stond op en volgde het pad langs het exclusieve Marriott-hotel de heuvel op. Hij passeerde een rijtje huizen, stak de golfbaan over en daalde af naar de lavarotsen, waarop een dag eerder om vlaggen gestreden was. De witte vuurtoren stond op de uiterste punt. Het versleten bord dat waarschuwde voor golven die menige nietsvermoedende toerist al van de rotsen hadden geslagen, negeerde hij. Op het betonnen plateau met zijn rug tegen de toren had hij een uniek uitzicht op de oceaan aan zijn linkerkant en de baai met het strand rechts.

Het scheelde niet veel of hij had zijn vader gebeld; een automatische reactie als hij zenuwachtig werd. Haralds dreigende woorden hadden hem bang gemaakt en de behoefte aan geruststelling was groot. De oude De Beauregard had er een talent voor zaken met een paar rake opmerkingen in perspectief te zetten. En als zijn frisse blik en wijze woorden de oplossing niet brachten, deed zijn portemonnee dat wel. Thierry wist niet beter of zijn vader regelde het en na het telefoontje van Harald had het even vanzelfsprekend als aantrekkelijk geleken zijn pa te vragen een hartig woordje met de regisseur te spreken. Dan had hij kunnen zeggen dat De Beauregards niet gediend waren van dreigende taal en dat die ook niet nodig was, omdat Thierry, net als zijn vader, een fantastische presentator was, die een programma naar een hoger niveau tilde. Dat het van weinig respect getuigde zijn zoon te verdenken van iets wat het programma en Thierry's carrière schade zou berokkenen en dat het *De Trip* zou sieren wat meer dankbaarheid te tonen voor zijn medewerking.

Thierry kreeg het warm bij de gedachte. Zijn vader schudde een dergelijke tekst probleemloos uit zijn mouw. En toch had hij hem niet gebeld, die fase was voorbij. Hij wilde niet de rest van zijn leven 'het zoontje van' blijven. De gouden paplepel had hem een eind op weg geholpen, nu moest hij zijn eigen boontjes doppen en dat deed hij ook. Met Renate was hij bijna uit de bocht gevlogen, maar die was weg en kon geen kwaad meer doen. Als hij zijn kop erbij hield, had Harald geen enkele reden nog aan hem te twijfelen.

Hij stond op, pikte een brok lavasteen van de rotsen en gooide die met een ferme boog de golven in. Thierry de Beauregard was de fucking ster van de show en dat moest hij blijven ook. Zijn vader zou trots op hem zijn.

44

Aan de rand van de kloof volgde Diego de reddingsoperatie van Maya op de voet. De open plek en een deel van het ravijn waren inmiddels uitgelicht door grote schijnwerpers uit een tweede helikopter die was bijgesprongen. Nadat de eerste heli op de open plek was geland en Diego kon vertellen wat hij had gezien, was het snel gegaan. Er werden commando's door portofoons geroepen en in no-time liet een van de reddingswerkers zich aan een touw afzakken naar de plek waar Maya's hand zichtbaar was geweest. Ze had nog een keer gezwaaid toen Diego haar riep, maar nadat de heli met de schijnwerper aankwam, liet ze zich niet meer zien. Dat baarde Diego zorgen, maar niet meer dan de zorgen die hij om Tara had. Hij begreep dat ze de kans had aangegrepen in haar eentje achter Cassandra aan te gaan. Hoewel hij wist dat ze haar mannetje stond en dat al vaak genoeg bewezen had, voelde het dit keer anders. Ten eerste was ze zichzelf niet en ten tweede had een zaak haar nog nooit zo persoonlijk geraakt als deze. Dat maakte haar kwetsbaar, al dacht ze daar zelf kennelijk anders over.

'Shit!' de piloot van de eerste helikopter, een uit de kluiten gewassen kerel die zich had voorgesteld als Hoby, sloeg gefrustreerd met zijn hand op de grond. Hij stond op, riep wat door zijn portofoon en wenkte Diego naar zich toe.

'*What's up?*' vroeg hij.

Hoby wees de diepte in. 'Ze is verder naar beneden gevallen. Flarden van haar kleding zijn gevonden in de boom waar wij haar zagen zwaaien, maar zelf zit ze daar niet meer. Vermoedelijk zijn er takken gebroken. Twee collega's onder in de kloof kunnen niets vinden, dus ze moet ergens halverwege zijn.

Diego knikte. 'Kan ik helpen?'

Hoby schudde zijn hoofd. 'Als ze gevonden is, ga je met mij mee. Mijn collega's van de politie willen je spreken, dus blijf in de buurt.' Zijn portofoon begon te piepen en hij liep op een drafje naar de helikopter.

Diego keek hem na. De reddingsoperatie duurde inmiddels al een hele tijd en hij moest op zijn tanden bijten om niet over Cassandra te beginnen. Een deel van hem wilde met man en macht naar het lavameer om Tara weg te halen bij die gevaarlijke vrouw, maar hij wist ook dat hij het recht niet had. Tara had een keuze gemaakt; het was helder dat ze dit wilde doen, alleen. Dat moest hij respecteren, hoe moeilijk het ook was. Als hij haar wensen in de wind sloeg, zette hij hun vriendschap op het spel en dat was het laatste wat hij wilde. Opeens werd het een stuk donkerder en nam ook het lawaai af. De heli boven hen had de schijnwerpers gedoofd en vloog met een wijde boog weg. Diego pakte zijn telefoon, knipte een lichtje aan en liep naar Hoby, die op de passagiersstoel van zijn heli zat. Zodra Diego zijn gezicht zag, wist hij dat het mis was.

'Hebben jullie haar gevonden?'

'Ja, toch onder in het ravijn. Ze heeft de val niet overleefd. Mijn collega's brengen haar naar een ambulance en dan gaat ze naar het ziekenhuis, waar de doodsoorzaak officieel wordt vastgesteld.'

'Wat waardeloos,' verzuchtte Diego. Hij dacht aan Alani, het meisje dat haar moeder voortaan moest missen, en aan Cassandra, die niet lang geleden met Maya in een auto was gezien. Welke rol had zij gespeeld bij Maya's dood? En wat was ze nog meer van plan? De vragen bezorgden hem maagkrampen en daardoor merkte hij niet dat de piloot hem met toenemende belangstelling in de gaten hield.

'De politie gaat je ondervragen, maar ik wil het nu al weten, wat deed jij hier?' vroeg hij, opeens fel. 'Het is code rood, wist je dat niet? Waarom was jij nog niet weg? Woon je op Hawaï? Ik heb je nooit eerder gezien. En waar ken je Maya van?' Hoby deed geen moeite zijn achterdocht te verbergen en vuurde de vragen op Diego af.

Die trok semiverbaasd zijn wenkbrauwen op. 'Ik kende haar niet, ze heeft me zelf toegeroepen hoe ze heette,' loog hij. 'We... Ik hoorde haar schreeuwen en zag haar zwaaien. Voordat ik hulp kon gaan halen, had jij me al gespot. Dat is alles.' Zijn verspreking was klein, maar hij zag aan Hoby's blik dat die het gehoord had.

'We gaan,' zei de piloot streng en hij sprong uit het toestel. 'Ga zitten, dan breng ik je naar het bureau.'

Diego had geen keuze; vluchten was geen optie. Hij klom de helikopter in, maakte zijn riem vast en tuurde door het duister omhoog. Ergens daarboven moest Tara het in haar eentje redden en hij kon alleen maar hopen dat ze veilig was.

45

Met een hoofd vol watten en een kurkdroge mond werd Tara wakker. Haar nek voelde pijnlijk stijf, haar arm gloeide en er prikte iets hards in haar dij. Slaperig strekte ze een arm om te ontdekken wat het was, maar iets hield haar tegen. Haar armen zaten aan elkaar vast en leken veel te zwaar om te bewegen. Ergens groeide het besef dat er iets niet in de haak was en dat verontrustte haar, maar bang werd ze pas echt toen ze langzaam haar ogen opende. Ze lag op haar zij op de grond vlak bij het lavameer en was gekneveld. Haar armen en benen waren stevig bijeengebonden met een dun touw en dit maakte het onmogelijk op te staan. In paniek dacht ze aan het zakmes in haar rugzak, maar daar kon ze zo niet bij. Bovendien was het de vraag of ze zelfstandig zou kunnen opstaan, want haar hele lichaam leek van lood. Zo zwaar had ze zich nog nooit gevoeld, het kostte al de grootste moeite haar hoofd iets van de grond te lichten.

'Daar ben je weer.' De stem, die ze inmiddels uit duizenden zou herkennen, kwam van achter haar. Ondanks haar pijnlijke nek draaide ze haar hoofd zo ver ze kon. Cassandra zat op de grond en staarde over Tara heen naar het lavameer. Het zweet droop van haar gezicht en om haar blote arm zat een verband gewikkeld met daarin een dieprode vlek.

'Www... wwat...' stamelde Tara. Tot haar ontsteltenis lukte het niet om woorden te formuleren, haar tong en lippen weigerden dienst. Ze kreunde hard en strekte haar lichaam in een poging zich van de touwen en het lood in haar lijf te verlossen.

'Hou op, dat heeft geen enkele zin,' schamperde Cassandra. 'Je hebt dit aan jezelf te danken, als we het varken hadden geofferd, was ons bloed niet nodig geweest.'

Geschokt staarde Tara opnieuw naar het verband om Cassandra's arm. Ze liet de woorden tot zich doordringen en sperde toen haar ogen wijd open. Langzaam draaide ze haar blik naar haar eigen gloeiende arm. Bij het zien van het verband, eveneens met een grote rode vlek erin, begon ze in paniek te gillen.

Opeens voelde ze een hand tegen haar mond en hing Cassandra's gezicht vlak boven het hare.

'Stoppen!' commandeerde ze luid, waarop Tara onmiddellijk stilviel. Zonder woorden en met ogen als knikkers smeekte ze Cassandra om uitleg, maar die had andere prioriteiten. 'Ik weet dat je vragen hebt, maar als je je zo aanstelt, vertel ik niks,' snauwde ze. Zweet droop van haar kin op Tara's wang, die hevig knikte om aan te geven dat ze stil zou blijven. Cassandra leek gerustgesteld en knikte goedkeurend. 'Ik spaar je omdat ik je nodig heb. Ik heb geen andere keuze. Begrijp je dat?' Ze keek Tara onderzoekend aan en ging pas verder toen die opnieuw knikte. 'Ik ga je mijn verhaal vertellen, de tijd is rijp, en ik wil dat je luistert. Daarna krijg je een laatste kans om te bewijzen wat je waard bent. Als je slaagt, laat ik je de woorden van je moeder horen.'

Ze zakte terug op haar plek en staarde opnieuw over Tara heen het lavameer in. Algauw verried haar wezenloze blik dat ze in gedachten mijlenver weg was.

'Ik ben moeder van twee dochters en ze zijn allebei dood.'

Wat Tara ook verwacht had, dit zonder emotie uitgesproken statement was het niet. Ze sloot haar ogen en wachtte. Haar lichaam deed pijn en ze snakte naar water, maar er zou niets gebeuren voordat Cassandra haar verhaal kwijt was en dus moest ze luisteren, er zat niets anders op.

'Zeventien jaar was ik, toen ik voor de eerste keer zwanger werd. Ik wist niet wat me overkwam, maar blij was ik wel. Ik had Wolfgang net ontmoet, een fantastische man, twintig jaar ouder en precies wat ik nodig had. We waren smoorverliefd en het idee van een baby maakte mijn geluk compleet. Wist ik veel, ik was nog zo jong...' Cassandra haalde haar neus op. Toen ze verderging klonk haar stem gesmoord. 'Wolfgang was een stuk minder blij. Het kwam te vroeg, hij wilde meer tijd samen voordat we aan een gezin begonnen. Er was tijd genoeg, zei hij en ik geloofde hem. Ik was niet sterk en had nog geen eigen wil, dat was juist zo comfortabel aan onze relatie; Wolf dacht voor twee, ik hoefde slechts te volgen en dat deed ik. Mijn gevoel zei me dat ik een vergissing beging, maar toch heb ik naar hem geluisterd en liet ik de vrucht weghalen. Mijn dochter was zestien weken oud toen ze niet meer mocht leven. Katinka noemde ik haar, maar alleen in gedachten; van Wolf moest ik het stilhouden.'

Tara hoorde de pijn in de stem en dacht aan Diego, die had ingezien dat Cassandra een loodzwaar leven leidde dat haar gehard had. Hij had gelijk. Ook voor haarzelf was het niet moeilijk zich het verdriet voor te stellen dat de jonge Cassandra moest hebben gevoeld.

'Het leven ging door en ondanks alles was ik gelukkig met Wolfgang. We trouwden toen ik eenentwintig was, eerder kon het toentertijd niet en opnieuw raakte ik zwanger. Dit keer was het gepland en we waren door het dolle heen. Negen maanden lang zweefden we op een roze wolk en toen ging het alsnog mis. De onderwaterbevalling die we beiden wilden en goed hadden voorbereid, liep verkeerd: Nikita is verdronken. Reanimatie mocht niet baten. Het was de straf die ons toekwam, dat begrepen we allebei toen de eerste schok voorbij was. Nikita's dood was een rechtvaardiging voor het leven dat we vier jaar eerder hadden beeindigd. Dit nieuwe leven werd ons niet gegund, we hadden ons recht erop verspeeld.'

Het bleef zo lang stil dat Tara juist overwoog Cassandra subtiel aan te sporen verder te praten, toen die het woord weer nam. De emotionele biecht putte haar hoorbaar uit, ze sprak langzamer en haar stem klonk vermoeid.

'Na Nikita veranderde er iets in Wolfgang. Je moet weten dat hij als kleine jongen zijn vader heeft zien verdrinken en nu gebeurde hetzelfde met onze dochter. Het was te veel, hij begreep niet waarom dit hem nogmaals moest overkomen en hunkerde naar een verklaring, maar die was er niet. Ondanks hun kennis en expertise hadden twee artsen en een verloskundige ons kind niet kunnen redden en een sluitende verklaring konden ze ons niet geven. Mogelijk heeft ze te lang vastgezeten in het geboortekanaal, kwam er vruchtwater in haar longen en is er een zuurstoftekort ontstaan. Zo was de theorie, maar de artsen zeiden erbij dat het gissen bleef. Daar nam Wolf geen genoegen mee. Hij had zich goed ingelezen en wist dat de longen pas gaan werken als de baby boven water komt. Onder water wordt de zuurstof nog via de placenta aangevoerd. Wolf verdacht de artsen ervan een fatale fout gemaakt te hebben. Hij zeurde en dreigde net zo lang tot ze hem op de seconde nauwkeurig zouden vertellen hoe lang ons kind onder water had gelegen. Uiteindelijk zwichtte een arts; hij zei dat het circa anderhalve minuut geweest moest zijn. Dat is niet per definitie te lang, maar wel als het kind boven water al in aanraking met zuurstof is geweest. Hoewel het nooit bewezen kon worden, zijn we ervan overtuigd dat Nikita is verdronken.'

Tara probeerde zich af te sluiten voor het zachte snikken van Cassandra. Als ze haar kop erbij wilde houden, moest ze zich niet laten meeslepen door het verhaal, hoe aangrijpend dat ook was. De ergste sufheid die ze voelde toen ze wakker werd, was verdwenen en ook de watten in haar hoofd leken langzaam op te lossen. Jij helpt mij, ik help jou, dat was de deal, en dat betekende dat Tara haar doel nog steeds kon bereiken. Maar tegen welke prijs? Wat zat er in het pakje dat zo belangrijk was en dat zij moest stelen? Het liefste hoorde ze dat meteen, maar ze moest geduld hebben, het verhaal was nog niet ten einde.

46

Cassandra staarde over het lavameer, maar zag in gedachten het verslagen gezicht van haar echtgenoot, die in die ene desastreuze nacht tien jaar ouder werd. 'Wolfgang was er kapot van. Hij deed zijn geliefde boeken in de ban en keerde de wetenschap definitief de rug toe. Zijn fascinatie voor water bleef, maar hij leerde anders kijken en kwam in de alternatieve hoek terecht. Daar vond hij de vrijheid om zelf op onderzoek uit te gaan. Hij ontwikkelde uiteenlopende experimenten, steeds rondom hetzelfde thema: de kracht van het water.'

Tara luisterde gefascineerd en probeerde elk detail van Cassandra's verhaal in zich op te nemen. Het zware gevoel in haar ledematen trok langzaam weg en het lukte haar een beetje te verschuiven, zodat de puntige steen waarop ze lag niet langer in haar dijbeen prikte. Daarentegen ging de plek op haar arm steeds pijnlijker gloeien. Het verband was doorweekt en ze voelde hoe spoortjes bloed uit de wond wegsijpelden. In afschuw probeerde ze zich voor te stellen hoe Cassandra haar met de injectienaald onder zeil had gebracht, haar arm met het mes bewerkte en het bloed opveegde met een doek. Cassandra moest dit 'offer' van een afstand in het lavameer geworpen hebben, dichterbij dan een paar meter kon je niet komen. Ze rilde in afschuw en dwong zichzelf een vraag te stellen om met haar aandacht bij het verhaal terug te keren.

'Wat voor experimenten deed je man?' vroeg ze. Praten ging al beter, al moest ze haar uiterste best doen om verstaanbaar te zijn.

'Hij bracht in kaart hoe lang verschillende diersoorten onder water konden overleven,' zei Cassandra, met een stem verstikt door verdriet. 'De negentig seconden die Nikita het leven hadden gekost, werden een obsessie. Hij wilde weten hoeveel het gescheeld had, of ze nog geleefd zou hebben als haar tijd onder water tien, vijftien, of twintig tellen korter had geduurd. Omdat hij dat niet ongemerkt op mensen kon testen, begon hij met dieren. Eerst muizen en vogels, daarna kwamen de honden en katten en toen we naar het bos verhuisden, richtte hij zich voornamelijk op grotere beesten: schapen, koeien en paarden. Het was zwaar werk, maar het gaf hem zo veel voldoening dat hij zich er volledig aan overgaf. Ik zag dat het voor hem een manier was om zijn immense verdriet te verwerken, dus liet ik hem zijn gang gaan. Wat kon ik anders? Hij was ervan overtuigd dat zijn onderzoek nodig en nuttig was en dat er met de resultaten op den duur levens gered zouden kunnen worden.'

Met een mouw veegde ze haar neus af. 'Het leverde een overschot aan dode dieren op. Het idee om ze aan het water te offeren is uit praktische overwegingen ontstaan; begraven kostte veel tijd en verbranden zou te veel opvallen. We besloten de dieren met stenen te verzwaren en in de rivier af te voeren. Uit respect voor het beëindigde leven staken we er kaarsen bij aan en we zongen hymnes; het was prachtig en groeide na verloop van tijd uit tot een spirituele ervaring, voor ons en voor de gemeenteleden die de ceremonies bijwoonden. Allemaal voelden we dat we het goede deden. Het was ook zo vanzelfsprekend om de levens die hun bijdrage hadden geleverd en hun nut hadden bewezen, terug te geven aan de natuur. Veel later, in de rechtbank, werd van dierenmishandeling gesproken, maar daar was absoluut geen sprake van. Wolfgang zorgde er altijd voor dat de dieren verdoofd waren voordat hij een experiment begon. Ze hebben nooit pijn geleden.'

Geërgerd hief ze haar handen. 'Mensen oordelen te snel! Ze nemen niet eens de moeite je te begrijpen en praten elkaar allemaal na. Die collectieve verontwaardiging is zo misplaatst! Natuurlijk is het triest wanneer er een einde komt aan een leven, maar als je eenmaal geleerd hebt het grotere geheel te zien, begrijp je dat mens en dier slechts radertjes zijn. Jij en ik stellen niets voor, niets! We liggen allemaal in de handen van Moeder Natuur en zij beslist. Ze neemt en geeft, volgens haar eigen plannen en of wij die begrijpen doet niet ter zake. We zijn hier maar even en kunnen niet meer dan proberen ons steentje bij te dragen. Zo simpel is het. Als iedereen dat begreep, was er minder ellende op deze wereld.'

Na een pauze, waarin ze onbewust ineendook en met haar lichaam begon te wiegen, sprak ze zachtjes verder. 'Het duurde heel lang voor ik me bij Nikita's dood kon neerleggen. Ze was bij ons meer dan welkom, maar toch mocht het niet zo zijn en daar heeft de natuur een reden voor gehad. Voor sommige zielen is het leven zo zwaar dat ze beter niet geboren kunnen worden. Dat wist ik als klein kind al; ik had er beter niet kunnen zijn. Voor mijn moeder gold hetzelfde; door haar huidziekte is ze altijd als een melaatse behandeld, ik was haar enige bron van vreugde en zij de mijne. Toen zij overleed, had ik niets meer, totdat Wolfgang me redde en mij liet inzien dat ik niet waardeloos ben. Hij leerde me hoe ik van betekenis kon zijn voor anderen en mezelf, en daar ben ik hem nog elke dag dankbaar voor. Ik lever mijn bijdrage door abortussen uit te voeren op ongewenst nieuw leven, ook in een vergevorderd stadium van de zwangerschap, wanneer vrouwen nergens meer terechtkunnen. Ik heb al ruim zestig ongeboren kinderen een te zwaar leven vol verdriet bespaard, zoals dat van mijn moeder en mijzelf. De meesten zijn zo dankbaar dat ze me in mijn dromen komen opzoeken en me lichtstralen cadeau doen. Die lichtdromen maken dat ik het volhoud, zelfs al word ik als de dorpsgek behandeld en begrijpt, behalve Wolfgang, niemand wat ik doe.'

Ondanks het voornemen zich niet te laten meeslepen, prikten er tranen in Tara's ogen. Ze herkende de eenzaamheid in Cassandra's betoog en bij gebrek aan het vertrouwde pantser om haar hart, dat sinds kort aan gruzelementen lag, werd ze vol geraakt. Ze voelde een intens medelijden, al riep de bizarre biecht ook veel vragen op.

'Hoe weet je of je een kind verdriet bespaart, voordat het geboren is?' vroeg Tara. 'Niemand kan toch voorspellen hoe een leven verloopt?'

Cassandra knikte. 'Dat klopt, daarom zeg ik vaak nee. Je moest eens weten hoeveel familieleden niet op een kind van hun dochter of kleinkind zitten te wachten, alleen omdat het meisje in kwestie in hun ogen te jong is. Ik ben er op de eilanden hier al veel tegengekomen, maar naar hen luister ik niet; het gaat mij om de moeder. Als zij het kind wil houden, weiger ik een behandeling. Ik help alleen vrouwen die weten dat hun baby, om wat voor reden dan ook, een slecht leven tegemoet gaat. Een moeder weet dat, net zoals ik wist en nog altijd weet dat ik mijn Katinka had moeten houden. Als er toen naar mij geluisterd was en als ik beter naar mezelf had geluisterd, had ik geen leven lang berouw om een verkeerde beslissing.'

Er viel een stilte, waarin Tara probeerde haar emoties de baas te worden. Alleen als ze helder bleef, maakte ze kans om hier op een goede manier uit te komen. 'Ik geloof dat ik snap hoe je probeert goed te doen,' begon ze voorzichtig, 'maar wat ik niet begrijp is waarom je dieren wilt blijven offeren, zoals dat biggetje daarnet?'

Cassandra stond onverwacht snel op en rukte het verband van

haar bloedende arm. Tara schrok en probeerde ruggelings opzij te schuiven, maar kon niet voorkomen dat Cassandra haar beetpakte en ook het verband van haar arm af trok. Tara gilde in afgrijzen toen de lange vrouw de twee besmeurde doeken in haar vuisten samenkneep. Bloed droop tussen Cassandra's vingers door en drupte in het zand, voordat ze de prop met een boog het meer in wierp. Met een clowneske grijns keek ze toe hoe de lava het doek verteerde.

'Zoals ik al zei: niemand begrijpt mij, dus neem jezelf niets kwalijk,' zei Cassandra hooghartig. 'Je moest mijn verhaal horen, om voorbereid te zijn op hetgeen ik wil dat je voor mij doet.' Ze bestudeerde haar bebloede handen, bracht ze naar haar mond en likte ze uitgebreid af.

Tara klemde haar kaken opeen om niet opnieuw te krijsen en probeerde uit alle macht haar polsen van elkaar te krijgen, maar het touw zat te strak en gaf geen millimeter mee. Langzaam trok ze haar knieën omhoog, haar voeten waren ook gebonden, maar als de nood aan de man kwam zou ze Cassandra met twee benen een flinke trap kunnen geven. Of het genoeg was, viel te betwijfelen, maar veel meer opties had ze niet. Ze was overgeleverd aan de grillen van een beschadigde vrouw, die de grip op de werkelijkheid steeds verder leek te verliezen.

Cassandra leek zich onbewust van het groeiende afgrijzen van haar gevangene en zakte door haar knieën naast Tara neer. 'Sinds Wolfs arrestatie is het aan mij zijn wijsheid door te geven. Waar ik ben, verzamel ik gelijkgestemden om me heen en geef ik les in de onmetelijke krachten van de natuur. En ook voer ik offerceremonies uit. Niet meer met dieren die een experiment hebben gediend, dat was Wolfgangs passie en die tijd is voorbij. Ik vraag mensen hun zieke of recent overleden dieren naar me toe te brengen, zodat ze op passende wijze kunnen worden teruggegeven en nog een laatste keer hun nut kunnen bewijzen. Noem het wisselgeld voor onze fouten en voor die van de onwetenden. Wie de wetmatigheden van de natuur eenmaal begrijpt, heeft met offeren geen enkele moeite. Mijn communeleden weten inmiddels niet beter; bij elk dier dat teruggegeven wordt, schenkt elk lid tenminste tien druppels van zijn eigen bloed. Dat noemen we offeren, maar zo voelt het allerminst, het is een eer op die manier van invloed te mogen zijn.' Ze keek Tara met grote ogen aan. De bizarre grijns was weg, maar het opgedroogde bloed rondom haar lippen maakte de afstotelijke uitstraling er niet minder om.

Tara voelde dat er op een reactie werd gewacht, maar wilde ook zo snel mogelijk van onderwerp veranderen. 'Interessant,' wist ze uit te brengen, nadat ze haar keel geschraapt had. Ze snakte naar water, maar durfde er vooralsnog niet om te vragen. Diego's waarschuwing klonk in haar oren. Het is te gevaarlijk, had hij terecht gezegd, toen ze Cassandra in haar eentje achternaging. Toch deed ze het en met een duidelijk doel voor ogen. Ze nam een hap lucht en zei op ferme toon: 'Volgens mij hebben we genoeg gepraat. Als ik jou help, help jij mij. Dat is wat je zei, toch? Waar wachten we nog op?'

47

Aan de zucht in zijn maag voelde Diego dat de landing werd ingezet. De helikoptervlucht van Vulcanoes National Park naar het politiebureau nabij Hilo duurde nog geen twintig minuten, maar dat was lang genoeg om Diego's zorgen tot grote hoogten te doen stijgen. Hoewel hij er op de berg van overtuigd was geweest dat het de juiste beslissing was Tara te laten gaan, begreep hij nu niet meer hoe hij die keuze had kunnen maken. Cassandra was een levensgevaarlijke vrouw; dat vermoedde hij al langer en met Maya's dood was het concrete bewijs geleverd. Hij had met Tara mee moeten gaan, al wilde ze dat niet. Hij had haar kunnen volgen, zonder dat ze het zag. Dan zou Hoby hen in zijn heli met zoeklicht ongetwijfeld gevolgd zijn, maar dat hinderde niet; elk scenario waarin de ontmoeting tussen Tara en Cassandra verstoord werd, voelde beter dan de onzekerheid waaraan hij nu was overgeleverd. Hij keek opzij naar de piloot en probeerde zich voor te stellen wat er zou gebeuren als hij plots meldde dat er nog iemand op de berg zat. Nog iemand die in levensgevaar verkeerde en niet alleen vanwege de naderende vulkaanuitbarsting, ook omdat er een moordenaar ronddoolde met een voorliefde voor vuur. Zou de man hem geloven en rechtsomkeer maken? Of zou hij denken dat Diego een list verzon om zijn eigen hachje te redden? Want dat Hoby hem verdacht van betrokkenheid bij de dood van Maya, mocht duidelijk zijn. Zodra ze geland waren, zou de piloot hem overdragen aan de politie en dan kon hij helemaal geen kant meer op.

Onder hen gaf een cirkel van licht de omtrek van een bescheiden landingsplatform aan, met ernaast een politiewagen en een agent, die zijn pet met één hand vasthield. Diego gooide zijn hoofd in zijn nek en dacht koortsachtig na. Wat kon hij doen? Alles op alles zetten om de politie de berg op te krijgen? Tara vergaf het hem nooit als ze haar doel niet zou bereiken. Niets was belangrijker dan het terughoren van de laatste woorden van haar moeder, daar was ze heel stellig in geweest. Het deed hem fysiek pijn te beseffen hoe wanhopig ze moest zijn. Ze nam een gigantisch risico om de waarheid te achterhalen. Maar wat had ze aan die waarheid als ze zelf het loodje legde? Wat als de vulkaan haar verzwolg of als Cassandra het wel een aardig idee vond in plaats van een dier ook eens een mens te offeren? Maya had geroepen dat Cassandra haar mee wilde nemen naar het lavameer. Wat had dat mens uitgerekend daar te zoeken? Bij een scherpe bocht greep Diego zich vast aan het handvat in de deur. Met een grimmig gezicht volgde hij de verrichtingen van Hoby, die het toestel kundig aan de grond zette. Hij bleef zitten en hield vanuit zijn ooghoeken de politieman buiten in de gaten. Die wachtte met gebogen hoofd tegen de wind tot de wieken stopten met draaien. Diego zette zich schrap en zodra de piloot een aantal knoppen had ingedrukt en de lichten in de cabine doofden, greep hij zijn kans. Hij rukte het portier van de vergrendeling, duwde het open en sprong naar buiten. In zijn rug voelde hij nog net de vingers van Hoby, die hem tevergeefs bij zijn shirt probeerde te pakken. Het lukte hem overeind te blijven en hij spurtte door het donker naar de hangar die hij vanuit de lucht al had gezien en die toen een stuk dichterbij had geleken. Hij wist dat hij niet fit was, maar gokte erop dat de adrenaline in zijn lijf hem ver genoeg zou brengen om zich in de hangar te verstoppen. Zijn plan besloeg slechts twee woorden: tijd kopen, en daar hield hij zich aan vast. De politie kreeg hem vroeg of laat te pakken en dan zou hij het godganse verhaal uit de doeken doen, maar dat kwam later, eerst moest hij tijd kopen om Tara te helpen.

Zonder om te kijken, rende hij zo hard hij kon naar de donkerste zijde van de hangar. De dubbele poort aan de voorkant was vergrendeld met een kettingslot en hij hoopte op een zij- of achterdeur waardoor hij naar binnen kon. Dat bleek het geval: aan de achterzijde was een rolluik niet volledig gesloten, het liet een kier van zo'n twintig centimeter boven de grond. Diego liet zich zakken om eronderdoor te kruipen, toen hij zich bedacht. Hij sprong op, trok zijn shirt uit en scheurde er een stuk mouw af. Dat gooide hij onder het rolluik, waarna hij zelf de bosjes achter de hangar in dook. Hij zat nog maar net achter een dichte struik, toen hij tussen de bladeren door een fel licht zag schijnen. Met zijn hand voor zijn mond om zijn gehijg te dempen zag hij de lichtbundel uit een zaklamp langs de achterkant van de loods glijden. Niet veel later ging er een fluisteren op, dat hij niet kon verstaan, gevolgd door twee piepjes uit een portofoon. Daarna dempte het licht uit de zaklamp, waarna er binnen in de hangar een groter licht werd aangeknipt.

Het leek erop dat zijn truc had gewerkt en dat de agent en waarschijnlijk ook de piloot naar binnen waren gegaan. Hij draaide zich om en baande zich een weg tussen de struiken door, die hem striemen op zijn ontblote bovenlichaam opleverden. Pas toen hij het licht uit de hangar niet meer kon zien, hurkte hij neer om zijn gescheurde shirt weer aan te trekken. Daarna viste hij zijn telefoon uit zijn broekzak en tikte hij het bericht dat hij in gedachten al had voorbereid:

Benno, heb je hulp nodig! Ben op Big Island, Tara in gevaar. Ze is met Cassandra Newland, alias van Sandra Gerhard en echtgenote van Wolfgang Kaiser, die straf uitzit in gevangenis in Landsberg am Lech, DL. Beiden extreem gevaarlijk. Neem contact op met gevangenis en zorg dat Kaiser mij zsm belt! Zaak van leven of dood!

48

De ziekenzaal van Landsberg was een van de weinige ruimtes die herinnerden aan het tijdelijke verblijf van zijn beroemdste bewoner. Boven de deur van de zaal, waarin vier bedden door verrijdbare wanden van elkaar gescheiden waren, hing het officiële politieportret van Adolf Hitler, die in 1924 een jaar in gevangenschap had doorgebracht. Het was in deze gevangenis dat hij *Mein Kampf* schreef, een werk dat nog steeds zodanig tot de verbeelding sprak dat de directeur elk kwartaal verzoeken moest afwijzen van belangstellenden die tegen betaling een kijkje in Hitlers voormalige verblijf wilden komen nemen. De verdiensten ervan zouden zeer welkom zijn, Landsberg was beslist aan renovatie toe, maar zolang er nog gevangenen huisden, was het pand voor publiek verboden terrein. Dit tot grote spijt van de directeur, die jaloers moest toekijken hoe de gemeente en het plaatselijke museum wel profiteerden van de komst van nieuwsgierige bezoekers.

Het historische portret kon Wolfgang Kaiser – deze zondagmiddag de enige patiënt op zaal – gestolen worden, hij had andere zaken aan zijn hoofd. Het ei boven zijn wenkbrauwen werd gekoeld door een zak ijs die met verband op zijn plek werd gehouden. Een paniekaanval had de grond onder zijn voeten weggeslagen, had de arts gezegd, en hij mocht van geluk spreken dat zijn neus en schedel nog intact waren. Zo voelde het niet; de stiletto's die zijn hoofd torpedeerden, bezorgden hem een hoofdpijn die hij nooit eerder had ervaren en die hem zo misselijk maakte dat hij een tijdlang niet kon stoppen met overgeven. De morfine hield hem een paar uur onder zeil, maar toen hij wakker werd en om een volgende dosis vroeg, kreeg hij nul op het rekest. Hij moest het nu met reguliere pijnstillers doen en dat was geen pretje. De kaassandwich, naast het bed op een dienblad, had hij niet aangeraakt uit angst weer te gaan braken. Zelfs het water durfde hij niet aan. Als een lijk lag hij in bed, doodstil en met zijn handen gevouwen op zijn borst.

Het was in die toestand dat directeur Übel Wolfgang Kaiser aantrof. De bewaker die met hem mee naar binnen kwam, stelde zich op bij de deur en richtte zijn blik strak op de muur tegenover hem. Übel zelf, een nerveuze man met een montuurloze bril onder op zijn puntige neus, keek eerst schichtig de zaal rond, voordat hij met kleine pasjes aan het voeteneind van Kaisers bed ging staan en zacht kuchte.

Kaiser reageerde niet. Pas nadat de directeur nog twee keer vergeefs had gekucht en toen in de hoop op reactie wat onbeholpen in zijn handen klapte, opende de patiënt zijn mond. '"Goedemiddag" is gebruikelijker.'

Übel stopte acuut met klappen en even hingen zijn handen in de lucht. 'U zegt?' vroeg hij met zijn kenmerkende hoge stem. Als hij bezoek ontving of de gevangenen toesprak, wat sporadisch gebeurde, forceerde hij steevast een lager stemgeluid om gewichtiger over te komen, maar hij wist niet dat hij daarmee het tegendeel bereikte. De Pieper, noemden de gevangenen hem, en soms betrapten ze ook de bewakers op het gebruik van die benaming.

'Goedemiddag, meneer de directeur, wat komt u doen?' vroeg Kaiser, de vraag negerend. Hij bleef nog steeds roerloos liggen en zijn ogen hield hij dicht.

‘Juist, goedemiddag,’ zei Übel, met een jachtige blik op de bewaker achter hem, alsof hij zeker wilde weten dat hij beschermd zou worden, mocht gevangene Kaiser, wiens gestalte zelfs geveld in bed ontzag wekte, plots overeind schieten om hem aan te vallen. Gezien de situatie leek dat onwaarschijnlijk, maar Übel had zich al te vaak onaangenaam laten verrassen en keek liever twee keer uit voor hij dat weer liet gebeuren. ‘Hoe gaat het met u?’

Kaiser zuchtte hoorbaar. ‘Ter zake, graag. Ik weet dat u doorgaans geen ziekenbezoek aflegt.’ Plots stak hij zijn vinger in de lucht. ‘Anders heb ik eerst een vraag aan u: is Andries Jenner weer aanwezig?’

Übel, die een stapje achteruit had gezet toen Kaisers vinger omhoogschoot, stapte weer terug. ‘Herr Jenner?’ vroeg hij, weifelend. ‘Dat… kan ik voor u navragen. Mij was niet bekend dat hij vandaag…’ Hij stokte en rechtte zijn rug. ‘Ter zake, inderdaad. Ik ben zojuist telefonisch benaderd met een uitzonderlijk verzoek. Het betreft uw echtgenote, mevrouw Gerhard, of mevrouw Newland, dat is me niet duidelijk.’

Wolfgang opende zijn ogen en boorde zijn blik in die van de directeur. ‘Wat voor verzoek?’

‘Een eh… tamelijk uitzonderlijk verzoek,’ stamelde Übel, die zijn best deed om niet weg te kijken om aan de dwingende blik van Kaiser te ontsnappen. Hij klakte de hakken van zijn licht verhoogde schoenen tegen elkaar en kneep achter zijn rug zijn handen samen. ‘Kennelijk heeft Interpol uw echtgenote in het vizier en houdt zij zich op dit moment… eh… bezig met zaken die… mogelijk schadelijk zijn voor derden en… in die zin… onwettig en potentieel strafbaar.’

‘Wat doet ze dan?’ Kaisers stem klonk onveranderd, maar zijn ogen fonkelden gevaarlijk en zijn borst bewoog steeds sneller op en neer.

‘Het fijne weet ik er niet van. Beleid van Interpol, en aangezien deze zaak niet in Duitsland speelt, maar ergens in de Stille Oceaan, kies ik ervoor me er niet verder in te mengen dan strikt noodzakelijk.’ Übel kuchte nogmaals. ‘Naar het schijnt houdt u wechtgenote een persoon in gijzeling en is er sprake van een dreigende situatie die zou kunnen escaleren.’

Daarop sloot Wolfgang zijn ogen. Hij plaatste een hand op het verband om zijn hoofd en dacht na.

‘Ik begrijp dat dit u wellicht overvalt,’ vervolgde Übel omzichtig, ‘maar het bijzondere verzoek is aan u gericht. Kennelijk is er een Interpol-agent ter plaatse die heeft gevraagd of u hem te woord wil staan… telefonisch uiteraard. Kijkt u eens.’ Hij wachtte tot Kaiser zijn ogen opsloeg en toonde hem een mobiele telefoon. ‘Als u met het verzoek instemt, toets ik het betreffende nummer in en verlaat ik de kamer om u te laten bellen. Om te voorkomen dat u het toestel voor andere doeleinden gebruikt, is het noodzakelijk u voorafgaand aan het gesprek van handboeien te voorzien.’ Bij die laatste woorden trok hij een meelevend gezicht, alsof hij zijn logé zojuist verteld had dat roomservice helaas niet tot de mogelijkheden behoorde.

Wolfgang knikte. Wat kon hij anders dan meewerken? Waar was Sandra mee bezig? En hoe kreeg ze het voor elkaar om zichzelf in de nesten te werken? Juist nu het er na al die jaren zo op aankwam? Hij knarste zijn kiezen over elkaar, maar hield daarmee op toen dat zijn toch al abominabele hoofdpijn verder verergerde. Zonder protest stond hij toe dat de bewaker zijn polsen met boeien aan het stalen bedframe vastklonk. Hij wachtte tot Übel het nummer had ingetoetst, de verbinding gecontroleerd en de speaker ingeschakeld, en keek toe hoe de directeur het toestel aan de bewaker overhandigde, die het naast zijn oor op het kussen legde. Aan de beltoon was te horen dat het om een langeafstandsverbinding ging. Vlak nadat zijn bezoek de zaal had verlaten, klonk er een klik. Er werd opgenomen.

49

'Hello? Mister Kaiser, Wolfgang, are you there? Can you hear me?'

Verscholen in de bosjes achter de hangar had Diego het zich gemakkelijk gemaakt, voor zover de omstandigheden dat toelieten. Hij zat tussen twee dichte struiken op het mos en leunde tegen een boomstam. Hoby en de agent hadden zich niet meer laten zien of horen en hij had besloten te blijven zitten waar hij zat, in ieder geval zolang het donker was. Uit de oplichtende vinkjes in zijn telefoon kon hij afleiden dat Benno zijn bericht gelezen had, maar een reactie was tot dusver uitgebleven. Terwijl hij zich probeerde voor te stellen welke acties zijn voormalige chef zou ondernemen, was hij in slaap gesukkeld. De bergwandeling met Tara gloeide nog na in zijn benen en de sprint naar de hangar had hem duizelig van vermoeidheid gemaakt. Toen de telefoon in zijn schoot begon te trillen schrok hij wakker. Hij had iets meer dan tweeënhalf uur geslapen, de nieuwe dag brak bijna aan.

'*Yes, I'm here. Is this Interpol? Than I can tell you right now that I never collaborated with the police and that I won't start now.*' Tijdens zijn studie aan de universiteit in Berlijn had Wolfgang voor het laatst Engels gesproken, maar het kostte hem geen enkele moeite om te schakelen. De pijn aan zijn hoofd dreef naar de achtergrond en zijn misselijkheid leek ook ineens verdwenen. Zijn focus was volledig gericht op de stem aan de andere kant van de lijn. Hoewel hij stevig van start ging, besefte hij dat dit gesprek bepalend kon zijn voor de rest van zijn leven en dat de kans groot was dat hij wel degelijk zou moeten meewerken.

Diego schudde zijn hoofd. Hij begreep dat Benno zijn contacten bij Interpol had benaderd om een telefoongesprek met een langdurig gestrafte gevangene tot stand te brengen.

'Nee, geen politie. Ik ben een journalist uit Nederland, mijn naam is Diego Martinez. Interpol is slechts ingeschakeld om je zo snel mogelijk aan de lijn te krijgen. Er luistert niemand mee en wat je mij vertelt beschouw ik als vertrouwelijke informatie. Let op, want dit is dringend.' Zonder omhaal vertelde Diego wat er aan de hand was.

Voor Wolfgangs ogen ontstond het beeld van zijn echtgenote met Tara Linders, de journaliste uit Nederland die hij in Cassandra's filmpje had gezien. De vrouwen stonden aan de rand van een lavameer in de krater van een vulkaan en meteen dacht hij terug aan het laatste telefoongesprek dat hij met Sandra gevoerd had. 'Hier maakt een ander element de dienst uit en dat is het vuur,' had ze gezegd. En: 'We moeten het vuur dienen! Ik weet het zeker.' Hij herinnerde zich de wanhoop in haar stem en begreep nu dat ze had doorgezet. Voor het eerst sinds hij haar kende, was ze tegen zijn wensen ingegaan. Het verbaasde hem dat hij niet boos werd, verwondering overheerste.

'Wat wilt u van mij?'

De kalme toon waarop Kaiser sprak, maakte Diego razend. 'Dat je mij helpt!' snauwde hij verontwaardigd. 'Jij kent Cassandra, of Sandra, het beste. Denk na: waar is ze mee bezig? Wat gaat ze doen?'

'Ik merk dat u mijn gangen bent nagegaan, maar u schijnt toch iets over het hoofd te zien,' antwoordde Kaiser onverstoorbaar. 'Mijn vrouw en ik leven al bijna zeventien jaar niet samen. Hoe kan ik weten wat zij nu uitvoert, nota bene aan de andere kant van de wereld? Daarbij beschik ik niet over haar bijzondere gaven of een glazen bol; ik kan niet voorspellen wat haar volgende stappen zullen zijn.'

'Praat geen onzin, Kaiser!' Diego was gaan staan en deed niet langer moeite zijn volume te temperen. 'Zeker ben ik jouw gangen nagegaan, ik weet exact wat jij op je kerfstok hebt en waarom ze je zo lang hebben opgesloten. Volledig terecht, als je het mij vraagt, maar daar gaat het nu niet om! Je tijd achter de tralies zit erop, je staat bijna buiten. Je hebt nog mooie jaren voor de boeg, samen met je vrouw, als die er dan nog is. God mag weten wat ze uitvoert op die vulkaan, maar wanneer die uitbarst is het einde verhaal. En als ze Tara iets flikt, belandt ze voor jaren in de bak. Dan ben je nog niet samen. Heb je daar al aan gedacht? Is dat wat je wilt?'

De toon die de Nederlander tegen hem aansloeg zinde Wolfgang allerminst. Als een van zijn medegevangenen het waagde hem op die manier aan te spreken, gebruikte hij zijn vuisten en zong de stumper direct een toontje lager. De tweede helft van zijn tijd was fysieke inzet nog maar zelden nodig geweest, zijn reputatie was hem vooruitgesneld en hield iedereen op afstand.

Maar meer nog dan Diego's toon, stoorde hem de inhoud van diens woorden. Hoe frustrerend ook, de man had gelijk. Een leven aan de andere kant van de tralies naderde met rasse schreden en hij verlangde meer dan ooit naar de toekomst, zoals hij en Sandra die in hun Masterplan hadden uitgestippeld. De hoeveelheid tijd en energie die hij in dat plan had gestoken was enorm en nu zette zijn echtgenote met haar raadselachtige acties de boel op scherp. Wat was ze aan het doen? Zolang ze elkaar kenden had zij hem gehoorzaamd, maar sinds Sandra's aankomst op Hawaï bespeurde hij langzaam maar zeker een verandering in zijn vrouw. De mails lieten steeds langer op zich wachten en in haar taal werd ze voorzichtiger, minder stellig. Ze leek ook minder snel bereid zijn uitspraken zonder meer aan te nemen. Hij weet het destijds aan haar eenzaamheid, maar kennelijk was er toen al meer aan de hand. Het zaadje van de twijfel was geplant en in plaats van bij hem aan te kloppen, zoals ze altijd had gedaan, ging ze zelf op zoek naar antwoorden. Die zoektocht had haar naar het vuur geleid.

Met de prangende vragen van de journalist in zijn achterhoofd, probeerde Wolfgang de gedachtekronkels van zijn vrouw te volgen. Had de finale van het Masterplan haar dan zo nerveus gemaakt? Was ze daarom van het plan afgeweken? Was ze zo door paniek overweldigd dat ze zich niet realiseerde dat ze haarzelf en hun gezamenlijke toekomst in gevaar bracht? Hij wist het niet en dat maakte hem radeloos. Als hij Sandra uit haar benarde situatie wilde redden, moest hij een groot risico nemen. Het was een laatste strohalm, maar mogelijk was er nog een kans om hun Masterplan te laten slagen en daarvoor had hij Diego heel hard nodig.

'Ik kan je niet zeggen wat ze op dit moment doet, maar er is iets wat ik wel weet.'

'Ik luister,' zei Diego ongeduldig. Het gesprek kostte hem meer energie dan hij had. Hij voelde dat hij opnieuw duizelig werd en moest tegen de boom leunen om te blijven staan.

'Er is een medische kliniek op Big Island die binnenkort een pakketje zal ontvangen. Het gaat om een kleine stalen container. Sandra zal er alles aan doen om die container in handen te krijgen. Als jij naar die kliniek gaat, kun je haar een boodschap van mij doorgeven. De boodschap is simpel: houd je aan het plan.'

'Wat zit er in die container?' vroeg Diego.

'Dat is niet relevant.'

'Alles is relevant als ik Tara ermee kan redden. Om welke kliniek gaat het? En waarom weet je niet wanneer het pakje aankomt?' Lichamelijk mocht Diego zich een vaatdoek voelen, met zijn journalistieke brein was niets mis. Elk woord dat Kaiser uitsprak prentte hij in zijn geheugen.

Wolfgang noemde de naam en het adres van de kliniek. 'De verzending van de container lag in handen van een van de bewakers hier. Helaas heeft die zich recent ziek gemeld en heb ik nog niet kunnen nagaan of hij zijn taak heeft volbracht. Als dat niet het geval is, weet ik niet hoe we de acties van mijn vrouw kunnen stoppen.'

Bij die laatste zin stokte Diego's adem in zijn keel. 'En wat betekent dat voor Tara?'

'Dat blijft de vraag.' Kaiser dacht na en vervolgde toen bedachtzaam: 'Vermoedelijk is de druk, onder andere veroorzaakt door de naderende vulkaanuitbarsting, mijn echtgenote te veel geworden. Mogelijk handelt ze in paniek, maar ze blijft een intelligente vrouw; ik zie geen directe reden waarom zij uw collega kwaad zou doen. Aan de andere kant is het plan dat ik zojuist noemde erg belangrijk voor ons allebei. Ik denk dat ik ook voor haar spreek als ik zeg dat we tot veel, zo niet alles, bereid zijn om dat te laten slagen. De container is een essentieel onderdeel; het plan valt of staat ermee. Dus ga naar de kliniek, wacht op Sandra en breng mijn boodschap over. Een beter advies kan ik u niet bieden.'

Diego begreep dat hij niet meer van Wolfgang kon verwachten en klemde zijn kaken op elkaar. 'Akkoord. Maar wat als de bewuste bewaker verzuimd heeft en dat pakket niet is verzonden? Hallo? Hallo?'

Met een van pijn vertrokken gezicht staarde Wolfgang Kaiser naar het plafond van de ziekenzaal. De laatste vraag van de journalist had zo'n ongekende woede in hem opgeroepen, dat hij met een bruuske hoofdbeweging geprobeerd had de telefoon op de grond kapot te laten vallen. De poging mislukte, het toestel was slechts van zijn kussen op het matras gegleden, maar met de beweging had hij wel een spier in zijn verstijfde nek gescheurd. Het leek of zijn nek in brand stond en ineens werd het hem te veel. Een rauwe kreet van pure frustratie welde op van onder uit zijn maagstreek en was tot buiten de poorten van Landsberg te horen.

50

Toen Tara en Cassandra na de tweede fikse wandeling in korte tijd terug waren bij de voet van de vulkaan, kwam de zon op. Het zachte goudgele licht gaf het natuurpark een verraderlijk vriendelijke uitstraling, maar Tara wist beter. De afgelopen uren dwarrelden er steeds meer kleine vlokjes as uit de rookwolken naar beneden en was het onheilspellende gerommel onder hun voeten almaar toegenomen. De uitbarsting kon nu echt niet lang meer op zich laten wachten en Tara slaakte een zucht van opluchting toen ze de wegwijzer bereikten die hun de route naar de centrale parkeerplaats wees. De weg naar beneden hadden ze zwijgend afgelegd, ieder in gedachten verzonken. De touwen die boven op de berg nog om Tara's polsen en enkels waren gebonden, droeg Cassandra in haar buidel met zich mee. De zojuist met ferme handdruk bezegelde afspraak tussen beide vrouwen maakte de touwen overbodig.

Tara dacht terug aan dat moment, waarop ze de persoon die even belangrijk als gevaarlijk voor haar was de hand had geschud. Zij had beloofd dat ze het pakje zou stelen en Cassandra had toegezegd dat zij daarna de hypnosesessie zou doen. Ze hadden elkaar nodig; om verder te komen waren ze tot elkaar veroordeeld.

'Deze kant op, mijn auto staat daar.' Cassandra wees in de richting van het ruiterpad waar ze haar Ford Mustang had neergezet, naar het scheen een eeuwigheid geleden. Bij de gedachte aan Maya dreigde er een naar gevoel op te komen, maar dat drukte ze resoluut weg. Maya had haar eigen lot bepaald. Als ze gewoon had meegewerkt, zoals van een loyaal communelid verwacht mocht worden, had Alani nu nog een moeder gehad. Ze schudde haar hoofd in onbegrip; het was triest hoe egoïstisch mensen soms konden handelen.

'Ik rij liever zelf,' zei Tara, die naar het parkeerterrein knikte. 'Ik heb daar in de hoek een quad staan. Als ik de lichten uit laat, ziet niemand me rijden.' Ze trok haar wenkbrauwen op en wachtte op Cassandra's goedkeuring. Nu duidelijk was wat ze van elkaar nodig hadden, wilde ze het prille vertrouwen niet beschamen. Nog niet, althans. Het was nu zaak te laten zien wat ze waard was. Als ze de klus klaarde die Cassandra haar had opgedragen, zette ze een grote stap op weg naar haar eigen doel.

De lange vrouw streek haar grijze haren naar achter. In het vroegeochtendlicht was goed te zien hoe moe ze was. Harde lijnen tekenden haar gezicht en haar toch al bleke huid leek nu haast doorschijnend. Rond haar mond waren de sporen van opgedroogd bloed nog steeds zichtbaar en op de wond op haar arm had zich een glanzende korst gevormd.

'Als het je voor het middaguur niet lukt, wil ik dat je me belt,' zei Cassandra. 'Anders zie ik je voor die tijd bij mij thuis. Ik wacht op je en ik hoef je niet te vertellen wat er gebeurt als...'

Ze maakte haar zin niet af, maar Tara begreep de boodschap. Ze legde haar hand op haar hart, knikte kort en draaide zich om.

Voordat ze twee meter had kunnen lopen, viel ze op de grond. Een oorverdovend bulderen, dat ze nooit eerder had gehoord, nam de wereld over. Instinctief klauwde ze zich een weg naar de dichtstbijzijnde boomstam, waar ze haar armen omheen klemde op zoek naar houvast. Met grote ogen van schrik keek ze om zich heen. Een paar meter verderop lag Cassandra gestrekt op de grond. Tara zag hoe ze overeind krabbelde en een stuk op handen en voeten voortsnelde, als een gigantische spin met een prooi in het vizier. Daarna richtte ze zich op en verdween ze rennend tussen de bomen.

Cassandra was nog maar een paar tellen uit beeld toen er op het pad waar ze zojuist gelopen hadden twee vuistgrote stenen uit de lucht op de grond ploften. Tara gilde, sprong op en sprintte met haar handen beschermend boven haar hoofd naar de parkeerplaats. Achter haar hoorde ze meer stenen vallen, maar ze keek niet om en rende zo hard ze kon om de stenenregen en het angstaanjagende gebulder zo snel mogelijk achter zich te laten. Zodra ze het einde van het pad had bereikt, hield ze echter abrupt halt. Geschokt probeerde ze te bevatten wat ze zag: het hele parkeerterrein lag bezaaid met stenen, groot en klein, en elke seconde vielen er meer bij.

51

Diego had de beschutting van de bosjes achter de hangar verlaten en liep in de berm naast een van de hoofdwegen van het eiland naar het adres dat Wolfgang Kaiser hem gegeven had. Het eerste stuk had hij gejogd, maar dat moest hij al snel opgeven; zijn energiepeil lag ergens onder nul, hij was duizelig en zijn maag bedelde om voedsel. Tot overmaat van ramp was zijn telefoon bijna leeg. Hij had de route naar de medische kliniek opgezocht en in zijn hoofd geprent voor het geval de batterij het zou begeven voordat hij ter plaatse was.

Op het moment dat de Mauna Loa tot uitbarsting kwam, stak Diego een verlaten kruispunt over. Hij schrok enorm en het duurde even voor hij begreep wat er gebeurde. Ondanks zijn uitputting rende hij naar de overkant, waar hij dekking zocht in een bushokje. Zittend op de grond, met zijn hoofd tussen de knieën en zijn armen om zich heen wachtte hij tot het geweld zou afnemen, maar dat gebeurde niet. Het leek of het hele eiland brulde van woede en, bij gebrek aan een directe vijand, in het wilde weg met stenen kogelde. Hij kromp ineen toen een paar flinke exemplaren op het plastic dak boven hem knalden en begon spontaan te bidden. Laat me hieruit komen, smeekte hij, ik wil naar mijn kinderen, ik moet naar Tara, ze hebben me nodig!

In een opwelling griste hij zijn telefoon tevoorschijn. Als dit zijn einde betekende, wilde hij Nona en Max nog een laatste keer laten weten hoeveel hij van hen hield. Maar toen hij het toestel aanzette, zag hij drie gemiste oproepen van Benno. Hij opende Whatsapp en typte snel een bericht.

Kan niet bellen, vulkaan barst uit! Heb Kaiser gesproken, nu op weg naar Ali'i Health Center in Kailua-Kona aan westkust. Kaiser denkt dat Cass daarheen komt. Hoop Tara ook.

Al tijdens het tikken zag hij dat Benno online was en vrijwel direct verscheen er een antwoord in beeld.

Kijk goed uit! Interpol is onderweg, maar vanuit LA, *dus duurt nog zeker 4-5 uur. Lokale politie in heli's kijkt uit naar twee vrouwen op de vulkaan.*

Diego voelde zijn ergste paniek wegzakken. Zolang hij zich op het scherm concentreerde, lukte het beter het tumult om zich heen te negeren. Hoewel een knipperend lichtje aangaf dat zijn telefoon ieder moment kon uitvallen, typte hij naarstig verder.

Hopelijk zijn ze daar al weg en tref ik ze bij kliniek. Kaiser heeft bewaker opgedragen daar pakje heen te zenden, inhoud mij onbekend, maar voor hem en Cass van groot belang.

Hij verzond het bericht en meteen sprong zijn scherm op zwart. Gelaten, maar toch iets meer opgelucht dan eerder, borg hij het toestel op. Hij stond op en keek om zich heen. De straat lag vol stenen en hoewel er langzaamaan minder uit de lucht leken te vallen, durfde hij het hokje niet te verlaten. In zijn huidige conditie stond hij niet voor zichzelf in; de kleinste kiezel op zijn kop kon hem al vellen.

Terwijl hij zich beraadde, doemden er in de verte opeens twee koplampen op. Aanvankelijk was hij van plan geweest op eigen houtje de kliniek te bereiken, om het risico gesnapt en weggestuurd te worden, te vermijden. Maar de stenenregen veranderde de zaak en zodra de auto dichterbij kwam, stak hij beide armen in de lucht.

De oude Landrover, compleet met grill voor op de bumper,

stopte voor zijn neus. De chauffeur wenkte hem in te stappen, waarop Diego het portier opentrok en de auto in sprong.

'Aloha,' zei de man met een zachtmoedige glimlach. Hij was zo dik dat hij amper achter het stuur paste en ook zijn mouwloze hemd leek twee maten te klein. 'Waarheen gaat de reis?'

Diego had verwacht dat de man hem zou vragen wat hij hier in godsnaam deed en waarom hij niet vluchtte voor het vulkaangeweld en noemde ietwat verbaasd de naam van de kliniek. Terwijl de man fronsend nadacht, bestudeerde Diego diens kolossale armen, waarop met figuren van zwarte inkt een uitvoerig verhaal stond afgebeeld.

'Die weet ik te vinden, *hang loose*,' zei de man. Hij gaf gas, keerde de wagen en reed op zijn gemak terug naar waar hij vandaan kwam.

'Bedankt,' zei Diego, nog steeds verbaasd. Uit niets bleek dat zijn vriendelijke gastheer onder de indruk was van de uitzonderlijke omstandigheden waarin ze verkeerden. Rustig manoeuvreerde hij zijn auto om de grotere stenen op de weg heen. Zijn kalmte werkte aanstekelijk; Diego liet zich in de stoelleuning zakken en voelde dat hij tot bedaren kwam.

'Ik heet Diego,' zei hij, 'journalist, uit Nederland.'

De man glimlachte opnieuw. 'Dat weet ik. Ik ben Dominic, gitarist.' Hij wees met een duim over zijn schouder naar de achterbank, waar boven op een gitaarkoffer een steelgitaar lag te blinken.

'Weet je dat?' herhaalde Diego. 'Dan volg je zeker de livestreams van *De Trip*?'

Dominic knikte. 'Zoals iedereen hier.'

'Weet je dan ook wie Tara is? Van de vlogs? Naar haar zijn we nu onderweg. Tenminste, ik hoop haar bij de kliniek te treffen, maar anders is ze misschien bij een vrouw in Hilo. Cassandra Newland. Ken je die?'

Dominic humde instemmend. 'Voor Cassandra's huis moeten we de andere kant op.'

'Ik weet het,' zei Diego met een zucht, 'maar ik wil het eerst bij de kliniek proberen.' Hij zocht naar de juiste woorden om zijn weinig spraakzame chauffeur uit de tent te lokken. 'Ik hoorde dat het een bijzondere vrouw is, die Cassandra. Klopt dat?'

Dit keer haalde Dominic zijn schouders op. 'Misschien.'

Diego begreep dat verdere ondervraging van deze man geen zin had en staakte zijn poging. Zwijgend reden ze voort. Er vielen amper nog stenen uit de lucht en uit de speakers klonk de meeslepende muziek van Makana, een natuurtalent, volgens de enthousiaste deejay, en wereldberoemd op Hawaï bovendien. Diego probeerde geïnteresseerd te luisteren, maar na een minuut of tien gingen de zwijgzaamheid en het uiterst relaxte rijtempo van zijn chauffeur hem tegenstaan. Zijn ongeduldige natuur was daar debet aan, maar ook de onwetendheid over Tara's lot maakte hem onrustig.

'Hoe lang denk je dat het nog duurt?' vroeg hij, op zijn horloge kijkend.

'We zijn er zo.'

Naarmate ze verder reden naar het westen, zag Diego het landschap veranderen. Het groenere Hilo aan de oostzijde was prachtig, maar de zonnige westkust sprak hem direct meer aan. Kennelijk dachten meer mensen er zo over, want het aantal hotels, restaurants en winkeltjes lag hier fors hoger. De droge kant van het eiland was veel meer in trek bij toeristen en daar speelden de eilandbewoners gretig op in. In zijn research voor *De Trip* had Diego gelezen dat de toeristenindustrie een van de voornaamste inkomstenbronnen was voor de acht grootste eilanden in de Hawaïaanse archipel.

Er kwam een abrupt einde aan zijn overpeinzingen toen Dominic opeens een ruk aan het stuur gaf en Diego zich hard aan het portier stootte. Een overstekend zwijn schampte de motorkap van de auto en schoot hinkend de berm in. Achterin was de gitaar van de koffer af geschoven en in de ruimte achter de voorstoelen beland.

Diego wreef over de beurse zijkant van zijn hoofd. 'Die beesten begrijpen natuurlijk ook niet wat er aan de hand is. Er kan er zo weer een de weg op schieten. Misschien is het beter je gitaar op te bergen,' zei hij, terwijl hij met zijn arm naar achteren reikte en de koffer opentrok. Meteen liet hij het deksel weer vallen, draaide terug en keek strak voor zich uit. 'Maar dat moet je vooral zelf weten,' mompelde hij, voor hij iets te enthousiast op een bord wees dat aangaf dat ze nog slechts twee mijl van de kliniek verwijderd waren. 'Dit is ver genoeg, stop maar! Ik vind het verder zelf wel.'

Dominic remde af en inspecteerde met een nonchalante blik de achterbank. Daarna keek hij Diego aan, nog altijd even onverstoorbaar, en wees op zijn wang. 'Daar moet je ijs op leggen.'

'Doe ik! Nogmaals bedankt voor de lift.' Diego stapte uit en beende naar een boom met overhangende takken. Hoewel hij al een tijdje geen steen meer had zien vallen, leek het veiliger voorlopig naar beschutting te blijven zoeken. Zijn hart klopte in zijn keel toen hij de Landrover zag wegrijden, inclusief de lading poeder en pillen in plastic zakjes, waarmee de gitaarkoffer was volgestouwd.

52

Door onder de bomen langs het parkeerterrein te blijven lopen, was het Tara gelukt zonder kleerscheuren de quad te bereiken. Met trillende handen viste ze haar telefoon uit haar rugzak om de kortste weg op te zoeken naar de plek waar ze Cassandra's klus moest klaren, maar zo eenvoudig lag het niet. Om zichzelf te beschermen tegen de stenenregen koos ze een alternatieve route door bebost gebied, waardoor ze zo veel mogelijk onder de bomen kon rijden en beter uit het zicht bleef. De omweg kostte haar drie kwartier, maar één politiewagen zou genoeg zijn om aan haar avonturen hier een einde te maken.

Zoals beloofd, stuurde ze voor vertrek een berichtje naar Diego. Ze nam aan dat hij in de helikopter mee terug naar beneden was gevlogen en hoopte vurig dat Maya het gered had. De herinnering aan Cassandra's hatelijke lach en de opmerking dat ze Maya 'de ruimte had gegeven om over haar verraad na te denken', bezorgden haar koude rillingen die de hele weg aanhielden.

Het verhaal van Cassandra fascineerde Tara enorm; het was droevig, bizar en gruwelijk en had alle ingrediënten in zich voor een scoop waarbij zowel *De Dageraad* als *De Dageraad Online* de vingers zou aflikken. Ze was te veel journalist om dat niet in te zien; ooit stond het schrijven van een vette primeur ver boven aan haar prioriteitenlijstje, maar dat was veranderd. Andere zaken, waarvan een deel al jaren op de achtergrond sluimerde, waren opeens belangrijker geworden en dat had een hoop onrust veroorzaakt. Misschien klampte ze zich daarom zo aan Cassandra en de hypnosesessies vast, bedacht ze. De verbeten zoektocht naar de vergeten woorden van haar moeder was ook een manier om houvast te vinden in de chaos van haar gedachten en gevoelens. Hoe eerder die herinnering terugkwam, hoe beter. Deze impasse in haar leven viel haar zwaar; enerzijds miste ze de kracht en scherpzinnigheid van haar oude ik, anderzijds kon ze haar eenzaamheid niet meer dragen.

Klaar ermee! riep ze zichzelf toe.

Bruusk veegde ze de tranen van haar wangen. Janken had ze genoeg gedaan, ze zou deze taak voor Cassandra uitvoeren en daarna was het haar beurt. Hopelijk kwam dan het einde van de misère in zicht. Ze gaf een dot gas en slaagde erin de doemgedachten de rest van de rit opzij te zetten.

Al van een afstand zag ze dat het Ali'i Health Center gesloten was, evenals de andere openbare gebouwen die ze passeerde. Het bos had ze achter zich gelaten en de laatste anderhalve kilometer moest ze dwars door een gehuchtje om de kliniek, net erbuiten, te bereiken. Ze had verwacht dat de huizen verlaten zouden zijn, net als aan de oostkust, maar de meeste woningen toonden nog tekenen van leven. De bewoners aan deze kant van het eiland zaten verder van de vulkaan af en voelden zich kennelijk veilig genoeg om te blijven. Over sommige daken was een zeil getrokken, maar aan een flink beschadigde motorkap te zien, hadden de stenen een enkeling toch verrast. Tot Tara's opluchting was er van een stenenregen aan deze kant van het eiland geen sprake; al vrij snel na haar vertrek uit het vulkanenpark viel er nauwelijks nog iets uit de lucht. Aan de kliniek kon Tara dan ook geen schade ontdekken. Het vrijstaande pand stond een eind van de weg af in een door palmbomen omringd grasland en had een protserige uitstraling. Er brandde geen licht achter de marmeren voorgevel en de parkeervakken waren leeg.

Via een grindpad reed ze naar de achterkant, waar onder een afdak een glimmende speedboot op een aanhanger was neergezet. Ze parkeerde de quad erachter en stapte af. De opdracht van Cassandra was in een paar regels uitgelegd en boven op de berg had het niet te moeilijk geleken, maar nu ze hier stond, begon ze toch te twijfelen. Falen was echter geen optie; er stond een hypnosesessie op het spel, de laatste, had Cassandra gezegd en dat maakte Tara even opgewonden als nerveus.

Nadat ze gecontroleerd had of er niemand in de buurt was, liep ze een snelle ronde om het pand. De voor- en achterdeur zaten op slot, maar in een venster op de eerste verdieping spotte ze een openstaand kiepraam. Ze schatte in dat het groot genoeg was om doorheen te kruipen, alleen moest ze een manier vinden om het raam te bereiken.

'Had je nu maar een ladder meegenomen,' klonk het achter haar. Ze draaide zich om en keek recht in het stralende, maar dodelijk vermoeide gezicht van Diego.

Hij grijnsde zijn tanden bloot en liep met gespreide armen op haar af. 'Gelukkig.' Het kwam uit de grond van zijn hart en voor ze een stap kon verzetten, voelde ze zijn armen om zich heen. Vrijwel meteen liet hij weer los om achter zich te kijken. 'Is zij ook hier of ben je alleen?'

'Ik was alleen,' zei Tara, 'maar nu niet meer. Fijn je te zien.' Ze raakte voorzichtig zijn rode wang aan. 'Wat heb je hier gedaan?'

'Ach, dat is niet belangrijk,' zei hij, duidelijk opgelucht. 'Ik zat echt in de rats, weet je? Maya… Ze is dieper het ravijn in gevallen. Reddingswerkers vonden haar op de bodem… er was niets meer aan te doen.' Toen hij opkeek zag ze de schrik in zijn ogen. 'Dat maakt Cassandra een moordenaar, Tara. Ga alsjeblieft niet naar haar terug, het mens spoort niet, ze is levensgevaarlijk. Ik was zo stom om je in je eentje weg te laten gaan. Ze had je ik weet niet wat kunnen aandoen bij dat lavameer, je had wel dood kunnen zijn... ik...' Hij sloeg zijn handen voor zijn gezicht en zakte trillend op zijn hurken.

Tara ging op haar knieën voor hem zitten en legde een hand op zijn schouder. Het nieuws over de dood van Maya schokte haar ook, maar de toestand waarin Diego verkeerde baarde haar meer zorgen: hij leek lichamelijk en geestelijk op instorten te staan.

'Rustig maar,' suste ze, 'ik ben veilig en we zijn samen, dat is wat telt.' Ze zocht naar meer woorden die hem gerust zouden stellen, maar werd gestoord door de ringtoon van haar telefoon. Op het scherm zag ze wie er belde. 'Sjezus, het is Benno,' zei ze gepikeerd, 'die zit weer om vlogs verlegen.'

'Nee, geef hier,' zei Diego en hij griste het toestel uit haar handen. 'Benno, ik ben het! Ik ben bij de kliniek die Kaiser opgaf en Tara is hier ook, ze is oké. Wacht, dan zet ik je op de speaker.'

'Goed dat jullie veilig zijn,' zei Benno. Ze hoorden allebei dat hij het meende. 'Waar is Cassandra?'

'Die is naar huis en wacht op mij,' antwoordde Tara, 'ze liet me gaan toen ik beloofd had een pakje voor haar te stelen uit deze kliniek.'

'Dat kan er nog niet zijn,' wist Benno, 'op zijn vroegst komt het morgenochtend aan, maar misschien wordt dat later, in verband met de vulkaanuitbarsting. De gevangenisdirecteur heeft de bewaker getraceerd die het pakket in opdracht van Kaiser verstuurd heeft. De man is op staande voet ontslagen, maar gaf nog wel aan wanneer hij het op de post heeft gedaan: een dag later dan hem was opgedragen. Uit vrees voor reprimandes had hij zich ziek gemeld.' Benno lachte schamper. 'De goede man was doodsbang. Kun je nagaan wat een macht die Kaiser heeft. Maar goed, als we rekening houden met het tijdsverschil, kan het pakket er niet eerder zijn dan morgenvroeg. Weten we trouwens wat erin zit? De bewaker scheen dat niet te weten.'

Tara keek bedrukt. Ze legde haar hand over de telefoon en fluisterde naar Diego: 'Morgen is te laat, ze verwacht me vandaag.'

Diego legde haar met een handgebaar het zwijgen op. 'Nee, dat weten we niet. Bedankt, Benno, je hebt ons enorm geholpen. Kaiser verwachtte dat zijn vrouw hier zelf naartoe zou komen, maar nu dat niet zo blijkt te zijn, hebben wij hier niets meer te zoeken. We laten Cassandra aan Interpol over en zorgen dat we dit eiland af komen.'

'Dat lijkt me verstandig,' beaamde Benno. 'Laat het weten zodra jullie terug zijn op Kauai, dan praten we verder over dit verhaal. Er ontbreken nog wat stukjes van de puzzel, maar het spreekt voor zich dat ik het zo snel mogelijk wil publiceren. En wat betreft *De Trip* hebben we nog een appeltje te schillen.' Hij zuchtte overdreven. 'Maar dat hebben we, geloof ik, vaker gehad.' Na een korte groet verbrak hij de verbinding.

Diego stond langzaam op en gaf de telefoon terug aan Tara. 'Zeg het maar,' zei hij gelaten.

Tara hapte direct. 'Ik begrijp dat je Benno iets moest wijsmaken, maar weggaan en Cassandra aan Interpol overlaten? Dat doen we dus niet.'

53

Op Kauai zat Thierry de Beauregard in een hoekje van de set zijn nagels tot bloedens toe af te bijten. In de sprookjesachtige Fern Grotto, een met weelderige varens begroeide grot en een van de meest populaire toeristische trekpleisters van het eiland, zou die middag de vierde challenge worden opgenomen. Dit keer werd het tactisch inzicht van de kandidaten op de proef gesteld, die met behulp van touwen een menselijke piramide moesten vormen om hoog boven in de pikdonkere grot een complexe puzzel op te lossen. Elke kandidaat kreeg een helm met een lampje erin dat exact één minuut zou branden. Alleen door optimaal samen te werken was het mogelijk de opdracht tot een goed einde te brengen. Een jury, bestaande uit twee productiemedewerkers en de opnameleider, zou op drie aspecten punten toekennen aan de individuele spelers: teamspirit, tactiek en leiderschap. Net als bij de vorige opdrachten, moest het duo dat gezamenlijk de minste punten behaalde, het strijdtoneel verlaten. Zover was het nog niet; eerst gaf een lokale gids de kandidaten en een deel van de crew een rondleiding door de grot. Thierry had bedankt; de grot interesseerde hem niet. Hij was op van de zenuwen, want Harald had zojuist gemeld dat er een mogelijk fatale fout in de programmabegroting was ontdekt: de opnamen van de eerste drie challenges hadden veel meer gekost dan begroot en er was dringend een extra financiële injectie nodig om te kunnen blijven draaien.

Thierry staarde naar de boot in de naastgelegen rivier, waarin ze een paar uur eerder naar de grot waren gebracht, die enkel via het water te bereiken was. Op dit moment diende de boot als vergaderruimte voor Harald en wat lui van De Koning Producties. Zelf was hij niet gevraagd en daar baalde hij van. Het was toch vooral aan zijn populariteit te danken dat de livestreams zo goed scoorden. Nu moest hij wachten tot de hoge heren klaar waren; ze behandelden hem als een klein kind en dat frustreerde hem mateloos. Een beetje respect voor de man met meer volgers dan de rest van alle aanwezigen hier bij elkaar, was toch zeker op zijn plaats. *De Trip* had zijn populariteit met sprongen verhoogd en hij moest er niet aan denken wat er gebeurde als het programma zou stoppen. Dit was zijn grote doorbraak, na *De Trip* lag de wereld aan zijn voeten, maar dan moest de show niet op een fiasco uitdraaien, want dat zou altijd aan hem blijven kleven. Hij had genoeg celebrity's en influencers bestudeerd om te weten hoe het ging. Bij succes van hun programma's, liedjes, tv-series of modeblogs was the sky the limit en gingen alle deuren open, maar het tegendeel was ook waar: faalden hun programma's, dan werd dat hun persoonlijk aangerekend en moesten ze wel van zeer goeden huize komen om geliefd te blijven. Zelf had hij al aardig naam gemaakt, maar niemand was zeker van een leven lang succes. Hij had *De Trip* nodig om verder te bouwen. De onzekerheid over de toekomst van de show dreef hem haast tot waanzin. Dat hij al twee dagen zonder pillen zat, hielp uiteraard ook niet mee. Als Tara vandaag niet met zijn bestelling terugkwam, wist hij echt niet meer waar hij het zoeken moest.

Van zijn nagels was nog maar weinig over toen Harald de boot uit stapte en op hem afkwam. 'Goed nieuws,' viel de regisseur met de deur in huis, 'we gaan door, in ieder geval voorlopig.'

'*Thank God!*' Met veel gevoel voor drama zakte Thierry uit zijn stoel en kuste de grond drie keer. 'Maar hoezo voorlopig? Wat bedoel je precies?'

Harald checkte of niemand hen kon horen en trok een klapstoeltje bij. 'Dit mag nooit naar buiten, maar de Chinezen hebben toegezegd de benodigde extra kosten te dragen,' zei hij zacht, 'op voorwaarde dat Hiu en Cho de finale halen. Dat wordt lastig, want het is een van de zwakste koppels, maar het moet lukken hun wat voordeeltjes te geven, zonder dat de rest het merkt.'

Thierry floot tussen zijn tanden door. 'Fraai.'

'Nee.' Harald haalde zijn schouders op. 'Maar het is onze enige redding. Als dit niet was gebeurd, konden we de boel vandaag al opdoeken. Het heeft maar een haartje gescheeld.'

'En team Oranje?'

'Dat moet er uiteraard komen, maar het invliegen van kandidaten van de reservelijst kost te veel geld nu we elke cent drie keer moeten omdraaien. Gelukkig zijn er met hen geen contracten gesloten en kent De Koning wat Nederlanders in Los Angeles die waarschijnlijk mee willen doen. Voormalige soapsterretjes die hier willen doorbreken, je kent het wel: zien er goed uit, hebben hun woordje klaar. Ik spring een gat in de lucht als we er twee kunnen strikken. Pas als we compleet zijn, kunnen we door, ik gok op overmorgen. En dan wordt het volle kracht vooruit: twee challenges per dag, dus geniet nog even van je break, straks is het pas echt aanpoten.' Hij tikte de presentator op zijn schouder en liep weg.

Met het gevoel alsof er een zware last van zijn schouders was gevallen, keek Thierry hem na. Voorlopig leken ze gered, maar veilig waren ze nog niet. Hij vroeg zich af of hij zijn vader zou bellen om te vragen of die nog connecties in LA had, maar dan zou hij ook moeten verklappen dat het programma in zwaar weer zat en die afgang wilde hij zichzelf zo lang mogelijk besparen. Hoe dan ook, er zou vandaag niets meer gebeuren en dat vond hij, na de spanning van de afgelopen uren, best geschikt. Terwijl hij zich eens flink uitrekte viel zijn oog op het strakke witte poloshirt van Victorine, die een eind verderop een EHBO-post had ingericht. De introverte Française was hem niet eerder opgevallen, maar misschien was het toch geen gek idee nader kennis te maken; alle afleiding van zijn zorgen was welkom. Hij stond op, streek door zijn kuif en slenterde met zijn handen in zijn zakken naar haar toe.

54

Met het gas vol open raasden Tara en Diego op de quad terug naar de oostkust. Ondanks Diego's protest had Tara standgehouden; ze moest naar Cassandra om te horen wat haar moeder te vertellen had. Diego was het er totaal niet mee eens, maar bracht de kracht niet meer op om te proberen haar op andere gedachten te brengen. Wel stond hij erop met Tara mee te gaan; voor geen goud liet hij haar een tweede keer alleen met 'dat gestoorde wijf', zoals hij Cassandra noemde. Ze spraken snel door hoe ze het zouden aanpakken en gingen op weg. Omdat ze allebei flauw waren van de honger en de energie goed konden gebruiken, pikten ze bij een verlaten fruitstalletje twee mango's en wat papaja's mee, die ze met Tara's zakmes in stukken sneden en opaten.

Zodra ze de drukkere westkust van het eiland achter zich lieten, zagen ze geen mens meer op straat of in de huizen, de bewoners waren gevlucht of hielden zich schuil. Dit deel van Big Island was veranderd in een spookeiland en hoe dichter ze de Mauna Loa naderden, hoe meer ze het gevoel kregen alleen op de wereld te zijn.

Na een bocht in de weg stampte Tara op de rem. Zonder iets te zeggen stond ze op en Diego deed hetzelfde. Met open mond keken ze naar de heuvels voor hen, waar onder een dak van dikke rook een metersbrede massa vloeibaar vuur gestaag de helling af gleed. Bomen en struiken werden verzwolgen, alsof ze er nooit hadden gestaan.

De aanblik deed Diego naar adem happen. 'Fantastisch,' fluisterde hij, 'wat een oerkrachten zijn hier aan het werk... Daar kun je met je kop toch niet bij? Onvoorstelbaar.'

Tara dacht aan de woorden van Cassandra; haar Wolfgang was al even vol van de kracht van de natuur geweest. Wat voor zieke experimenten zou hij nog meer verzonnen hebben als hij hier gewoond had? Ze wilde het niet weten. Snel zakte ze terug op de quad en trok Diego aan zijn gehavende shirt. Naar de vulkaan kijken kwam later wel, er stond iets op het programma wat veel belangrijker was.

De rest van de route naar Hilo legden ze in recordtijd af en een paar honderd meter voor Cassandra's huis stalden ze de quad achter een elektriciteitshuisje. Het laatste stuk zou Tara in haar eentje verder lopen. Diego volgde op een afstand en zou een plek in Cassandra's tuin zoeken vanwaar hij beide vrouwen in de gaten kon houden. 'Eén kik van jou en ik ben binnen,' verzekerde hij Tara, die afwezig knikte. In gedachten zat ze al in de fauteuil in de praktijkruimte en had ze haar ogen dicht. Ze hoopte vurig dat het zover mocht komen en dat Cassandra gespannen genoeg was om in de val te trappen die ze voor haar hadden bedacht. Ook voor haar hing veel van dit moment af, al wist Tara niet wat dat was; over de inhoud van het pakje had Cassandra geen uitspraken gedaan.

Tara begon te lopen en besefte dat elke stap die ze zette haar dichter bij haar moeder bracht. Ongemerkt versnelde ze haar tempo. Half rennend bereikte ze de veranda, maar net toen ze het trapje wilde op stappen, reed er een politieauto voor en dook ze achter een struik. Gehurkt tuurde ze tussen de bladeren door naar twee agenten die uitstapten en op het huis afliepen. Nog voordat ze konden aankloppen, ging de deur open en verscheen Cassandra in de deuropening. In een frisse lichtblauwe jurk en een bijpassende sjaal om haar hals trad ze de mannen tegemoet.

'U hoeft me niet te waarschuwen, ik ken de risico's en kies ervoor te blijven,' zei ze, al voordat de agenten een woord gesproken hadden.

'Dat is uw goed recht,' antwoordde de oudste van de twee, die een notitieboekje uit zijn zak viste en het opensloeg. 'Maar daarvoor zijn we niet gekomen. Mevrouw Newland, wij onderzoeken de dood van een van uw medewerkers: Maya Longdale is vannacht omgekomen bij een val in het ravijn in Vulcanoes National Park.'

Cassandra sloeg een hand voor haar mond en zette grote ogen op. 'Dat meent u niet, wat verschrikkelijk.' Ze stapte opzij en greep de reling van de veranda beet, alsof ze houvast zocht na het horen van dit tragische bericht. Tara zag hoe overtuigend Cassandra's toneelspel overkwam en twijfelde er niet aan of de agenten haar zouden geloven.

'Gaat u even zitten,' zei de agent en hij wees naar de houten bank voor het huis.

Cassandra nam plaats en toverde een paar tranen tevoorschijn. 'Wat is er dan in hemelsnaam gebeurd?'

'Dat wordt onderzocht. Wanneer heeft u haar voor het laatst gezien of gesproken?'

'Dat... dat moet vrijdag geweest zijn,' stamelde ze. 'In de tempeltuin, ze vertelde me dat zij en haar dochter naar Maui zouden vliegen, waar Maya's broer woont. Alani was bang voor de vulkaan...' In gedachten zag Cassandra Alani's verbijsterde blik, op de avond dat ze met Maya in de Mustang wegreed. Ze wist niet zeker of het meisje gezien had dat haar moeder ook in de auto zat, maar de kans was aanwezig. 'Heeft u Alani al gesproken?' vroeg ze voorzichtig.

De agent schudde zijn hoofd. 'De echtgenoot en dochter van

mevrouw Longdale hebben we nog niet kunnen traceren. We zullen navraag doen bij de collega's op Maui.' Hij tikte zijn telefoon aan en hield het scherm omhoog, zodat Cassandra het kon zien. 'Dit is een still uit de camerabeelden van de helikopter die betrokken was bij de reddingsoperatie. Kent u deze man of heeft u hem de afgelopen dagen gezien?'

Cassandra bestudeerde een foto van Diego. 'Nee,' antwoordde ze, de eerste keer in dit gesprek naar waarheid. 'Wie is dat? Heeft hij er iets mee te maken?'

Achter de struik hield Tara haar adem in. Ze kon wel raden welke man er op het scherm te zien was en besefte dat het nog een hele toer ging worden het eiland af te komen, zolang Diego verdacht werd van betrokkenheid bij Maya's dood. Niet aan denken, dat komt later, sprak ze zichzelf toe. Ze had al haar concentratie nodig voor Cassandra, die de agenten met een bedroefd gezicht gedag zei en terug naar binnen liep.

Zodra de politiewagen uit het zicht was verdwenen, kwam Tara achter de struik vandaan en liep ze de veranda op. Ze nam een hap lucht en gaf een stevige roffel op de deur. Als een duveltje uit een doosje verscheen Cassandra opnieuw, dit keer niet met een droef gezicht, maar met een bikkelharde blik, die Tara achteruit deed deinzen.

'Heb je het?'

Tara knikte.

'Laat zien.'

'Eerst naar binnen,' commandeerde Tara. Haar stem klonk vastberaden, maar ze voelde haar knieën knikken. Ze liep achter Cassandra aan, die de deur achter hen in het slot draaide.

'Dat is niet nodig,' protesteerde Tara.

Cassandra draaide zich om en boog naar voren, zodat haar neus bijna die van Tara raakte. 'Je hebt me al een keer een streek geleverd toen je het varken liet ontsnappen, zoiets flik je niet nog een keer. En nu geef je dat pakje, zoals we hebben afgesproken. Waar is het?'

55

'In je praktijkruimte kun je het zien,' zei Tara. Ze glipte onder Cassandra's arm door en rende door de keuken naar de kamer waar ze twee keer eerder was geweest.

Cassandra volgde haar met grote passen en greep ruw Tara's elleboog beet. 'Waar is het pakje?' gilde ze, uitzinnig van woede.

Tara probeerde zich zonder succes los te trekken en wees op het raam dat uitzicht bood op de achtertuin. 'Daar! Kijk naar buiten!'

Zonder Tara los te laten, snelde de lange vrouw naar het venster. Ze schrok toen Tara haar andere arm omhoogstak en begon te zwaaien. Tot Cassandra's verbijstering dook er uit de struiken achter in haar tuin een gedaante op. Ondanks de afstand herkende ze hem meteen van de foto die de agent haar zojuist had laten zien. Niet-begrijpend staarde ze van de man naar Tara en weer terug, tot ze zag hoe hij iets achter zijn rug vandaan haalde en het met twee handen boven zijn hoofd tilde. Haar hart sloeg over toen ze begreep wat het was: verpakt in bruin postpapier zat het pakje dat Wolfgang haar gestuurd had. Het was hem gelukt, het had onmogelijk geleken en hij moest hemel en aarde bewogen hebben om het gedaan te krijgen, maar hij had het voor elkaar. Er ontsnapte een ongecontroleerde snik aan haar keel en vol verlangen loerde ze naar het pakje in de verte, om zich plots met een felle beweging naar Tara te draaien en beide handen om haar hals te leggen.

'Je houdt je weer niet aan de afspraak,' siste ze. 'Jij zou het brengen, maar je hebt er iemand bij gehaald.' Ze kneep en keek gefascineerd toe hoe Tara's ogen haast uit de kassen puilden.

'Eerst mijn moeder,' hijgde Tara. Door de kracht van de greep om haar hals kon ze amper ademhalen en was ze nauwelijks verstaanbaar. 'Mijn moeder,' herhaalde ze piepend, 'daarna het pakje.' Haar zicht werd troebel en ze wist dat het niet lang meer zou duren voor ze flauwviel, maar ze gaf niet toe. Ze rekende erop dat het pakje net zo belangrijk was voor Cassandra als de woorden van haar moeder dat voor haarzelf waren. Ze had gelijk. Cassandra liet vloekend los en stampvoette door de kamer.

'Je doet godverdomme alweer niet wat je zegt!' schreeuwde ze. 'Waar heb ik dat aan te danken? En waarom zou ik jou nog helpen? Je verdient mijn hulp helemaal niet!'

Tara was hijgend op de grond gevallen en had een paar tellen nodig om op adem te komen. Daarna richtte ze zich op en keek ze naar Cassandra. 'Hoe wist ik zeker dat jij me zou helpen als je dat pakje al hebt? Het is mijn enige troef en die geef ik niet uit handen. Eerst een hypnosesessie, de laatste, ik moet weten wat mijn moeder zei. Daarna krijg jij je pakje, eerder niet.' Ze liep naar de fauteuil en ging zitten.

Cassandra ging opnieuw voor het venster staan, maar de man achter in haar tuin was verdwenen. De euforie die kort maar krachtig door haar lichaam had geraasd, was weg en had plaatsgemaakt voor angst. Kon het dan alsnog misgaan? Vertwijfeld greep ze met twee handen haar haren beet en liet pas los toen ze een stevige pluk in haar hand hield. Ze liet hem achteloos vallen en ging tegenover Tara op de bank zitten.

'Geen thee?' vroeg Tara, die zich tot het uiterste moest inspannen om haar zenuwen in bedwang te houden. De vorige keren had de kruidenthee van Cassandra haar tot rust gebracht.

Cassandra snoof minachtend en schudde haar hoofd. 'Dat

houdt de herinnering alleen maar tegen. Dat was ook precies de bedoeling; als je meteen gehoord had wat je wilde horen, zou je gevlogen zijn en ik had je langer nodig. Nu doen we het zonder remmers. In nuchtere toestand maak je de meeste kans het verleden terug te halen, al geef ik geen garanties op succes. Als je brein om wat voor reden ook weigert mee te werken, is dat niet mijn schuld.'

Ze priemde met haar wijsvinger naar Tara. 'Dit is je laatste trucje, hierna krijg ik wat ik wil en anders ga je Maya achterna. Dat meen ik.'

Tara huiverde vanbinnen, maar bleef Cassandra in haar ogen kijken. Wat hierna gebeurde zou ze wel zien, vooralsnog was dit moment het enige dat telde.

Ondanks haar eigen frustratie, voelde Cassandra Tara's vastberadenheid. Het liefste rende ze de achtertuin in en trok ze die vreemde vent het pakje uit zijn handen, maar ze durfde het risico niet te lopen dat hij ervandoor ging. Wat als hij niet terugkwam, of het pakje ergens dumpte en ze het nergens meer kon vinden? Dat zou rampzalig zijn. Nee, er zat niets anders op dan Tara haar zin te geven en haar die verdomde woorden van haar moeder te laten horen.

Met zichtbare tegenzin liet ze zich tegen de leuning van de bank zakken. Ze ademde diep in en blies uit. 'Sluit je ogen en concentreer je op mijn stem.'

Tara gehoorzaamde. Ze vouwde haar handen in haar schoot en luisterde naar de stem die haar wegvoerde van het hier en nu en haar terugbracht naar de achterbank van haar vaders auto, op een zonnige dag in mei, vijfentwintig jaar geleden.

56

Zonder het vertragende effect van de thee, waarin Cassandra tijdens de voorgaande sessie een flinke scheut zuivere wietolie had opgelost, kwam de herinnering niet alleen sneller boven, de beelden leken ook scherper. Voor het eerst voelde Tara zich echt teruggeworpen in de tijd en had ze geen enkel besef meer van de fauteuil waarin ze zat, of de aanwezigheid van Cassandra op de bank tegenover haar. Vorige keren was het alsof ze naar een film van haar herinnering had gekeken, nu speelde ze zelf mee. Ze voelde de lederen bekleding van de achterbank onder haar blote benen plakken en ze had echt zin in het ijsje dat haar beloofd was. Maar verreweg het meest overheerste de zorgeloosheid. In plaats van gesloten en afstandelijk was ze open en ontvankelijk voor alles wat er om haar heen gebeurde. Het voelde zoveel lichter dan ze al jaren gewend was, dat ze high leek en dacht te kunnen zweven als de auto een open dak had gehad.

'Eén bolletje maar?' Haar vader draaide zich lachend naar haar om en knipoogde. 'Ik lust er zeker twee, jij niet?'

Ze grinnikte en keek naar haar moeder, die bedenkelijk met haar wenkbrauwen fronste. Het was een spelletje, dat wist Tara best. Mama keek altijd een beetje moeilijk als papa iets geks bedacht, maar meestal vond ze het toch goed. Als ze twee bolletjes mocht uitkiezen, wilde ze pistache en aardbei, of zou ze toch voor chocola gaan? Ze stond op het punt haar antwoord te geven toen er opeens iets heel groots en groens verscheen. Voor ze begreep wat er precies gebeurde, werd ze overspoeld door een golf van angst. Ze kreeg het bloedheet, haar spieren verstijfden en ook haar tong en lippen deden het niet meer. Praten ging niet, net als bewegen en zelfs haar ademhaling stokte in haar keel. Nog nooit was ze zo bang geweest als nu, zelfs niet die keer toen het heel hard gestormd had en er dakpannen van het dak af waaiden en met veel kabaal stukvielen op hun terras. Ze zat als bevroren en zag door de voorruit van de auto hoe het groene monster groter groeide en razendsnel op hen afkwam. Papa zag haar ontzetting, draaide zich terug en gaf een harde ruk aan het stuur, waardoor ze onverwacht opzijviel. Zodra ze voelde dat ze zich weer kon bewegen, greep ze de stoel van haar moeder beet, waaraan ze zich vastklampte.

De klap die volgde was overweldigend hard, maar gek genoeg bracht hij ook stilte. Opeens waren alle geluiden weg en was het alsof ze onder water in het zwembad dreef, maar dan zonder nat te worden. Het voelde eigenlijk best fijn, ze was in ieder geval niet bang meer en alles ging heel langzaam.

Na een tijdje hoorde ze iets sissen. Ze spitste haar oren om te ontdekken wat het was en hoorde toen ook andere geluiden. Door het sissen heen, klonk een rare lage bromtoon, er piepte iets en als ze heel goed luisterde, hoorde ze iemand kreunen. Ze schrok en trok haar wang los, die tegen het zwarte leer van de hoofdsteun plakte, om te kijken naar de plek waar haar vader had gezeten. Dat was gek, hij zat er niet. Op de plaats van papa's stoel zag ze nu een grote brok gedraaid metaal in groen en zwart. De brok had scherpe uitsteeksels en een ervan stak recht in de schouder van mama, die gelukkig nog wel in haar stoel zat.

Tara werd op slag misselijk en kneep haar ogen stijf dicht om de schouderwond niet te hoeven zien. De paniek, die eventjes was weg geweest, kwam terug en maakte het weer moeilijk adem te halen. Ze snapte er niets van, maar wist wel dat er iets heel ergs gebeurd was. Mama moest helpen, die wist vast ook waar papa was.

Ze opende haar ogen, sloeg haar rechterarm om de stoel en greep de jurk van haar moeder vast. De stof was nat en dat was ook al vreemd, want het had helemaal niet geregend.

'Mama, ben je daar?' Het kreunen werd harder en opeens begreep ze dat het haar moeder was die dat geluid maakte. 'Doet je schouder pijn, mama? Je moet snel naar een dokter.' Ze zocht en vond haar moeders hand en voelde dat erin geknepen werd. Gelukkig, ze was niet alleen.

'Tara...' Mama hijgde heel erg, het was net of ze het moeilijk vond om te praten. Tara deed haar ogen dicht om beter te kunnen luisteren naar wat haar moeder zei: 'Luister, ik moet je iets zeggen... het is belangrijk... lieverd, papa weet dit niet en ik... ik wilde wachten tot je ouder was, maar nu... je hebt een oudere broer, lieve schat... hoor je me? Je hebt een halfbroer, die vlak na zijn geboorte... ergens anders heen moest. Het spijt me zo... ik heb het altijd willen zeggen...' Ze hoestte een hele tijd en daarna was ze haast niet meer te verstaan. 'Je moet hem zoeken, Tara... dan ben je niet alleen... ga Rolf zoeken, beloof het... beloof het...'

Ze had pas door dat ze huilde toen ze antwoord gaf: 'Ik beloof het, mama! Ik zal hem zoeken. Kunnen we nu naar buiten? Ik wil niet meer in de auto blijven. Mama? Mama?'

Tara voelde hoe de hand van haar moeder langzaam losliet en kneep er hard in. Ze gilde: 'Niet weggaan!' en probeerde ook haar linkerarm om de stoel te slaan, maar daar zat het brok metaal in de weg. 'Niet weggaan, mama, ik ben bang! Laat me eruit!'

Ze liet haar moeders hand los en probeerde de deur naast zich open te duwen, maar dat lukte niet. Met haar vuisten beukte ze op het raam. Het kon haar niets schelen dat haar handen pijn deden. Mama was gewond, ze moest papa vinden en een dokter halen, ze wilde zo snel mogelijk de auto uit!

Ze trok haar benen omhoog, draaide zich een slag en trapte zo hard ze kon met haar schoenen tegen de ruit. Toen ook dat niet werkte, raakte ze de kluts kwijt. Ze sloeg achterover tegen de bank en probeerde met wijd open mond adem te halen, maar het voelde alsof haar keel werd dichtgeknepen en er geen lucht meer binnenkwam. De druk op haar borst werd steeds groter, toen opeens de deur openvloog en er een vlaag frisse lucht de auto binnendrong. De man met de helm die haar naar buiten tilde, had ze nog nooit gezien. Hij hield haar als een baby in zijn armen en rende van de auto weg. Daarna werd alles zwart.

57

De fles champagne was bijna leeg toen Thierry zich niet langer in kon houden. Hij griste zijn telefoon van het nachtkastje en tikte het nummer in, waarvan hij wist dat hij het beter niet kon bellen. Nadat Victorine hem bij de Fern Grotto pijnlijk duidelijk had laten merken niet van zijn avances gediend te zijn, was hij met zijn staart tussen de benen afgedropen. Een afwijzing was hij niet gewend en versterkte de onzekerheid die hij toch al voelde. De toekomst van *De Trip* baarde hem meer zorgen dan hij wilde toegeven. Hij had snel iets nodig om rustig te worden. Tijdens de bootreis terug had hij zich slapende gehouden, waarna hij een taxi naar zijn hotelsuite nam en een belachelijk dure fles besteld had, in een poging zijn groeiende verlangen naar een pil te stillen. Hij had Tara gebeld om te vragen waar ze uithing en waarom ze in godsnaam nog niet terug was met de bestelling, maar tot zijn frustratie sprong haar telefoon op voicemail, die hij om vanzelfsprekende redenen niet ingesproken had.

Nu wachtte hij ongeduldig tot de telefoon overging. Hij zette de fles aan zijn mond en klokte de laatste slokken in één keer naar binnen. Het was een ongeschreven regel dat je nooit direct contact opnam met je leverancier; telefoonverkeer was immers eenvoudig na te trekken. In de scene wist iedereen dat. Nu hij die regel schond, liep hij het risico dat Dominic kwaad werd en zou weigeren hem nog van voorraad te voorzien. Dat nam hij voor lief. Met het pakje dat Tara voor hem haalde, zong hij het de resterende opnameperiode wel uit en eenmaal terug in Nederland was het geen probleem nieuw spul te scoren. Ondanks die wetenschap voelde hij zijn maag samentrekken toen de telefoon werd opgenomen.

'Ja?'

'Hé man, het is Thierry van *De Trip*. Kan ik je even storen?'

'Wat is er?'

'Ik vroeg me af of mijn bestelling al is opgehaald en of die naar mij onderweg is.'

'Die is gisterenochtend opgehaald, maar je vriendin is nog op Big Island.'

Thierry vloekte en gooide de lege fles op de schapenvacht naast zijn bed. 'Hoezo? Waarom komt ze niet terug? Er gaan juist extra vluchten in verband met de uitbarsting, ze had er allang kunnen zijn. Ik zit hier gek te worden.'

'Dat is niet mijn hoofdpijn.'

'Nee, dat snap ik. Maar hoe weet je dat ze daar nog is? Heb je haar vandaag gezien?'

'Ik heb Diego een lift gegeven, die vertelde dat hij naar haar op weg was.'

'Diego Martinez?' Thierry sprong getergd van het bed af, maar zakte meteen weer terug toen de kamer begon te draaien. Met zijn ogen dicht en een hand op zijn maagstreek dwong hij zichzelf te blijven zitten. Had hij die champagne maar nooit besteld, dan kon hij nu beter nadenken. 'Waar ging hij naartoe?'

'Hij vroeg me naar een medische kliniek te rijden aan de westkust, maar zo ver zijn we niet gekomen.'

'Hoezo niet?'

'Ik had een lading achter in de wagen liggen en die heeft hij gezien,' zei Dominic doodgemoedereerd, alsof hij vertelde wat hij die ochtend voor ontbijt op had. En toen, grinnikend: 'Opeens wilde hij het laatste stuk lopen.'

Thierry wist niet meer waar hij het zoeken moest. Dit liep steeds verder uit de hand. 'Kak! En wat nu?'

'Niets, *hang loose*. De politie hier weet al jaren wat ik doe. Zolang ik rustig mijn handeltje drijf, laten ze me mijn gang gaan. Ik ben nergens bang voor.'

Jij misschien niet, maar ik wel, dacht Thierry, die zijn wangen stukbeet uit frustratie. Hij was weer eens veel te overmoedig geweest. In gedachten zag hij het verbeten gezicht van Harald, die Renate gediskwalificeerd had nadat zij een pil door Diego's drankje had gemixt. De regisseur had Thierry op zijn woord geloofd toen die zei er niets mee van doen te hebben, maar het vertrouwen was broos. Bovendien had Harald Thierry na het incident bevolen tijdens de duur van *De Trip* geen 'troep' meer te gebruiken en daarmee was hij zonder meer akkoord gegaan. Dat hij Tara een dag eerder al op pad had gestuurd om nieuwe voorraad te halen, leek toen geen probleem. Bevoorrading van de eilanden vanuit Big Island was hier aan de orde van de dag, zo was hem verteld, en als Tara haar pakje gewoon bij hem zou afleveren, kraaide er geen haan naar. Zolang hij geen pillen uitdeelde en zijn eigen gebruik binnen de perken hield, hoefde niemand er iets van te merken. Maar nu Diego in het spel kwam, veranderde dat de zaak. Als die Tara vertelde wat hij gezien had en zij opbiechtte door wie ze naar Big Island was gestuurd en bij wie ze haar bestelling had opgehaald, wist hij hoe de hazen liepen. Mocht Diego het vervolgens in zijn hoofd halen Harald in te lichten, dan kon Thierry een toekomst bij *De Trip* beslist vergeten, en de rest van een tv-carrière erbij. De kans dat Diego zou praten was groot; hij had van meet af aan al niets van pillen willen weten, bovendien waren pillen er de oorzaak van dat hij zich had teruggetrokken uit *De Trip*. Bij de gedachte alleen al kreeg Thierry het Spaans benauwd.

'De bestelling moet terug!' riep hij, hoorbaar in paniek.

Het bleef lang stil aan de andere kant van de lijn. 'Zoals ik al zei, die is opgehaald.' Hoewel Dominic nog even kalm sprak, klonk er een dreigende ondertoon in zijn stem door.

'Je moet hem terughalen,' riep Thierry. 'Zoek Tara op en eis de pillen terug. Zeg maar dat ik van gedachten ben veranderd, of dat het niet meer veilig is het spul te vervoeren. Het maakt me niet uit wat je verzint, als zij het spul maar niet in handen heeft.' Zolang er geen concreet bewijs was, maakte hij misschien nog een kans.

'Voor niets gaat de zon op,' zei Dominic. 'En dit doe ik normaal nooit, dus ik reken dubbel tarief.'

'Geen probleem!' Thierry zakte van het bed en landde op zijn knieën op de grond. 'Als je maar opschiet. Zorg dat je ze vindt en pak je spullen terug!'

Een klik maakte een einde aan het gesprek. Thierry boog zich op zijn knieën voorover totdat zijn voorhoofd de grond raakte. Het bloed steeg naar zijn hoofd en maakte hem zo duizelig, dat hij op zijn zij viel en in foetushouding bleef liggen. Zijn gebruikelijke bravoure en zelfvertrouwen waren ver te zoeken; op dat moment wilde hij niets liever dan een aai over zijn bol en een warme stem die zei dat alles goed kwam. In zijn telefoon zocht hij de sneltoets voor zijn vader en het scheelde weinig of hij had gebeld, maar het was te vroeg. Hij moest door de zure appel heen en Dominic zijn werk laten doen. Er was nog steeds een kans dat dit met een sisser afliep.

58

'Zo, je hebt het gehoord: je had een broer. Dat was wat je moeder je vertelde toen ze haar einde voelde naderen. Ze wilde je natuurlijk niet alleen achterlaten en gaf je de opdracht hem te zoeken. Dat was het, de volledige tekst. Ik heb me aan onze afspraak gehouden, nu jij nog.' Cassandra klapte haar handen als een schooljuf tegen elkaar en stond op. Ze stak een hand uit om Tara uit de fauteuil omhoog te trekken, maar die zat als een dood vogeltje ineengedoken en leek de hand niet eens op te merken.

'Kom op!' herhaalde Cassandra, 'ik heb geen tijd te verliezen. We moeten naar buiten, naar die kompaan van jou.'

Tara wreef met twee handen over haar gezicht in een poging de mentale dreun die ze zojuist had gekregen, te verwerken. Net als de vorige keer was het zalig geweest even in haar moeders nabijheid te verkeren, maar het afscheid voelde rauwer en intenser aan. Natuurlijk had dat alles te maken met het nieuws, of beter, de openbaring van haar moeder. Het was anders en grootser dan alles wat ze bedacht had en wat ze zich ooit had kunnen voorstellen: ze had een halfbroer. Rolf was het eerste kind van haar moeder en daar had zij nooit iets over gezegd, zelfs niet tegen Tara's vader. Het was haast niet te bevatten. Waarom zou ze zoiets belangrijks verzwijgen? Waarom had ze Rolf überhaupt afgestaan? En zou ze hem na zijn geboorte nooit meer hebben gezien, of had ze toch contact gehouden?

Het nieuws riep zo veel vragen op dat Tara pas doorhad dat

Cassandra haar aan twee armen omhoogtrok toen ze bijna omviel. Als Cassandra haar niet had opgevangen, had ze op de grond gelegen.

'Hé, opletten!' riep Cassandra, die gek werd van ongeduld. 'Je weet wat je weten wilt en voor mijn part ga je zoeken naar zijn graf, maar niet voordat je mij geholpen hebt.'

Voor het eerst keek Tara Cassandra recht aan, in haar ogen lag vertwijfeling. 'Zijn graf? Is hij… dood? Dat heeft mijn moeder niet gezegd…'

Cassandra zuchtte diep, leidde Tara naar de bank en ging naast haar zitten. 'Luister goed, dan ronden we dit voor eens en altijd af. Je broer is dood, net als je vader en moeder. Ten tijde van het auto-ongeluk was hij er nog, anders had je moeder waarschijnlijk niets gezegd. Hij is pas later overleden. Dat wist ik al vanaf onze eerste ontmoeting. Zei ik je niet dat er drie mensen om je heen stonden? Als je broer nog zou leven, had ik hem niet kunnen zien.'

Tara probeerde te behappen wat haar verteld werd. 'Dus… jij wist het al die tijd al? Dat ik een broer had? Waarom…'

'Waarom heb ik dat niet meteen gezegd? Omdat ik je nodig had. Ik moest je naar mijn praktijk zien te lokken en ervoor zorgen dat je net zo lang bleef terugkomen tot het tijd was om je in te zetten. Dat moment is aangebroken. Als ik meteen verteld had wat ik wist, was ik je kwijt geweest. Of je zou me niet geloofd hebben, maar dat had hetzelfde effect gehad.' Ze schudde nadenkend haar hoofd. 'Ik wist dat het zou lukken als ik over je familie begon. De eenzaamheid droop werkelijk van je af; dat was het ultieme lokmiddel. Jij wilde niets liever dan dat ik je terugbracht naar dat auto-ongeluk en dat kwam mij bijzonder goed uit.'

'Dus je hebt me… gebruikt voor je eigen gewin,' fluisterde Tara. Het was geen vraag, maar een conclusie.

'Zo zie ik het niet,' zei Cassandra stellig, 'ik heb je vragen beantwoord en gedaan wat je me vroeg. Je kunt me hoogstens verwijten dat ik er langer dan nodig over gedaan heb, maar dat lijkt me geen halszaak.' Voor de tweede keer stond ze op uit de bank. 'Dit was het, Tara. Ik heb je alles laten zien. Op de vragen die nu opkomen over je broer, heb ik het antwoord niet. We gaan de tuin in, ik moet dat pakje hebben.'

Onwillig liet Tara zich meetronen naar buiten. Op de veranda trok ze haar arm los en liep ze achter Cassandra aan, die met grote passen naar de tuin banjerde. Ze was het grasveld al overgestoken en stond halverwege haar groentetuin, toen ze nors naar Tara omkeek. 'Waar is hij nou?' Ze had het amper uitgesproken, of haar ogen werden zo groot als schoteltjes.

'Wat is er?' vroeg Tara, die met verbazing zag hoe Cassandra het plots op een rennen zette en als een dolle stier op haar afstoof. Net op tijd sprong ze opzij. Pas toen ze omkeek en Diego voor het huis aan de weg zag staan, begreep ze waar Cassandra naartoe ging. Alleen wat die grote auto bij Diego moest, wist ze niet.

Omdat hij met zijn rug naar de tuin toe stond en niet kon zien wat er achter hem gebeurde, riep ze hard zijn naam. Hij draaide zich met een ruk om en meteen stoof de auto weg.

Cassandra gilde hysterisch, Diego sprintte de weg op en Tara viel neer in het gras. Halfslachtig probeerde ze overeind te komen, maar haar lichaam weigerde dienst. Na bijna tweeënhalf etmaal zonder slaap, te weinig eten en een stortvloed aan emoties had ze haar grens bereikt. Ze was op.

59

Het was pikdonker in de ziekenzaal. Hoewel de ruimte vele malen groter was dan zijn eigen cel, miste Wolfgang zijn raam, waardoor hij elke avond een glimp van de sterrenhemel probeerde op te vangen. Voor de getraliede ruiten hingen zwarte velours gordijnen, die geen streep licht binnenlieten en een doorkijk naar buiten onmogelijk maakten. De bult op zijn voorhoofd was al aardig geslonken, maar de arts had bevolen dat hij nog een nacht op zaal moest blijven. Behalve een verband om zijn hoofd, droeg hij nu ook een brace, om de gescheurde spier in zijn nek de benodigde rust te gunnen. Rust kon hij zelf ook goed gebruiken; sinds hij het telefoongesprek met Diego Martinez had beëindigd, ging zijn hart non-stop als een razende tekeer. Hij zweette ervan en het maakte hem doodmoe, maar desondanks kon hij niet slapen. Er was te veel dat hij niet wist en dat maakte hem stapelgek. Zo was hem onbekend of Andries Jenner zijn werk weer had hervat, of die de container op tijd had gepost, of de container in de kliniek op Big Island was aangekomen en of Sandra hem inmiddels in handen had. Het had bijna al zijn spaargeld gekost om het ding te bemachtigen. Als het nu niet zou aankomen, of te laat, was alles voor niets geweest. Dan was hij niet alleen zijn spaargeld kwijt, maar ook de gedroomde toekomst van hem en Sandra, daarvan was hij overtuigd. Na alle inspanningen kwam het in deze laatste fase van hun plan aan op timing en daar had hij geen grip op. Hij stond machteloos aan de zijlijn, een positie die hem allerminst beviel. En dat terwijl de Mauna Loa eindelijk was uitgebarsten. Dat was de enige vraag die de gevangenisverpleegkundige had willen beantwoorden. Ze had het op het journaal gehoord en zag er kennelijk geen kwaad in hem dit te laten weten, toen ze het avondeten bracht. Zijn andere vragen had ze stug genegeerd, zoals het protocol voorschreef.

Zijn opdracht aan Jenner had hij dus exact op tijd gegeven. Dat wist hij nu wel. Code rood hing destijds al in de lucht, maar was nog niet officieel afgekondigd. Het was een gok geweest om toen toe te slaan; hij had gelezen dat experts er met hun inschattingen over het moment van uitbarsting geregeld naast zaten. Bovendien was de duur van de uitbarsting lastig te voorspellen: sommige vulkanen hielden er na een paar uur spuwen mee op, andere konden wekenlang doorgaan. Als altijd volgde Moeder Natuur haar eigen koers en de mens kon niets anders dan zich daarnaar schikken. Wolf wist en respecteerde dat, al kostte het hem nog altijd veel moeite; de behoefte alles onder controle te hebben zat nu eenmaal in zijn aard.

De tweede gok was het postadres geweest. Het leek makkelijker, en zo veel aantrekkelijker, om de container rechtstreeks naar Sandra's huis te sturen, maar dat durfde hij uiteindelijk niet aan. De container, of *dry-shipper*, zoals de fabrikant het ding noemde, moest met uiterste zorg behandeld worden en daarom werd het sterk aanbevolen bij de verzending ervan gebruik te maken van gecertificeerde ziekenhuizen en klinieken. Alleen dan werd de kwaliteit van de vloeibare stikstof erin, die van levensbelang was voor de ingevroren inhoud, gegarandeerd. Het Ali'i Health Center voldeed aan die voorwaarden en beschikte over de apparatuur om de container onder de juiste condities te bewaren. De naam op het etiket was vals en het was zaak dat Sandra de zending te pakken kreeg voordat de medewerkers van de kliniek ontdekten dat er geen ‘Mrs. S.W. Augustus’ op het eiland woonde.

Dat ze de container niet zelf kon stelen, begrepen ze allebei en toch had Sandra geprotesteerd toen hij bedacht dat Maya het dan maar moest doen. Wolfgang wist zeker dat het oudste en trouwste communelid van zijn vrouw de taak zonder vragen zou aannemen en uitvoeren. Dat wist Sandra ook, maar die durfde juist daarom het risico niet te lopen Maya kwijt te raken. Wat als zij betrapt werd bij de diefstal en een celstraf opliep? Maya wilde ze niet missen, vooral niet als hun plan zou slagen en ze haar ervaren handen goed gebruiken kon. Toen Sandra zei dat ze zelf iemand zou vinden voor de klus, liet hij het los. Hij had geen keus; in de gevangenis, zijn domein, had hij de touwtjes in handen, maar verder reikte zijn macht niet. Zeventien jaar alleen hadden van zijn kwetsbare echtgenote bovendien een zelfstandige vrouw gemaakt. Hoe ergerlijk hij het ook vond, ze was niet meer het meisje dat klakkeloos zijn bevelen opvolgde. Het leven had haar getest en gehard en hij moest erop vertrouwen dat ze sterk en vindingrijk genoeg was om hun plan tot een goed einde te brengen.

Starend in het duister dacht hij aan de woorden van de verpleegkundige. De Mauna Loa was met groot spektakel uitgebarsten. Tot in de wijde omtrek vielen omhooggespoten stenen uit de lucht en een kolkende lavastroom was op kilometers afstand zichtbaar. Een sterker signaal had Moeder Natuur niet kunnen geven: het moment was daar, nu moest het gebeuren.

60

Duizenden kilometers verderop had Cassandra de aansporing van haar opgesloten echtgenoot niet nodig om te begrijpen hoe laat het was. Ze wist exact wat ze doen moest en hoe ze het aan had willen pakken, maar toen Tara's handlanger met lege handen de weg voor haar huis op rende en iemand in een oude Landrover er met haar pakje vandoor ging, stortte haar wereld even in. Hysterisch gillend rende ze achter de auto aan, tot ze zich realiseerde dat ze de strijd zo niet ging winnen en abrupt omkeerde om haar eigen Mustang te pakken. Dat Tara's vriend gestopt was met rennen en van een afstandje toe bleef kijken, zag ze wel, maar het interesseerde haar niet. Het pakje in die Landrover moest ze hebben en dat zou ze krijgen ook, goedschiks of kwaadschiks, ze had nu lang genoeg met zich laten sollen. Eerst had Maya medewerking geweigerd en daarna kwam Tara haar belofte niet na. Ze was er klaar mee. Te lang was ze te goed van vertrouwen geweest, wanneer zou ze het eens leren? Haar moeder had het al gezegd: mensen gaan altijd voor hun eigen geluk en dat van enkele dierbaren, compassie voor mensen buiten die kring is een kwaliteit die je maar zelden tegenkomt. Ze had gelijk, dacht Cassandra. Om haar eigen geluk waar te maken, kon ze enkel op zichzelf vertrouwen.

Plankgas stoof ze achter de Landrover aan. De hoofdweg kende op dit stuk slechts twee onverharde zijwegen. Toen ze die passeerde liet ze haar snelheid iets zakken, maar de paden oogden verlaten en dus gokte ze erop dat de onbekende figuur de hoofdweg volgde. Het kon niet lang meer duren voor ze hem zou zien. De motor van haar Ford Mustang had nog nooit zo hard gebruld en het vereiste heel wat stuurmanskunst om de bochten goed door te komen, maar Cassandra reed alsof ze vleugels had; haar focus was optimaal. Ze schoot over een heuvel heen en zweefde kort door de lucht, voordat de wielen met een smak de weg weer vonden en ze haastig verder reed, steeds dichter bij haar voorligger. Met haar handen stevig om het stuur en haar hoofd iets gebogen, tuurde Cassandra de weg over, vastberaden zich door niets of niemand van haar doel te laten afhouden.

Dat ze standhield, bewees ze een paar minuten later toen een paar kippen de weg overstaken en ze nog geen centimeter uitweek. De dieren stoven uiteen, maar één exemplaar was te laat en overleefde het niet. Cassandra merkte het amper, haar volledige aandacht ging uit naar de Landrover, die in de verte voor haar opdoemde. Hij was er een paar tellen en toen verdween hij in een bocht weer uit het zicht, maar ze wist genoeg: ze won terrein en het was een kwestie van minuten voor ze hem de pas kon afsnijden, mits ze haar kop erbij hield en geen fouten maakte. Als het gaspedaal het toeliet had ze nog harder gereden, maar het zat al tegen de bodem gedrukt.

Sneller dan ze verwacht had, kreeg ze de Landrover opnieuw in het vizier. De wagen was voor een verkeerslicht gestopt en trok net weer rustig op, toen de chauffeur kennelijk in zijn achteruitkijkspiegel keek en de Ford Mustang in volle vaart achterop zag komen. Onmiddellijk schoot de Landrover opzij om de Ford erlangs te laten, maar die minderde vaart en leek met een scherpe draai en piepende remmen vóór de Landrover tot stilstand te willen komen. De poging mislukte. Cassandra schoot te ver door en liet net voldoende ruimte voor de Landrover om weg te rijden. Die greep zijn kans en schoot er gealarmeerd vandoor.

Vloekend zette Cassandra de achtervolging voort. Gedurende een seconde had haar blik die van de man achter het stuur gekruist en ze herkende hem direct als de drugsdealer die ze jaren geleden de deur had gewezen toen hij opzichtig kwam vissen naar het handeltje in geneeskrachtige kruiden dat ze had opgestart. Waarschijnlijk vreesde hij de concurrentie, maar dat was onnodig: in synthetische drugs als speed en XTC had ze nooit interesse gehad. Sindsdien had ze hem niet meer gezien, tot een paar tellen terug toen ze, behalve verbijstering, een glimp van herkenning meende op te vangen. Hij wist dus ook met wie hij te maken had en aan de rotvaart te zien waarmee hij ervandoor ging, beviel hem dat geenszins. Terecht, dacht ze, hij moest van haar spullen afblijven en van dit pakketje, de belangrijkste post die ze ooit gehad had, helemaal.

Ze zette zich schrap voor een scherpe bocht naar rechts toen ze het zag: in de berm leek de oude Landrover zich als een gigantisch sieraad om een mammoetboom te hebben gevouwen. De volledige linkerzijde van de wagen lag in de kreukels, er kwam rook uit de motorkap en het antidiefstalalarm ging als een dolle tekeer. Cassandra stampte boven op haar rem en liet haar Mustang midden op de weg staan, het portier wagenwijd open. Zo hard ze kon rende ze naar de verongelukte auto en ze trok de ongeschonden voordeur aan de rechterzijde open.

Dominic leefde nog, maar daar was dan ook alles mee gezegd. Ze zag dat hij geen gordel had gedragen; zijn benen zaten bekneld onder het verwrongen stuur, zijn logge bovenlichaam lag zijwaarts op de passagiersstoel en hij bloedde uit zijn mond en oren. Met één oog leek hij haar aan te staren en woordeloos om hulp te vragen. Even aarzelde ze. De overweldigende pijn die hij leed kwam ook bij haar binnen en ondanks de demping die ze geleerd had op te werpen, kromp ze ineen. Als ze niet snel maakte dat ze wegkwam, zou de pijn haar laatste restje energie opzuigen en dat mocht niet gebeuren. Ze zette een knie naast zijn bloedende hoofd op de stoel en hees zichzelf naar binnen. Op de achterbank vond ze wat ze zocht, tussen een ingedeukte gitaarkoffer en een in stukken gebroken steelgitaar: het pakje in bruin postpapier, opgestuurd door Wolf, haar liefde, en uit de kliniek gestolen door Tara, de vreemdeling uit haar visioen.

Met trillende handen griste ze het van de bank, waarna ze uit de wagen sprong en even verderop in de berm neerknielde. Het stevige papier liet zich niet makkelijk scheuren en daaronder bleek de kartonnen doos ook nog te zijn dichtgeplakt. Ze trok de tape met kracht opzij, stak haar handen in de ontstane gleuf, rukte het karton open en krijste vol ongeloof.

Nee! Hoe de container er precies zou uitzien wist ze niet, maar dit leek er in de verste verte niet op. De doos zat vol plastic zakjes, stuk voor stuk gevuld met een mix van blauwe en witte pillen. Gek van wanhoop draafde ze terug naar de wagen. Had ze iets gemist, was er nog een pakje? Dit kon niet waar zijn. Ze hadden het zo goed gepland, waar was het in godsnaam misgegaan?

Toen ze geen tweede pakje zag, snelde ze terug naar de doos in de berm. In de ijdele hoop dat er onderin nog iets verborgen lag, graaide ze de zakjes er met twee handen uit. Maar nog voordat ze de bodem had bereikt, wist ze het al: geen container. Tara had haar bedonderd: dit was het verkeerde pakje, het kwam niet van Wolf en het was niet voor haar.

61

In Cassandra's woonkamer keek Diego naar Tara, die lag te slapen op de bank. Hij had haar naar binnen gedragen en voorzichtig een fleecedekentje over haar heen gelegd. Zelf was hij ook doodmoe, maar zolang Tara sliep, wilde hij wakker blijven voor het geval Cassandra onverhoopt snel terugkwam. Hij had gezien hoe die de achtervolging op Dominic had ingezet en wist niet hoe lang ze weg zou blijven, maar een tweede confrontatie met deze krankzinnige vrouw zag hij niet zitten. Hoewel hij haar maar kort had meegemaakt, was hij geschrokken van de verbetenheid waarmee ze op hem en de Landrover was afgestormd. De intense felheid in haar ogen herinnerde hem aan een levensgevaarlijke vrouw in Mexico met wie evenmin te spotten viel. Liever was hij daarom meteen weggegaan, maar toen hij Tara in het gras trof en zag hoe zij eraan toe was, besloot hij pas op de plaats te maken. Tara had rust nodig, al was het maar een korte pauze om een beetje op krachten te komen.

Op tafel stonden een stuk groentequiche en een groot glas jus d'orange voor haar klaar. Zelf had hij zich al flink tegoed gedaan aan de etenswaren uit Cassandra's koelkast en daar was hij merkbaar van opgeknapt, maar het maakte het ook lastig niet in slaap te sukkelen. Om wakker te blijven en om te checken of Cassandra nog niet in aantocht was, liep hij elke vijf minuten naar buiten. Tot dusver had ze zich niet laten zien.

Het was al donker toen Tara wakker werd. Ze ging rechtop zitten en keek versuft om zich heen. In de stoel tegenover haar zat Diego te slapen met zijn hoofd achterover en zijn mond een stukje open. Ze trok het dekentje dichter om haar schouders heen en rilde. Ze voelde zich leeg. Eindelijk had ze haar moeders woorden gehoord en wist ze weer wat ze als tienjarig meisje al geweten had, maar was vergeten. En nu was het te laat, Rolf was dood en ze had nooit de kans gekregen hem te leren kennen. Hoe anders zou haar leven eruit hebben gezien met een oudere broer in de buurt? Ze kon het zich niet voorstellen, maar wat had ze het graag gewild. Wat voor iemand zou hij geweest zijn? Zou ze op hem lijken? En wat was er met hem gebeurd, waarom was hij zo vroeg gestorven? Ze moest het weten en ze nam zich voor alles op te sporen wat er over hem te vinden viel. Dat voornemen was een lichtpuntje aan de horizon, maar ze was er nu nog niet aan toe. Het mocht dan gelukt zijn Cassandra om de tuin te leiden – ze was erin geslaagd haar tot een laatste hypnosesessie te bewegen – maar de prijs die ze daarvoor moest betalen, was hoog. Ze was een wrak, lichamelijk en geestelijk, en ze had er simpelweg de fut niet voor om te bedenken hoe ze uit de put kon komen.

Opeens schrok Diego wakker van zijn eigen gesnurk. Hij opende zijn ogen, zag Tara kijken en schoot overeind. Door een hoekje van de ruit gluurde hij naar buiten, toen liep hij naar de keuken, waar hij via het keukenraam de oprit inspecteerde en daarna waagde hij zich de veranda op. Na een paar tellen kwam hij terug, zichtbaar gerustgesteld.

'Ik was in slaap gevallen,' zei hij, tamelijk overbodig, 'gelukkig is ze nog niet terug. Als jij je beter voelt, kunnen we beter weggaan, maar je moet eerst wat eten en drinken. We laten het licht uit, zodat ze ons niet ziet als ze aan komt rijden.' Hij ging naast haar op de bank zitten en pakte het glas van tafel. 'Goed dat je wakker bent. Drink dit maar eens op, het zal je goed doen.' Hij wachtte tot het glas leeg was en reikte haar toen het bord met de quiche aan, maar dat weigerde ze. 'Geen honger?' vroeg hij.

Tara schudde haar hoofd. 'Hoe kom ik hier? Ik kan me alleen nog herinneren dat ik in de tuin stond en dat Cassandra op jou afrende.'

'Ik denk dat je bent flauwgevallen. Cassandra ging achter Dominic aan, eerst te voet, maar daarna pakte ze haar auto en is ze weggescheurd. Toen vond ik je in het gras en heb ik je naar binnen gedragen.' Hij keek op zijn horloge en trok zijn wenkbrauwen op. 'Het is later dan ik dacht. We hebben lang geslapen. Hoe voel je je?'

Daar wist ze geen antwoord op. Ze haalde haar schouders op en negeerde de vraag. 'Dominic, zeg je? Die vent van de pillen? Waar kwam die opeens vandaan? En wat moest die met het pakje?' En toen, met een oprecht verbaasde blik. 'Ken jij hem dan?'

'Hij bood me een lift aan toen ik in een bushokje zat te schuilen tegen de stenenregen,' legde Diego uit. 'Vanmiddag stond ik hier in de tuin en zag ik dezelfde Landrover voorrijden. Dominic zocht jou, maar toen hij het pakje herkende dat ik vasthield, zei hij dat hij daarvoor kwam. De bestelling zou geannuleerd zijn en hij wilde de doos terug. Ik vond het een raar verhaal, maar veel kans om erop door te gaan hadden we niet, want Cassandra kwam op ons afgestormd. Voor ik iets kon doen, trok Dominic het pakje uit mijn handen en reed weg. Dat moet ze gezien hebben, want ze is meteen achter hem aan gegaan en liet mij verder met rust.'

Diego schudde zijn hoofd in ongeloof. 'Dat die gast opeens opdook hadden we nooit kunnen voorzien, maar het kwam wel verdraaid goed uit.'

Tara knikte nadenkend. 'De bestelling was geannuleerd. Wat

betekent dat? Zou Thierry niet betaald hebben? Die heeft toch geld zat?'

Ook Diego dacht na. Tara had hem bij de kliniek al bijgepraat over de bedenkelijke klus die Thierry haar had gegeven. Het was haar idee geweest het doosje te gebruiken om Cassandra te misleiden. Diego vond het een gevaarlijk plan, maar kon niets beters bedenken en uiteindelijk had het goed uitgepakt.

'Dat weet ik ook niet,' zei hij, 'maar het is nu wel duidelijk waar de pillen vandaan komen die door mijn drankje zijn geroerd. Ik vraag me nog steeds af of het een soloactie van Renate is geweest, of dat Thierry er ook een rol in had. Volgens Harald wist hij er niets van en ik geloofde dat, maar ik ben wel vaker te goed van vertrouwen geweest...'

'Het was een rotstreek van Renate,' beaamde Tara, 'maar Thierry deugt ook niet. Het zou mij niets verbazen als die twee samen hebben bekokstoofd hoe ze jou langer in de race konden houden. Ze hielden er alleen geen rekening mee dat er ook mensen zijn die eerlijk willen spelen.'

'Zo is het,' zei Diego, die haar opnieuw de quiche voorhield. Dit keer nam ze het bord aan en probeerde ze een paar hapjes. Diego maakte van de gelegenheid gebruik om buiten te controleren of er niemand in aantocht was. Toen hij terugkwam keek hij Tara onderzoekend aan. 'Wil je me vertellen wat er in je laatste hypnosesessie is gebeurd?'

Meteen sloeg ze haar ogen neer. Hoewel de leegte in haar lichaam haar geen seconde had verlaten, was het gesprekje over Dominic en Thierry even een aardige afleiding geweest. Ergens wilde ze helemaal niet over haar broer praten. Als ze niemand iets vertelde, zou Rolf voor altijd een geheim zijn dat ze in haar hart bewaarde. Tegelijkertijd voelde ze de behoefte Diego deelgenoot te maken van haar ervaring. Even stond ze in dubio, maar toen zwichtte ze en gooide ze het hele verhaal eruit.

Diego luisterde ademloos en zette de vele vragen die onmiddellijk bij hem opkwamen opzij. Antwoorden volgden later wel, nu moest hij er voor Tara zijn. Toen ze klaar was, sloeg hij zijn armen om haar heen en trok hij haar tegen zich aan. 'Dat is nogal wat,' zei hij, met warme stem.

'Het is mijn schuld,' snikte Tara. 'Als ik niet vergeten was wat mijn moeder zei, had ik hem nog gekend. Dan was ik gaan zoeken, zoals ik haar beloofd heb, en hadden we nog jaren samen gehad.'

'Geef jezelf maar niet de schuld,' zei Diego, die in gedachten vraagtekens plaatste bij Cassandra's overtuiging dat Rolf dood was. Hoe wist ze dat zo zeker? Zou er niet een kans bestaan dat Tara's broer nog leefde? Hij nam zich voor het uit te zoeken, maar zei dat niet tegen Tara. Aan valse hoop had ze niets. 'Je moeder moet haar redenen hebben gehad om zijn bestaan jarenlang te verzwijgen. Als die botsing niet had plaatsgevonden, had ze het misschien toch stilgehouden. Dat zullen we nooit weten.'

'Maar ze heeft het wél gezegd en ik ben het vergeten!' Tara sloeg haar handen voor haar gezicht en huilde.

'Wees niet zo hard voor jezelf, je was pas tien.' Diego wiegde haar zachtjes heen en weer. 'Zo'n zwaar ongeluk zou elk kind van tien jaar een trauma opleveren. Je geest kon het gewoon niet aan om alle details te verwerken en te onthouden. Bepaalde herinneringen zijn geblokt uit zelfbescherming. Dat geeft helemaal niets. Kijk wat je bereikt hebt, je bent een van de beste journalisten die ik ken.'

'Wel een journalist zonder familie. Ik had mijn ouders en mijn broer nog zo graag bij me gehad, dan was ik niet alleen.'

'Laat mij er dan voor je zijn,' zei Diego. Hij voelde hoe ze schrok en ook hij viel even stil van zijn eigen woorden.

‘Jij…?’ Tara was gestopt met huilen en duwde Diego zachtjes van zich af.

‘Waarom niet?’ Diego greep haar handen beet en keek recht in haar ogen. ‘Nu Yvonne en ik niet meer samen zijn en ik mijn leven op de rit krijg, zie ik pas helder wat ik eigenlijk al langer weet. Ik ben heel blij dat jij in mijn leven bent en ik wil je niet meer kwijt. Dat je me af en toe in levensgevaar brengt en soms onuitstaanbaar bent, neem ik wel voor lief.’ Hij grijnsde. ‘Wat vind je ervan?’

Tara staarde hem aan, te perplex om iets te zeggen.

Diego zag het en stond op. ‘Denk er maar over na, mijn aanbod staat en ik beloof je dat ik het voorlopig niet zal intrekken. Eet jij ondertussen die quiche op, dan check ik de buitenboel nog een keer. We moeten niet hebben dat dat kreng opeens thuiskomt. Over levensgevaar gesproken…’ Grinnikend liep hij naar de keuken, Tara in opperste verwarring achterlatend.

62

Toen Diego terugkwam, zat Tara niet meer op de bank. Op het bordje restte de helft van het stuk groentequiche en het fleecedekentje lag op de grond. Ongerust liep Diego de donkere kamer door. Hij controleerde de badkamer en checkte de deur van het toilet, toen hij boven zich de vloer hoorde kraken. Hij liep terug en snelde de trap op, waar een zachtgeel schijnsel de overloop verlichtte. Het licht kwam door de kier van de deur aan het einde van de gang.

'Tara?'

'Ik ben hier,' klonk het zacht. Tara trok de deur van de verlichte kamer verder open en wenkte hem naar binnen. 'Moet je kijken, dit geloof je niet.'

Diego wist inderdaad niet wat hij zag: ze bevonden zich in een volledig ingerichte babykamer, compleet met wieg, commode, een stapel luiers in de hoek en een school zeepaardjes in alle kleuren van de regenboog, geverfd op de muur.

'Wat is dit?' vroeg hij verbijsterd.

'Een babykamer,' antwoordde Tara laconiek. Haar moeders stem, de wetenschap dat ze een broer had en Diego's verrassende voorstel hadden haar zodanig van haar stuk gebracht dat ze niet langer op de bank had kunnen blijven zitten. Ze was lukraak naar boven gelopen en op de onverwachte vondst gestuit. Om meer te kunnen zien, zonder van buitenaf zichtbaar te zijn, had ze de gordijnen dichtgetrokken en een lampje aangeknipt. Was Cassandra zwanger? Daar had ze niets van gemerkt, bedacht Tara. De vraag bracht haar terug naar de vulkaan, waar de mysterieuze vrouw haar levensverhaal had verteld. 'Ik ben moeder van twee dochters en ze zijn allebei dood.' Tara kreeg er opnieuw kippenvel van. Cassandra had haar eerste kindje laten weghalen en was ervan overtuigd dat ze daarom haar tweede dochter had verloren; als straf voor een onherstelbare fout. Hoewel ze die redenering niet geloofde, voelde Tara wel het immense verdriet dat erin doorklonk. Zou Cassandra dat verdriet willen stillen met een derde kind? Was ze daar nog niet te oud voor? En hoe zou ze het aanpakken?

'Ik ben benieuwd of Kaiser hiervanaf weet,' zei Diego, alsof hij Tara's gedachten kon lezen. Hij trok de la van de commode open en haalde er een stapel papieren uit. 'Dit lijkt een soort planning,' zei hij, terwijl hij het bovenste vel in het licht hield. Hij bestudeerde de lijnen, cijfers en data en boog zich plots voorover. 'Zei ik het niet?' riep hij toen, triomfantelijk.

Tara liet haar blik over de cijfers glijden, maar zag niet wat hij bedoelde.

'Hier staat het,' wees hij, terwijl hij met zijn middelvinger een gat in het papier prikte, '*Hodie mihi, cras tibi*: vandaag ik, morgen jij. Precies dezelfde tekst als op het bord boven de deur van Kaisers onderkomen in het bos. Ik zei toch dat ze met opvolging bezig waren? En ik maar denken dat die tekst op Cassandra sloeg, die de praktijken van haar echtgenoot moest voortzetten. Dat was handig zolang hij in de bak zat, maar dat is niet wat ze er in de basis mee bedoelden.' Hij strekte zijn armen naast zich uit. 'Deze kamer bewijst het: ze willen een kind. Over een paar maanden staat Kaiser buiten, dan kan hij meteen aan de slag.' Enthousiast schoof hij de planning naar Tara, terwijl hij zelf door de andere papieren in de stapel bladerde.

De letters van de Latijnse spreuk dansten voor Tara's ogen. Ze kon volgen wat Diego zei, en als de kinderkamer iets liet zien, was het dat Cassandra zich voorbereidde op een baby, maar toch knaagde er iets. Cassandra gedroeg zich niet als een vrouw die, hooguit wat ongeduldig, enkel uitkeek naar het moment dat haar man werd vrijgelaten zodat ze een kind konden maken. Daarvoor hoefde ze Maya het ravijn niet in te duwen. Daarvoor hoefde ze de zware tocht naar het lavameer niet te ondernemen, om vulkaangodin Pele een extra offer te brengen terwijl code rood nota bene al was afgekondigd. En daarvoor hoefde ze ook Tara niet te chanteren om haar een pakje te laten stelen. In gedachten zag Tara Cassandra's wanhopige blik toen die haar de instructies gaf. Bij dat pakje lag de sleutel, besefte ze en ineens gingen haar ogen open: een pakje van Wolfgang uit de gevangenis, de medische kliniek, Cassandra's extreme gedrag, het was zo duidelijk als wat en ze begreep niet dat ze het niet eerder had gezien. Met het besef kwam ook het schuldgevoel over wat ze Cassandra met haar bedrog had aangedaan.

Ze beet hard op haar lip en greep Diego bij zijn arm. 'Hoe laat is het?'

'Hoezo?'

'We gaan. Eerst naar Alani, bij Joseph en Jolene; ik wil weten of ze daar voorlopig goed zit. En dan naar de kliniek.'

Diego fronste zijn wenkbrauwen. 'De kliniek aan de westkust, waar we al geweest zijn? Hoezo?'

'Cassandra is daar. We hebben iets met haar goed te maken.'

63

Ondanks het wel erg vroege tijdstip leek Joseph er allerminst van op te kijken dat Tara en Diego bij hem op de stoep stonden. Hij verwelkomde Tara alsof hij haar al jaren kende en ook Diego schudde hij hartelijk de hand.

'Kom binnen, het is goed dat jullie er zijn,' zei hij, terwijl hij hun voorging naar de woonkamer, waar een zware wietlucht hing. 'Ik slaap slecht,' verontschuldigde hij zich. 'Die vulkaanuitbarsting veroorzaakt de nodige stress, al zitten we hier gelukkig aan de veilige kant en lijken we de dans te ontspringen. Het trieste nieuws dat onze logee ontving maakt het er ook niet beter op.'

'Hoe gaat het met Alani?' vroeg Tara bezorgd.

'Ze is erg van streek,' antwoordde Joseph. 'De politie kwam gisterochtend vertellen dat ze haar moeder gevonden hadden.' Hij trok een grimas en streek een hand door zijn lange haar. 'Verschrikkelijk, zoiets gun je niemand en zo'n lief meisje al helemaal niet. Jolene is continu bij haar gebleven, met Adam uiteraard. Het zal tijd nodig hebben.'

'Fijn dat jullie voor haar zorgen,' zei Tara, 'ik denk niet dat het goed is dat ze naar haar vader teruggaat, als die weer eens opduikt.'

'Ik heb al van de politie begrepen dat die daar ook geen voorstander van zijn,' zei Joseph met een veelbetekenende blik. 'Steve heeft andere prioriteiten, die kan niet voor Alani zorgen. Geen nood; hier is ze welkom, ze kan zo lang blijven als ze wil.'

‘Daar ben ik blij om. Bedankt, Joseph.’

Glimlachend wuifde hij haar woorden weg. Hij keek verbaasd toen hij zag dat Tara weer naar de deur liep. ‘Blijven jullie niet? Ik kan thee zetten, of koffie?’

‘Nee, bedankt. Wil je Alani zeggen dat ik langs ben geweest en dat ik haar heel veel sterkte wens? Dan gaan we, we moeten nog een stop maken voor we terugvliegen,’ legde Tara uit. ‘Misschien mogen we je quad wat langer lenen? Ik betaal er uiteraard voor.’

‘Geen sprake van. Die quad laten we staan, mijn SUV rijdt stukken comfortabeler. Zeg maar waar je naartoe moet, dan geef ik je een lift. Maar weet je zeker dat je niet eerst koffie lust? Verser kan niet, hij komt recht van de plantage.’

Ruim anderhalf uur later zette Joseph hen af in een zijstraat van de hoofdweg in Kailua-Kona, waaraan het Ali’i Health Center gevestigd was. Het laatste stuk zouden ze lopen en daarna kwam het aan op hun improvisatietalent. Tara had Diego in hoofdlijnen verteld wat ze bedacht had en die was met enige tegenzin akkoord gegaan. Als Tara’s theorie klopte, hadden ze inderdaad niet fraai gehandeld, maar dat woog voor hem nog altijd minder zwaar dan de acties van Cassandra zelf. Ook Tara twijfelde, vooral nu ze gehoord had hoe Alani eraan toe was, maar ze hield haar mond. Ze voelde dat ze dit doen moest, zelfs al was het onverstandig.

Terwijl ze vanuit de zijstraat de hoofdweg insloegen, brak een waterig zonnetje door de rookwolken van de vulkaan heen. Een nieuwe dag was aangebroken en Tara hoopte van harte dat dit haar laatste op het eiland was. Ze verlangde naar rust en wilde naar huis, waar Huub op haar wachtte. Hem knuffelen en heel lang slapen, dat stond boven aan haar lijstje en aan meer wilde ze voorlopig nog niet denken.

‘Wie is Adam?’ vroeg Diego, vanuit het niets. Josephs koffie had hem goed gedaan en ondanks de vermoeidheid in zijn lijf, was het doffe gevoel in zijn hoofd verdwenen.

'Een wombat.'

'Wat?'

'Laat maar.' Tara had iets gezien en trok Diego opzij, in de beschutting van een rij bomen. 'Is dat niet de Mustang van Cassandra?' vroeg ze, terwijl ze in de verte wees. Vanuit hun positie was op het grindpad voor de kliniek een deel van een auto zichtbaar. Ze slopen dichterbij en verstopten zich achter een boom toen een tweede auto het terrein op reed, die in een van de parkeervakken parkeerde. Een dikke dame in een strakke spijkerbroek stapte uit, hing een tas over haar schouder en slofte in de richting van de achteringang. Tara wenkte Diego en gebukt slopen ze verder tot ze zich achter de Mustang konden verschuilen. Ze wachtten tot de vrouw de deur had dichtgetrokken en haastten zich naar de achterzijde van het pand, waar onder een afdak nog steeds de glimmende speedboot op een aanhanger gestald stond. Tot hun verbazing stak er van onder het dekzeil een been tevoorschijn, waarna de rest van het lichaam volgde en er een vrouw op de grond sprong.

Het was Cassandra en ze zag hen direct. Dreigend zette ze een pas naar voren, maar voordat ze iets kon zeggen, nam Tara het woord.

'We komen je helpen,' zei ze, net hard genoeg, zodat Cassandra haar kon horen, maar de dame binnen niet.

Cassandra maakte een wegwerpgebaar. 'Sodemieter op, jij hebt al genoeg gedaan. Wegwezen hier en waag het niet me tegen te houden, want ik sta niet voor mezelf in.'

'We willen je niet tegenhouden, want we weten wat je hier komt doen,' hield Tara vol. Ze liep voorzichtig op Cassandra af. 'Het spijt me dat we je hebben misleid. Dat kon niet anders, maar dat is voorbij. Ik weet nu hoe belangrijk het pakje van je man voor je is.'

'Ga weg!' De lange vrouw kookte van woede en het kostte haar zichtbaar moeite niet op Tara af te springen en haar te lijf te gaan.

'Niet doen,' waarschuwde Tara. 'Het is al erg genoeg dat Maya dood is; je wilt niet nog meer slachtoffers maken. We zijn net bij Alani geweest, die is er kapot van.' Ze zag Cassandra schrikken bij die opmerking.

'Het was een ongeluk,' stamelde ze. 'Maya wilde niet mee... ze probeerde weg te rennen, ik hield haar tegen en toen... Het was haar eigen schuld!' Cassandra stampvoette uit frustratie. 'Als ze gewoon had meegewerkt, was ze nooit gevallen. Ik vroeg niet veel, maar ze weigerde. Ik wist niet dat ze dood zou gaan, dat was nooit mijn bedoeling. Toen ik haar achterliet, leefde ze nog...' Ze gromde in frustratie en schudde haar hoofd. Toen keerde ze zich om en beende met grote passen naar de achterdeur. Zonder nog naar Tara om te kijken, verdween ze naar binnen.

Diego had zich bewust afzijdig gehouden, maar nu was zijn taks bereikt. 'Kom, Tara, we gaan. Je hebt het geprobeerd en ze wil niet. Het is klaar.' Hij pakte haar bij de hand en zag haar weifelende blik. 'Je kunt niets doen voor iemand die niet geholpen wil worden,' benadrukte hij.

'Dat wilde ze juist wel,' reageerde Tara fel, 'en dat heb ik haar beloofd ook. Maar na ons trucje vertrouwt ze me niet meer.' Ze trok zich los en liep naar de achterdeur.

'Dat is haar probl...' De aankomst van een derde auto op het terrein, een politiewagen, maakte een abrupt einde aan hun gesprek. Tara dook net op tijd onder de aanhanger, terwijl Diego de bomenrij achter zich probeerde te bereiken. Hij was te laat.

'Politie! Staan blijven!' Twee agenten in uniform renden op Diego af. Vanuit haar schuilplek herkende Tara hen als de mannen die bij Cassandra op de stoep hadden gestaan, nadat Maya in het ravijn was gevonden.

'Ik heb niets gedaan!' riep Diego, terwijl hij zijn handen in de lucht stak. Hij stond gelaten toe dat een van de agenten hem fouilleerde en wilde toen zijn armen weer laten zakken, maar dat ging niet door. De agent nam hem in de houdgreep en trok hem hardhandig met zich mee.

'Wat is dit?' riep Diego, verontwaardigd. 'Dit mag u niet doen! Wat is er aan de hand?'

'Wacht hier,' de tweede agent, duidelijk ouder dan de diender die Diego in bedwang hield, liep naar de hoofdingang van de kliniek en klopte op de deur. Nadat hij een paar woorden had gewisseld met de dame in spijkerbroek, keerde hij terug. Hij schudde kort zijn hoofd naar de jongere agent, wierp een vorsende blik op Diego en trok toen met een voldane grijns een telefoon uit zijn zak. Op het scherm toonde hij Diego de donkere foto van een man boven aan het ravijn, geknipt uit de cameraopnamen van de reddingshelikopter. Het was dezelfde foto die hij eerder aan Cassandra had laten zien. 'U bent staande gehouden op verdenking van betrokkenheid bij de dood van Maya Longdale.'

'Wat? Nee, wacht, dat kan ik uitleggen...' Diego probeerde zich tevergeefs aan de greep van de agent te ontworstelen en zocht naar woorden om zijn onschuld te bewijzen.

'Dat mag op het bureau,' viel de oudere agent hem in de rede. 'De melding van inbraak in deze kliniek bleek vals alarm, maar we zijn niet voor niets gekomen. Het is maar goed dat we al in de buurt reden, anders waren we u misgelopen en we zijn al even naar u op zoek, meneer Martinez.' De glimlach om zijn mond bereikte zijn ogen niet. 'U was zeer hulpvaardig tijdens de reddingsoperatie van mevrouw Longdale, maar daarna wist u aan onze aandacht te ontsnappen. Wij hebben nog wat vragen. Gaat u mee?' Zonder op antwoord te wachten liep de agent verder. Zijn collega volgde met Diego.

'Mond dicht en niet omkijken,' prevelde Tara, terwijl ze de drie mannen zag vertrekken. Ze wist dat Diego het vreselijk moest vinden haar achter te laten en ze beet haar lip stuk in de hoop dat hij haar desondanks haar gang liet gaan.

Toen ze de portieren van de politiewagen hoorde dichtslaan, slaakte ze een zucht van opluchting. Te ongeduldig om te wachten tot de auto het terrein verlaten had, sprong ze op en sloop ze naar de achterdeur.

64

'Niet doen!'

Met grote ogen van schrik staarde Tara naar de twee vrouwen tegenover haar. In de lange gang die uitkwam bij de achterdeur had Cassandra de medewerkster klemgezet tegen de muur. Met haar rechterhand duwde ze het kapmes, dat Tara niet onbekend voorkwam, tegen de hals van de vrouw en met haar linkerhand trok ze hard aan haar haren.

'Verdomme, rot op!' Cassandra spoog de woorden uit, zo woest was ze Tara weer te zien. 'Ik heb je toch gezegd dat ik het zelf doe?'

'Denk na, Sandra!' riep Tara, die bewust Cassandra's Duitse naam noemde. 'Wat heb je aan je pakje als je vastzit voor geweldpleging of erger? Moet je kind je straks soms komen opzoeken in de bak?'

Die was raak. Cassandra liet haar greep verslappen en onmiddellijk zakte de jammerende vrouw door haar knieën naar de grond. Tara liep naar haar toe en knielde naast haar neer. 'Er gaat je niets gebeuren,' zei ze, rustig, maar stevig genoeg om ook Cassandra te overtuigen. 'We zijn alleen op zoek naar een pakje dat hier bezorgd is. Dat is alles. Als we het hebben, gaan we weg en is er niets aan de hand.'

De vrouw was wit weggetrokken en leek niet meer in staat normaal te ademen. In korte pufjes stootte ze lucht naar buiten, tot haar ogen langzaam wegdraaiden. Tara zag dat ze ging flauwvallen en greep haar beet om te voorkomen dat de vrouw met haar hoofd op de grond bonkte. Met moeite liet ze het zware lichaam verder op de vloer zakken, zodat het languit in de gang lag.

'En wie gaat me nu vertellen waar ik zoeken moet?' Cassandra trok Tara aan een arm omhoog en prikte het kapmes in haar borst. Ze stond te tollen van vermoeidheid, maar was nog steeds sterk genoeg om Tara klemvast te houden.

'We doorzoeken de kamers een voor een,' zei Tara, 'dan vinden we het zeker.' Het was maandagochtend en volgens Benno zou het pakje onder normale omstandigheden deze ochtend moeten aankomen. Ze dacht ook aan wat hij had gezegd over mogelijke vertraging en hoopte vurig dat hij ongelijk had. 'De politie is weg, dat heb je slim geregeld, dus nu hebben we alle tijd om te zoeken.'

Cassandra snoof minachtend en schopte zijdelings tegen het been van de vrouw op de grond. 'Angst werkt als een toverstaf. Bange mensen doen alles wat je vraagt, zelfs liegen tegen de politie. Ik stond vlak achter haar en als ze die agent niet zou afwimpelen, had ik haar pijn moeten doen.' Ze zei het bijna nonchalant, maar toen laaide haar woede opnieuw op: 'Dat mens drukte al op het alarm voordat ik überhaupt kon zeggen wat ik wilde. Ik kreeg geen enkele kans.' Opeens liet ze Tara los en gooide ze haar armen in de lucht. Het mes viel kletterend op de grond. 'Zoals ik nooit een kans krijg! Waarom moet ALLES ALTIJD zo godvergeten moeilijk gaan? Waarom loopt nooit eens iets vanzelf? Ik moet OVERAL voor vechten, OVERAL! Weet je hoe verschrikkelijk moe je daarvan wordt? Nou?'

Tara voelde aan dat ze beter niet te veel kon zeggen en schudde enkel haar hoofd.

'Nee, dat weet alleen ik,' bitste Cassandra. 'Zelfs mijn wijze man heeft geen idee, al zegt hij van wel. Wat weet hij nou? Zeventien jaar moet ik het al alleen doen.' Met een ruw gebaar haalde ze een mouw langs haar vochtige ogen.

'Binnenkort is dat voorbij, dan zijn jullie samen,' probeerde Tara voorzichtig, nadat ze Cassandra even de tijd had gegeven om op adem te komen. Toen de vrouw niet reageerde, durfde ze een stapje verder te gaan. 'Ik heb de babykamer gezien... hij is prachtig.' Ze schrok toen Cassandra zich ruggelings tegen de muur liet vallen en hartverscheurend begon te huilen. Haar lange lijf schokte van intens verdriet en het deed Tara pijn ernaar te kijken.

Langzaam liep ze naar Cassandra toe en legde een hand op haar schouder. 'Dat is het plan, toch? Daarom is het pakje met de container zo belangrijk voor je? Wolfgang heeft je zijn sperma opgestuurd, zodat je opnieuw zwanger kunt worden.'

'Het is onze laatste kans,' snikte Cassandra, terwijl ze met haar andere mouw tranen en snot van haar gezicht veegde. 'Als het nu niet zo mag zijn, lukt het nooit meer. Dan is al ons harde werk voor niets geweest en hebben we gefaald.' Met een lege blik staarde ze voor zich uit. 'De beslissing om Katinka weg te laten halen, was onvergefelijk, al zagen we dat niet meteen in. Pas na de dood van Nikita beseften we dat we werden gestraft. Jarenlang was ik ervan overtuigd dat we nooit ouders zouden worden, totdat Pele me het visioen gaf, waarin ik mezelf zag met een kind in mijn armen.'

Haar stem brak bij de herinnering. 'Ik was euforisch van geluk en toch duurde het een hele tijd voordat ik het echt durfde te geloven. In die periode bedacht Wolfgang het Masterplan, zodat we in ieder geval voorbereid zouden zijn, mocht het echt zover komen. Ons geduld werd nog danig op de proef gesteld, maar toen ik jou zag, kwam alles in een stroomversnelling.' Ze haalde luidruchtig haar neus op en keek Tara met waterige ogen aan. 'Ik klampte me vast aan de voorspelling in mijn visioen en Wolf zag de uitbarsting van de Mauna Loa als teken van de natuur.'

Ze greep Tara's handen vast. 'Het is alles wat ik wil, snap je dat? Wolfs gevangenisstraf, de jarenlange eenzaamheid, de ontelbare offerceremonies, het harde werken, het is het allemaal waard geweest als we daarmee onze fout hersteld hebben en nog een kindje mogen krijgen.'

Tara knikte. Visioenen vond ze onzin en in 'tekenen van de natuur' geloofde ze ook niet, maar voor Cassandra's verlangen naar een kind kon ze begrip opbrengen. Er waren genoeg verhalen bekend van vrouwen die de vreemdste toeren uithaalden om zwanger te worden. Hoewel ze zelf nooit een kinderwens had gehad, herkende ze als geen ander de allesoverheersende behoefte niet langer eenzaam te zijn.

'En, als ik het goed begrijp, moet het nu gebeuren?' vroeg Tara.

'Ja.' Cassandra rechtte haar rug en leek haar emoties weer onder controle te hebben. 'Wolfgang zegt dat de natuurkrachten op hun sterkst zijn tijdens de vulkaanuitbarsting. Niemand weet hoe lang die aanhoudt, dus er is geen tijd te verliezen; ik moet die container hebben.' Ze keek naar de deuren aan weerszijden van de gang, alsof ze wilde beslissen welke kamer ze eerst zou doorzoeken, toen een zacht gekreun aangaf dat de flauwgevallen vrouw op de vloer bij haar positieven kwam. Tegelijkertijd klonk voor in het pand een zachte gong, gevolgd door een joviaal 'Aloha!'

Cassandra aarzelde geen seconde; ze griste het mes van de grond en rende door de gang naar voren. Tara keek van Cassandra naar de vrouw op de vloer en stond in dubio.

'Help me, alsjeblieft,' kreunde de vrouw, terwijl ze probeerde zichzelf overeind te duwen, wat in de strakgespannen broek bepaald niet meeviel. Tara hielp haar omhoog en trok haar mee in de richting van de achterdeur. Voor ze daar aankwamen, opende ze snel een zijdeur en duwde ze de vrouw naar binnen. Die schrok en stribbelde tegen.

'Wat doe je? Ik wil eruit,' gilde ze en in paniek probeerde ze de kamer uit te komen, maar Tara stond dat niet toe en sloot de deur.

'Als je nu wegrent, komt ze je met dat mes achterna,' beet ze de vrouw toe, terwijl ze om zich heen spiedde. De klinisch witte ruimte leek een laboratorium. In het midden stond een rechthoekige stalen desk met een rij microscopen en de muren waren bedekt met kasten die tot het plafond reikten. 'Kun je je in een van die kasten verstoppen? Het is maar voor even,' spoorde ze de vrouw aan, die niet leek te begrijpen wat de bedoeling was.

'Ik wil hier weg,' piepte ze opnieuw.

Tara verloor haar geduld. 'Dat weet ik, maar dat is niet verstandig! Luister… hoe heet je?'

'Joy.'

'Luister, Joy, het gaat haar om een pakje uit Europa dat deze ochtend bezorgd moet worden. Als ze dat heeft, is ze weg, dus zeg me waar het is, dan is dit zo voorbij.'

Joy keek Tara aan of ze water zag branden en had even nodig voor ze doorhad wat de vraag was. Toen wees ze met trillende wijsvinger naar de deur. 'Ik weet niet of dat pakje erbij zit, maar… de postbode is nu binnen.'

Met een paar snelle passen was Tara terug bij de deur. 'Ik kan je niet tegenhouden,' zei ze, 'maar geloof me als ik zeg dat het beter is je even niet te laten zien. Komen er nog collega's aan?'

'Over een half uurtje.'

'Dan zijn we hopelijk al weg. Verstop je in deze kamer. Dit komt goed.' Tara stapte de gang in, sloot de deur en rende Cassandra achterna. Ze hoorde haar eigen woorden nagalmen in haar hoofd en hoopte van ganser harte dat ze gelijk had.

65

Dat de postbode niet met lege handen was gekomen, zag Tara zodra ze de ontvangstruimte binnenkwam. Midden in de kamer, tussen de balie en de voordeur, stond een steekwagen met daarop een pallet vol pakjes. Van achter de balie loerde Cassandra er verlangend naar, maar iets hield haar tegen zich op de pallet te storten en het pakje van Wolfgang te zoeken. Pas toen Tara om de balie heen liep, zag ze wat er mis was. De postbode, formaat sumoworstelaar en met spieren als staalkabels, zat tegen de kar op de grond. In een hand hield hij het kapmes van Cassandra voor zich uit en met de andere drukte hij een gapende wond in zijn dijbeen dicht. Bloed stroomde door de stof van zijn kniebroek en zijn vingers door naar buiten en had al voor een indrukwekkende plas op de marmeren tegels gezorgd. Zodra de man Tara in het vizier kreeg, richtte hij het mes op haar. Aan de verwarring in zijn ogen was duidelijk te zien dat hij niet wist wat hij doen moest.

Zonder aarzelen stapte Tara op de man af. 'Aloha, ik ben een collega van Joy en ik kom je helpen,' zei ze, met haar handen in de lucht, zodat hij kon zien dat ze ongewapend was. 'Je been moet afgebonden worden om het bloeden te stoppen.'

De man hief het mes en keek van Tara naar Cassandra. Zweet parelde op zijn voorhoofd en door zijn pruilende onderlip wekte hij de indruk dat hij ieder moment in tranen kon uitbarsten. 'Zij gooide het mes,' riep hij, even ontdaan als verontwaardigd, 'zomaar, ik deed helemaal niets.' En toen naar Tara: 'Ik heb een dokter nodig, bel 911.'

Behoedzaam liep Tara om de man heen. Ze knikte om te laten zien dat ze hem gehoord had en hield tegelijkertijd Cassandra in de gaten. 'Natuurlijk bel ik 911,' sprak ze sussend, 'maar eerst moet je gaan liggen, dat is beter. Kom, ik zal de kar opzijzetten zodat je de ruimte hebt.'

Cassandra volgde Tara's verrichtingen op de voet en scheen te begrijpen wat die van plan was. Met ingehouden adem wachtte ze tot Tara de kar van de rem had gehaald en naar de zijkant van de ruimte had gerold, waar twee luikjes toegang gaven tot de balie. Cassandra wachtte tot de man plat op de grond lag, snelde toen de luikjes door en rukte het eerste doosje van de stapel. Zodra ze het etiket had gecontroleerd, gooide ze het naast zich neer en pakte ze het volgende.

Terwijl Cassandra de stapel doorzocht, vond Tara een aantal mitella's achter de balie. Ze liep terug naar de man en bond er twee stevig om zijn bovenbeen. Hij gaf geen kick, maar aan zijn gezicht zag ze dat hij pijn had. 'Hou nog even vol,' zei ze. Haar telefoon brandde in haar broekzak; ze wist dat ze een ambulance moest bellen, maar eerst wilde ze Cassandra het pand uit hebben. Ze rende naar de kar en speurde naar een etiket uit Europa. Cassandra had het grootste deel van de pallet al weggewerkt, er lag een berg pakjes naast haar op de grond, toen ze onderop een soort koelbox opentrok. Met ogen als knikkers staarde ze naar de inhoud.

'Is dat het?' vroeg Tara. Ze ging naast Cassandra staan en zag direct dat ze gelijk had. In de koelbox lag een thermosfles met een thermometer in de dop. Het etiket op de fles moest vervalst zijn, want de naamgeving klopte niet en de afzender was een ziekenhuis in München, maar een tweede sticker met een waarschuwingsdriehoek en de aanduiding ‘vloeibare stikstof’ wiste elke twijfel weg.

Omdat Cassandra niet in staat leek te bewegen, tilde Tara de fles uit de box. ‘Je toekomst,’ zei ze en ze legde de fles in Cassandra’s handen.

Die leek wakker te schrikken en drukte de fles tegen haar borst. ‘Dank je wel,’ zei ze, het klonk oprecht.

‘We zouden elkaar helpen, toch? Dat was de deal,’ zei Tara. ‘Ik moet jou ook bedanken. Zonder jou had ik het misschien nooit geweten van mijn broer.’

Cassandra knikte aarzelend, alsof ze zich geen houding wist te geven. Voorzichtig liep ze met de fles in haar armen langs de berg pakjes naar de voordeur. Even blikte ze nog naar de man op de grond, maar toen gooide ze de voordeur open en rende ze naar haar auto. Na een paar tellen stoof ze in de Mustang het terrein af, het grind spatte opzij.

Een maand later

Een poster van de baai bij Kalapaki Beach nam bijna een volledige wand van de badkamer in Diego's flat in beslag. Hij keek er iedere ochtend naar als hij de douche uit kwam en zich klaarmaakte voor een nieuwe dag. Het beeld riep gemengde gevoelens in hem op: enerzijds herinnerde het hem aan het enorme succes van *De Trip* op de prachtigste plek op aarde, anderzijds hield het hem bij de les. Na Mexico dacht hij dat het makkelijk zou zijn ver van drugs vandaan te blijven, maar op Hawaï had hij ontdekt hoe verraderlijk dichtbij het gevaar aanwezig bleef. Hoewel hij op het moment zelf niet wist dat er een pil in zijn drankje was gedaan, was het wel een bewuste keuze geweest met mensen om te gaan die drugs gebruikten. Daarbij had niemand anders die grote hoeveelheden champagne in zijn keel gegoten. Pas toen hij thuiskwam en zijn kinderen in zijn armen sloot, besefte hij wat hij op het spel had gezet en besloot hij nooit meer een druppel alcohol te drinken. Hij wilde fit en sterk zijn voor Nona en Max, die om het weekend drie nachten bij hem sliepen. Het verbaasde hem hoe snel de tweeling aan het nieuwe ritme gewend bleek te zijn. Ze vonden het een avontuur in een stapelbed te slapen, want dat hadden ze bij Yvonne niet, en het speeltuintje voor zijn flat viel ook erg in de smaak.

Dit weekend bleven ze bij hun moeder en dat speet hem, maar het bood wel de ruimte voor een training naar het bos te gaan. Al een paar dagen na terugkomst, toen hij van de ergste jetlag was hersteld, had hij het hardlopen weer opgepakt. Kleine stukjes en aanvankelijk liep hij meer dan dat hij rende, maar hij voelde vooruitgang en dat gaf hem energie.

Opgefrist droogde hij zich af en kleedde zich aan. Hij had net koffie gezet toen de bel ging. Zodra hij de deur opende, sprong Huub enthousiast tegen hem op. De grote rottweiler kende de weg inmiddels en na zijn begroeting rende hij kwispelend de woonkamer in, waar hij zich neervlijde op een kussen voor het raam. Tara volgde hem en ging op de bank zitten.

'Klaar voor morgen?' vroeg ze, terwijl ze een beker koffie van Diego aannam. Er glansde gel in haar rode haar, dat iets langer was dan op Hawaï. Haar wangen leken minder ingevallen en in de donkerbruine ogen schemerde al weer een fractie van haar oude pit door.

Ook voor Tara was Hawaï een omslagpunt geweest, zij het op een andere manier dan voor Diego. Nu ze wist wat haar moeder had gezegd, voelde ze pas hoe zwaar de onwetendheid op haar gedrukt had. Daarbij was het erg fijn te weten dat ze een broer had, al was hij overleden. Ze voelde zich gesterkt door het beeld dat Cassandra had geschetst: er stonden drie mensen om haar heen die van haar hielden, haar vader, moeder en Rolf. Haar vingers jeukten om naar hem op zoek te gaan. Wat was hij voor jongen geweest? Hoe zag hij eruit, leek ze op hem? Waar had hij gewoond, wie was zijn vader, en waarom had hun moeder hem weggegeven? Ze wilde het dolgraag weten, maar ze had Diego beloofd de tijd te nemen. De schim die ze was geworden moest aansterken en daarom at ze regelmatiger en introduceerde ze zelfs fruit in haar gebruikelijke dieet van koffie en diepvriespizza's. Ze wandelde veel met Huub, die zijn geluk niet op kon en ging op tijd naar bed. Stoppen met roken lukte nog niet en ze wist ook niet zeker of ze daar al aan toe was; van te veel veranderingen tegelijk werd ze onrustig en dat wilde ze juist voorkomen.

'Klaar voor mijn nieuwe baan, bedoel je?' Diego grijnsde. De Koning Producties was erg tevreden over zijn werk voor *De Trip* en had hem een klus van drie maanden aangeboden. Hij moest bestaande formats bijschaven en met een team nieuwe programma's ontwikkelen. Hoewel niet zijn droombaan, leek het de ideale opdracht tijdens zijn periode van herstel. 'Ik denk niet dat ik het gedaan had als ik Thierry weer was tegengekomen, maar die heeft het gelukkig erg naar zijn zin in Amerika. Het is maar goed dat we hem op Hawaï buiten schot gehouden hebben.'

Tara schonk hem een bedenkelijke blik en dacht terug aan haar laatste momenten met Cassandra in de kliniek. Diego was toen al meegenomen naar het politiebureau en had haar later ingelicht over het boekje dat hij over Sandra Gerhard had opengedaan. Hij vertelde de politie ook de waarheid over hoe Tara en hij Maya in het ravijn hadden gevonden, waarom hij uit de helikopter op de vlucht was geslagen, hoe Wolfgang Kaiser hem vanuit een gevangenis in Duitsland net op tijd op het juiste spoor had gezet en welke rol zijn voormalige chef en diens Interpol-connecties daarbij hadden gespeeld. Het kostte een aantal telefoontjes naar Benno en Interpol voordat de verblufte agenten op Big Island overtuigd waren, maar daarna ging het snel: in no-time zaten Tara en Diego in een vliegtuig naar Kauai.

'Ze waren allang blij dat we gingen, met ons verdwenen de problemen van het eiland,' zei ze. 'Als je ook nog over Thierry's handeltje en Renates rotstreek was begonnen, waren ze helemaal gek geworden.'

'Dat denk ik ook,' zei Diego, 'maar ik ben toch blij dat jij hem alsnog te grazen hebt genomen, in een vlog nog wel!' Hij lachte hardop. 'Zie je wel dat je er talent voor hebt!'

'Echt niet.' Tara grinnikte besmuikt. 'Ieder zijn vak en vloggen is het mijne zeker niet. Maar oké, met die laatste was ik niet ontevreden.'

De laatste challenges inclusief de finale van *De Trip* waren in vier dagen opgenomen. Het lukte net op tijd een nieuw Nederlands duo, twee acteurs, onbekend maar zeer fotogeniek, uit Los Angeles in te vliegen om de show te laten doorgaan. De Chinezen rolden tegen de verwachting van zowel kijkers als kandidaten in als winnaars uit de bus en het programma brak kijkcijferrecords in tal van landen. Tara maakte het tekort aan vlogs tijdens de eerste helft van de opnames in die laatste fase meer dan goed. Ze interviewde kandidaten voor en na elke challenge, vroeg bewoners naar het effect van het programma op hun leven op het eiland en maakte prachtige sfeerbeelden.

Bij terugkomst in Nederland was Benno tevreden en zij doodop en toch wilde ze koste wat kost nog een laatste vlog maken. Voor de ingang van het kantoor van De Koning Producties had ze Thierry met draaiende camera geconfronteerd. Eerst werkte hij mee, maar toen ze hem vroeg waar hij Dominic van kende en of hij al wist dat die zich had doodgereden in een wagen vol pillen, klapte hij dicht. Ook op de vraag waarom hij de bestelling bij Dominic annuleerde, nadat zij die in Thierry's opdracht al had opgehaald, weigerde hij commentaar. Lijkbleek beende hij het kantoorpand binnen, terwijl zij hem met haar camera door de glazen deur nakeek. Het vlog werd veel bekeken en besproken en Thierry bleef een tijdje offline, tot hij ineens opdook in Miami, Florida, waar hij als *co-host* bleek te zijn ingeschakeld voor het tweede seizoen van de Amerikaanse versie van *De Trip*. Over het 'akkefietje' op Hawaï werd niet meer gesproken, maar als de geruchten klopten had De Beauregard senior De Koning een flinke bom duiten betaald om geen aanklacht tegen zijn zoon in te dienen. Tara haalde haar schouders erbij op, zij had haar punt gemaakt en liet de zaak maar wat graag los.

'Over talent gesproken,' veranderde ze van onderwerp, 'Benno raakt maar niet uitgepraat over jouw interview met Wolfgang Kaiser in *De Dageraad*. Hij heeft al tien keer gezegd dat het in de prijzen gaat vallen. Die kun je in je zak steken.' Ze grinnikte. 'Het is ook echt een goed interview, maar je had natuurlijk wel het geluk dat Kaiser bereid was met je te praten en dat de gevangenisdirecteur het toestond.'

'Directeur Übel was maar wat blij met de aandacht,' schamperde Diego, 'die hoopt dat de belangstelling leidt tot subsidie voor een renovatie van het pand. Maar wat Wolfgang betreft, heb je gelijk. Tijdens zijn rechtszaak, zeventien jaar geleden, heeft hij amper iets gezegd. Dit was de eerste keer sinds zijn arrestatie dat hij zijn hele verhaal uit de doeken heeft gedaan.' Diego schudde zijn hoofd. 'De man houdt er bizarre ideeën op na, maar door dat enorme charisma en zijn overtuigingskracht ben je toch bijna genegen met hem mee te gaan. Ik houd mijn hart vast voor wat er gebeurt als die straks buitenstaat.'

'Hoezo?'

Diego snoof minachtend. 'Omdat de grote Wolfgang Kaiser nog lang niet klaar is. Hij is weliswaar boos en verdrietig om de vermissing van zijn vrouw, maar hij is minstens even gedreven om zijn gedachtegoed te blijven verspreiden. Waarom had hij anders met me willen praten? Hij bleef maar doorgaan over dat *Hodie mihi, cras tibi*. Het zou me niets verbazen als er in een mum van tijd weer een groep volgers om hem heen hangt. De politie doet er verstandig aan die kerel in de smiezen te houden. Dat ben ik zelf sowieso van plan.' Hij trok een grimas. 'Voor een goed verhaal heb ik veel over.'

'Dat weet ik.' Tara glimlachte. 'Benno springt vast een gat in de lucht als je nog een verhaal over Kaiser maakt.'

Diego grinnikte. 'Hij heeft alweer gevraagd of ik terugkom.'

'En?'

'Misschien over een tijdje, een vast inkomen is meer dan welkom, helemaal nu ik alimentatie betaal. Eerst deze klus bij De Koning maar eens tot een goed einde brengen en, belangrijker, terugkomen op mijn oude niveau. Ik heb de nasleep van mijn verslaving enorm onderschat, ik wilde te snel al veel te veel. Dat moet ik niet nog een keer doen.' Hij nam een slok koffie en keek peinzend voor zich uit. 'Het is wel jammer dat we niet weten hoe het met Cassandra is afgelopen. Haar Mustang is op een ruiterpad in het vulkanenpark gevonden, daar moet ze vanuit de kliniek naartoe gereden zijn, maar wat er daarna gebeurd is, weet niemand.' Hij schudde zijn hoofd. 'Jij begreep haar altijd al beter dan ik. Volgens mij heeft ze een flinke tik van de molen gehad door alle trieste zaken die in haar leven speelden.'

Tara zuchtte. 'Ze was vooral eenzaam en dat herkende ik. Het pakje met de container van Wolfgang betekende een einde aan die eenzaamheid. Ze wilde niets liever dan zwanger worden, maar was tegelijk ook vreselijk bang dat het zou mislukken, dat het haar niet gegeven was. Toen ik haar vond in de krater van de Kilauea, vlak voor de uitbarsting, wilde ze een extra offer brengen aan Pele. Ze was er oprecht van overtuigd dat dit haar zou helpen. Ik hoop niet dat ze datzelfde waanidee in haar hoofd heeft gehaald toen ze de container eenmaal in bezit had, maar het zou me niets verbazen. Ik ben bang dat ze in het park gevallen is, of onwel is geraakt; ze kon in de kliniek al amper op haar benen blijven staan.'

In gedachten zagen ze voor zich wat er gebeurd zou kunnen zijn. De uitbarsting had vijf dagen aangehouden en was inmiddels iets meer dan drie weken geleden gestopt. Al die tijd bleef Cassandra spoorloos.

Diego was de eerste die de stilte doorbrak. 'Tenzij ze nog gevonden wordt, lijkt het erop dat ze haar laatste offer heeft gebracht, het grootste dat ze geven kon.'

'Ik hoop dat ze eindelijk rust heeft,' zei Tara.

Alsof hij aanvoelde dat zijn baasje het nodig had, stond Huub op van zijn kussen en legde zijn kop in Tara's schoot. Ze aaide hem zacht achter zijn oren.

'Ik ook. Ondanks alles heeft ze jou verder geholpen en daar ben ik blij om.' Diego knipoogde. 'Zo ben je alleen, zo heb je er een broer en een boyfriend bij.'

Tara lachte en kreeg een kleur. Ze had veel nagedacht over Diego's voorstel om haar vriend te zijn, maar had nog geen antwoord gegeven. Enerzijds wilde ze het maar al te graag, ze hield van hem en de wetenschap dat dat wederzijds was, maakte haar intens gelukkig. Anderzijds beangstigde het idee haar ook. Geluk was mooi, maar doodeng; zodra je probeerde het vast te pakken, glipte het door je vingers. Ze was dankbaar dat Diego dat begreep en dat hij had aangegeven geen haast te hebben.

'We zien wel, oké?' zei ze, quasinonchalant. 'Maar als je me wilt helpen mijn broer te vinden, zou dat tof zijn. Ik wil weten wie hij was en waar hij gewoond heeft, wie zijn vader was en...' Ze haalde haar schouders op. 'Er staan nog zo veel vragen open dat ik je hulp goed kan gebruiken.'

'Dat spreekt voor zich,' zei Diego en hij liep met de lege bekers naar de keuken. 'Koffie?'

Ze grijnsde opgelucht. 'Altijd.'

LEES MEER VAN

Nathalie Pagie

De eigenzinnige journaliste Tara Linders vertrekt naar Aruba voor een commerciële reportage over jonge succesvolle carrièrejagers. Maar als ze een Vlaams meisje ontmoet dat in nood verkeert, stuit ze op een compleet ander verhaal.

Met hulp van haar collega Diego Martinez gaat Tara op onderzoek uit en ontdekt ze dat het eiland ook duistere kanten heeft. Samen trekken ze een grotere beerput open dan ze ooit voor mogelijk hadden gehouden: het luxe eilandleven blijkt niet meer dan een zeepbel. Als de bewoners zich tegen haar keren zal ze moeten vechten voor haar leven.

LEES MEER VAN

Nathalie Pagie

Een survivalweekend in de Belgische Ardennen lijkt voor journaliste Tara Linders de uitgelezen kans om haar nieuwe collega's beter te leren kennen. Alleen heeft ze een bloedhekel aan survival en in groepen is ze ook niet op haar best. Liever gaat ze in haar eentje op pad om de omgeving te verkennen. Voor haar vaste partner Diego Martinez is het weekend de perfecte afleiding van zijn problemen thuis; hij stort zich vol overgave op de activiteiten.

Als Tara zich bemoeit met een knokpartij in de plaatselijke kroeg, ontmoet ze een paar ongure types die overduidelijk geen pottenkijkers kunnen gebruiken. Wat hebben ze te verbergen? En wat speelt er in het leegstaande ziekenhuis in het bos? Tara en Diego gaan op onderzoek uit. De lugubere vondst van een kinderhand leidt al snel naar het Spaanse Andalusië, waar het brein achter de operatie zich schuilhoudt. Lukt het Tara en Diego hem te vinden voordat er nog meer slachtoffers vallen?

LEES MEER VAN

Nathalie Pagie

Als blijkt dat haar voormalige collega Diego Martinez vermist wordt, twijfelt journaliste Tara Linders geen seconde. Ze moet naar Mexico, waar hij voor het laatst is gezien. Diego verbrak zijn relatie en verliet huis en haard om in Mexico, het thuisland van zijn vader, uit te zoeken wat hij nu echt wil: vrijheid en avontuur of een gesetteld gezinsleven. De eigenzinnige Tara mist haar partner in crime en grijpt zijn vermissing met beide handen aan om hem achterna te reizen.

Haar baas heeft aanvankelijk zijn bedenkingen – nergens sneuvelen er momenteel zo veel journalisten als in Mexico – maar stemt toch toe als hij kansen ziet voor een wereldwijde primeur. Op één voorwaarde: ze gaat niet alleen, de mysterieuze undercoveragent Jay zal haar vergezellen. Samen doorkruisen ze de binnenlanden van Mexico, waar het gevaar voortdurend op de loer ligt. Als een anonieme tip hen naar de beruchte motorbende Escorpiones leidt en Diego in levensgevaar blijkt te verkeren, wordt het pas echt bloedlink.

Verkrijgbaar als
e-book
& papieren boek

LEES MEER VAN

Nathalie Pagie

IJskoude winterthriller van eigen bodem!

De brute ontvoering van mediamagnaat Berndt Müller zet heel Zweden op zijn kop. Zijn vrouw en dochters zijn wanhopig en gaan, tegen het advies van de politie in, met de ontvoerders in gesprek. Maar wanneer ze het geëiste losgeld betalen, verandert er niets; Berndt blijft spoorloos.

Als blijkt dat de ontvoerders allen hun eigen redenen hebben voor het misdrijf, slaat de vlam in de pan. Intussen ontdekt een klein meisje dat Berndt wordt vastgehouden op een onbewoond eiland voor de kust van Göteborg. Even lijkt zijn redding nabij, maar dan blijkt dat het meisje net zo gevangen zit als hij…

Verkrijgbaar als
e-book
& papieren boek

Fragment IJsengel

Acht jaar eerder

Het uitzicht vanaf de Älvsborgbrug over Göteborg was zo overweldigend dat Rasmus er duizelig van werd. Boven op de brede balustrade balanceerde hij met zijn armen licht geheven naast zijn lichaam, alsof hij aan weerszijden een basketbal vastklemde. Het waaide harder dan anders en hij moest zijn spieren aanspannen om rechtop te blijven staan. Hij wist dat hij niet lang meer had, zijn vingers waren al verkleumd en zijn voeten tintelden. Over een paar minuten werd het risico dat hij zijn evenwicht verloor te groot en moest hij op het voetpad naast de weg springen om terug naar beneden te wandelen. Iedere nacht stelde hij dat moment langer uit. Want hier, boven op de leuning van de gigantische hangbrug over de onstuimige Göta älv, met de wereld aan zijn voeten, voelde hij zich rijk. Hier durfde hij vrijuit te dromen en leek niets onmogelijk. Hij tilde zijn armen hoger en spreidde ze zo ver hij kon. Als hij zijn hoofd iets achterover liet zakken en zijn lange blonde haren liet wapperen in de wind, kon hij de hele stad omarmen en leek zijn geluk compleet. Met zijn ogen wijd open zoog hij het beeld in zich op, totdat zijn armen zo hevig trilden dat hij ze moest laten zakken.

De claxon van een voorbijrazende auto verbrak de betovering en met een snelle draai sprong hij naar beneden. Er werd vaker getoeterd, een paar weken eerder was er zelfs een vrouw gestopt om te roepen dat het allemaal wel goed zou komen. Hij had geschreeuwd dat ze zich niet zo druk moest maken en was naar beneden gesprongen, op het voetpad. Hij fantaseerde wel eens hoe het zou voelen als hij de andere kant koos en secondelang naar beneden zou suizen tot het ijskoude water hem opvrat en meevoer naar het Kattegat, waar zijn levenloze lichaam dagen later ontdekt zou worden door een matroos op een vissersboot. Hoewel het soms aantrekkelijk leek verlost te zijn van een leven vol teleurstellingen, had hij nooit echt de neiging gevoeld die fantasie ten uitvoer te brengen. Eerst was er jarenlang de hoop geweest. Hoop op een beter leven, vol geld, liefde en luxe, zoals het zou moeten zijn. Toen die hoop werd weggevaagd, laaide het vuur op. Een verbeten vuur dat hem aanjaagde en voortdreef, weg van zijn moeder en zijn vrienden, weg uit Mölndal en op naar de grote stad: Göteborg.

In de zwerverscommune aan de voet van de brug was hij met zijn achttien jaar niet eens de jongste. Hoewel de groep wekelijks wisselde van samenstelling bestond de harde kern uit twintig mannen, vijf vrouwen en zeven kinderen, van wie de kleinste nog in luiers liep. Bij iedere politiecontrole en elk bezoek van hulpinstanties verdwenen de kinderen spoorslags, om weer op te duiken als het 'gevaar' geweken was. Pas na drie controles had Rasmus door dat de kleintjes zich verstopten in de verlaten gangen van het oude metrostelsel onder de stad. Joachim, een guitig maar hondsbrutaal jochie, had hem een paar keer overgehaald mee te gaan. De eerste gang had meerdere aftakkingen en als je niet wist waar je heen ging, kon je er hopeloos verdwalen. Regelmatig versperden grote hopen hout en zand, afkomstig van verouderde plafonds die op diverse punten waren ingestort, de weg. Met een zaklamp tussen zijn tanden klauterde Joachim er probleemloos overheen, maar Rasmus had er moeite mee. Het donker benauwde hem en de verstikkende lucht van zure aarde benam hem de adem. Liever bleef hij buiten, waar het weliswaar stervenskoud was, maar waar hij vrij kon ademhalen. Misschien was het de frisse lucht die hij het meest waardeerde in zijn nieuwe leven buiten. Dat hij zijn leven lang in de stank had geleefd, kon hij zich nauwelijks nog voorstellen, en toch was het zo.

Toen de Bedrieger zijn moeder Ulla en hem twaalf jaar geleden verliet, greep Ulla uit pure wanhoop naar de drank. Ze bleef hele dagen in bed liggen en Rasmus moest alleen naar school lopen. Voor hem zorgen bracht ze haast niet op, maar vreemd genoeg lukte het wel hun twee katten te voeren en om voederbakjes in de tuin te plaatsen, zodat binnen de kortste keren alle zwerfkatten uit de wijde omgeving de weg naar Ulla Jansons huis wisten te vinden. Rasmus kon zich niet precies herinneren hoe het gegaan was, maar opeens kwamen de katten binnen. Ze nestelden zich op de bank, in de wasmand, in zijn hut op zolder en in zijn bed. Zijn moeder had enkel nog oog voor haar 'liefjes' en verwaarloosde zichzelf, haar zoon en haar huis. Eén keer per week sleepte ze zichzelf naar de dichtstbijzijnde supermarkt en sloeg ze een kar vol kattenvoer in, naast de literpakken witte wijn, wat brood en ravioli in blik. Voor vlees, vis of verse groente was geen geld. Er moest immers voor de katten gezorgd worden, wie zou het anders doen? Toen er een stuk of veertig rondliepen, kwamen medewerkers van de gemeente om te zeggen dat het zo niet langer kon. Ze brachten de helft naar het asiel en stuurden een schoonmaakbedrijf naar binnen. Rasmus herinnerde het zich nog goed, hij moest een jaar of twaalf geweest zijn, en een van de dames van de schoonmaakploeg had Ulla gevraagd of ze hem een middag mee mocht nemen. Ze loodste hem mee naar een kapper, kocht een winterjas voor hem en in een lunchroom mocht hij kiezen wat hij wilde eten. Het was fijn, maar toch was hij blij toen ze hem weer thuisbracht. Ondanks alles was hij het liefste thuis. Zijn moeder had het misschien niet allemaal even goed voor elkaar, maar dat zou niet lang meer duren. De situatie was immers maar tijdelijk. Als ze niet dronken of te moe was, hees Ulla zichzelf de trap op naar zijn kamer. Dan kwam ze op zijn bed zitten, streek ze over zijn hoofd en zei ze dat ze het samen nog even moesten volhouden. Dat het vast niet lang meer duurde voor haar grote liefde terug zou komen om hen mee te nemen. Dan knikte hij en haalden ze herinneringen op aan de tijd dat de Bedrieger er nog was. Heel veel wist Rasmus daar niet meer van, want hij was zes jaar toen de man afscheid had genomen. Maar de woorden bij diens vertrek stonden in zijn geheugen gegrift: 'Ik kom je halen, Mussie, als ik een mooi huis voor ons heb gevonden en genoeg geld heb gespaard. Dan kom je bij mij en krijg je de grootste slaapkamer en al het speelgoed van de wereld. Bedenk alvast maar goed wat je hebben wilt.' Dat had hij gedaan; er lag een lange lijst klaar in de la onder zijn bed.

Naarmate het wachten langer duurde, groeide ook het arsenaal aan excuses dat Rasmus voor de Bedrieger verzon. Hij heeft nog geen goed huis gevonden. Hij wil meer geld sparen. Hij heeft het te druk. Misschien is hij ziek en moet hij eerst beter worden. Op zijn zestiende geloofde Rasmus niet meer dat de man hem nog in huis zou nemen, maar wachtte hij nog wel op een verklaring. Er was vast een goede reden waarom de man zich niet aan zijn belofte had kunnen houden. Ergens wist hij beter, maar hij wilde er niet aan. Zijn rotsvaste vertrouwen en de overtuiging dat hij een rijk en gelukkig leven tegemoet ging, hadden hem zijn hele armzalige jeugd bij een lieve maar verwarde moeder en in een huis vol kattenstank overeind gehouden. Die overtuiging vormde de basis van zijn bestaan. Liet hij die varen, dan waren de gevolgen niet te overzien, en dus klampte hij zich er met ziel en zaligheid aan vast. Tot zijn achttiende verjaardag, toen hij als volwassen man onder ogen moest zien dat het sprookje niet bestond. Hij was bedrogen; niemand kwam hem halen om hem over de drempel naar een beter leven te tillen. De machteloosheid woog zo zwaar en voelde zo onverteerbaar dat hij de badkamerspiegel aan diggelen sloeg. Dat was nu drie maanden geleden.

De wind blies zijn lange lokken alle kanten op. Hij propte zijn ijskoude handen in de zakken van zijn jack. Het machtige gevoel van boven op de brug had hem verlaten. Zo was het elke keer: zodra hij naar beneden sprong verdampten zijn dromen van luxe en rijkdom en trad de werkelijkheid in. Nu restten enkel de kou en de teleurstelling van het leven, dat niet liep zoals het had moeten lopen en zoals hem als kleine jongen was beloofd. Nog even, dan kon hij zich warmen aan de olievaten, waarin de mannen het vuur elke avond tot grote hoogte opstookten. Met stevige passen stevende hij op het kamp af. Hij verlangde naar een paar slokken sterkedrank, die de warmte ook vanbinnen zou doen oplaaien, maar voordat hij zich bij de anderen schaarde, liep hij naar zijn slaapplaats aan de voet van de brug. Hij bukte zich onder de stalen constructie, trok de zwaarste van zijn twee weekendtassen naar zich toe en ritste die open. Met drie plakboeken in zijn armen kroop hij onder de brug vandaan. Het was tijd om afscheid te nemen. Drie maanden eerder was hij bij zijn moeder en haar katten weggelopen en nu zou hij ook vaarwel zeggen tegen zijn droom van een gouden toekomst, die hem kennelijk niet gegund was. Het onrecht maakte hem razend, maar hij slikte zijn woede in. Als hij vooruit wilde moest hij zich losmaken van de luchtspiegeling waarin hij jaren had geloofd.

Hij plaatste twee boeken bij een olievat op de grond en sloeg het derde boek open. Een voor een scheurde hij de bladzijdes eruit en wierp ze in het vuur. Hij keek toe hoe de randen van het papier langzaam omkrulden en hoe de tientallen krantenartikelen en foto's van de Bedrieger, met zorg uitgeknipt en ingeplakt, vlam vatten. Het vuur laaide op en verspreidde een warmte die zijn huid deed gloeien, maar vanbinnen bleef hij ijskoud. Hij scheurde tot alle pagina's in rook waren opgegaan.